历代名著精选集

[春秋]左丘明 著
李德山 注评

国语

凤凰出版传媒集团 凤凰出版社

图书在版编目(CIP)数据

国语/(春秋)左丘明著;李德山注评. —南京:凤凰出版社,2009.6

(历代名著精选)

ISBN 978-7-80729-432-0

Ⅰ. 国… Ⅱ. ①左…②李… Ⅲ. ①中国—古代史—春秋时代②国语—注释③国语—导读 Ⅳ. K225.04

中国版本图书馆 CIP 数据核字(2009)第 085098 号

书　　名	国语
著　　者	(春秋)左丘明 著　李德山 注评
责任编辑	汪允普
出版发行	凤凰出版传媒集团 凤凰出版社(原江苏古籍出版社) 南京市中央路 165 号　邮编 210009 发行部电话 025—83223462
集团网址	凤凰出版传媒网　http://www.ppm.cn
照　　排	南京展望文化发展有限公司
印　　刷	江苏新华印刷厂 南京市张王庙 88 号　邮编:210037
开　　本	960×1304 毫米　1/32
印　　张	8.25
字　　数	246 千字
版　　次	2009 年 6 月第 1 版　2009 年 6 月第 1 次印刷
标准书号	ISBN 978-7-80729-432-0
定　　价	19.00 元

目　录

前　言

先秦史书中,《国语》是一部很有特点的著作,它采取了按国别分编史料的形式,所以被公认为我国第一部分国记事的国别史。

《国语》记载史事的时间,上起西周穆王,下止东周贞定王时期。《汉书·艺文志》著录《国语》为"二十一篇",《隋书·经籍志》著录为"二十一卷"。今传本亦为二十一卷,其中,《周语》三卷,《鲁语》二卷,《齐语》一卷,《晋语》九卷,《郑语》一卷,《楚语》二卷,《吴语》一卷,《越语》二卷,凡七万余字。

《国语》中的"国"即其所记的八个国家。《国语》中的"语",是我国古代的一种著作形式。《国语·楚语》记载,楚庄王欲教育太子,大夫申叔时提出了九种教育科目,分别为"春秋"、"世"、"诗"、"礼"、"乐"、"令"、"语"、"故志"、"训典"。其中"语"的作用是"使明其德,而知先王之务用明德于民也"。由此可知,"语"这种体裁的著作,是我国古代用以教育贵族子弟的教科书之一。既然是教科书,当时此类著作的数量肯定很多。可惜由于时代久远,大多散佚而不存了。能够流传至今的"语"类著作,比较完整的仅此一部,其价值也就弥足珍贵了。

因之,我们想要了解这种"语"体著作的编撰特点,也只有借助于这部《国语》了。纵观全书文字,在记录八个国家的历史片断时,大都是通过相关人物的言论、对话和相互驳难的方式表达出来的,言论、对话和相互驳难均为事实而发,而事实又作为言论、对话和相互驳难的验证,两者相辅相成,互为表里。其主旨,即是通过"邦国成败,嘉言善语"来教化贵族子弟,使他们"知先王之务用明德于民也"的道理。

《国语》的作者,宋代以前大都认为它和《左传》一样,都是左丘明。司马迁在《史记·太史公自序》中明确指出:"左丘失明,厥有《国语》。"又在《报任安书》中强调:"及如左丘无目,孙子断足,终不可用。退而论书策,以舒其愤，思垂空文以自见。”班固在《汉书·司马迁传赞》中说：“孔子因《鲁史记》而作《春秋》，而左丘明论辑其本事以为之《传》，又纂异同为《国语》。”韦昭在《国语·解叙》中说：“昔孔子发愤于旧史，垂法于素王。左丘明因圣言以摅意，托王意以流藻，其渊源深大，沈懿雅丽，可谓命世之才，博物善作者也。其明识高远，雅思未尽，故复采录前世穆王以来，下讫鲁悼、知伯之诛，邦国成败，嘉言善语，阴阳律吕，天时人事，逆顺之数，以为《国语》。”刘知几于《史通·六家》中说：“《国语》家者，其先亦出于左丘明，既为《春秋内传》，又稽其逸文，纂其别说，分周、鲁、齐、晋、郑、楚、吴、越八国事，起自周穆王，终于鲁悼公，别为《春秋外传国语》。”

这样，左丘明编纂《国语》的经过，司马迁、班固、韦昭、刘知几等人已说得很清楚，左丘明是在著完《左传》失明后，“雅思未尽”，除根据传注《春秋》时所剩的材料外，又“稽其逸文，纂其别说”，编成了《国语》。所以《汉书·律历志》和王充的《论衡》都称《左传》为《春秋内传》，《国语》为《春秋外传》。把它们二者都看作是《春秋》的辅翼之作。

到了宋代，刘安世、吕大圭、朱熹、陈振孙、郑樵等人开始怀疑《国语》的作者不是与孔子同时代的左丘明。其理由是《国语》与《左传》文体差别很大，陈振孙在《直斋书录解题》中即指出：“事辞或多异同，文体亦不类。”清乾隆时编纂《四库全书》，四库馆臣否定了宋人的怀疑，《四库全书总目提要》仍然肯定了左丘明著《国语》说，指出“中有与《左传》未符者，犹《新序》、《说苑》同出刘向而时复牴牾。盖古人著书各据所见之旧文，疑以存疑，不似后人轻改也”，“终以汉人所说为近古”。由于《四库全书总目提要》为官书，所以此后有关《国语》作者的争议消歇了一段时间。清朝末年，怀疑说复兴，尤桐、刘逢禄、皮锡瑞、康有为等均对《国语》的作者问题提出异议，发表了种种假说，但却未能形成一致的意见。近现代以来，部分学者赞同前人的怀疑，认为《国语》的作者不是左丘明，指出其非一时一人所作。或者，《国语》的作者应该是战国初期一位熟悉各国历史掌故的人，根据春秋时代各国史官的原始记录，加工整理，汇编而成《国语》。另有部分学者坚持传统的观点，认为《国语》的作者确实是左丘明。

我们认为，在没有发现直接而确凿的证据证明左丘明不是《国语》的作者之前，就轻易地否定左丘明的作者地位是不妥的。两汉、三国距春秋时代不远，司马迁、班固、韦昭诸学者所言必有确证。至于《国语》的文体和一些叙事细节与《左传》不同，其原因《四库全书总目提要》已经说得很清楚了。所以说《国语》的作者为左丘明，不为无据，大体可信。

虽然《国语》记载了五百多年的史事，但却不是编年的记载，而且有时记事又很少，如《郑语》，仅记桓公与史伯的对话一事。全书记载晋国的史事最多，因此有人说《国语》其实是《晋史》或《晋语》。《国语》在分国记事时，《周语》在前，记事亦多。而周与鲁、齐、晋、郑、楚、吴、越各诸侯国并列，又不像分国史。根据考证，《国语》记事同于《左传》的共有六十余事，但其史事中的细节，又有八事与《左传》不同，显然所依据的并不是一种材料。

《国语》尽管存在着这些问题，人们对它的作者又提出了疑问，但对它所记载的史事，却历来没有什么异议，足见其具有很高的史料价值。《国语》与《左传》，同样记载春秋时期的史事，但一为记言，一为记事；一为国别史，一为编年史。二书可以互为补充，互为参证。《国语》早于《左传》而起，晚于《左传》而止，所记年代多于《左传》，补充了《左传》略载或不载的许多史事。相对于《左传》而言，《国语》有以下几个具体的特点。

一是《左传》记周室事很简略，而《国语》则记有穆、恭、厉、幽、宣、襄、定、灵、景、敬等十王的大事。

二是《左传》记齐桓公霸政事业很简略，而《国语》中的《齐语》，则专载管仲相齐的政治建设。

三是《左传》对于越灭吴的记载很简略，而《国语》中的《越语》却记载的特别生动而详明。

正是因为《国语》能在多方面补充《左传》的不足，所以司马迁修《史记》时，把《国语》作为重要参考材料之一加以引用。

《国语》作为我国最早的史书之一，比较全面地反映了春秋时期各国政治、经济、军事、外交等各方面的情况，描述出了奴隶制社会向封建制社会迈进阶段的时代特征，展现出了当时许许多多重要人物的思想观点和精神风貌。《国语》中许多优秀的篇章，对统治者的荒淫残暴有所揭露，对广大下层人民的切身利益表示了同情，对开明的贤君贤相给予了赞颂，一定程度上体现出了作者的民本思想。《周语》中记载了穆王不听劝阻而征犬戎自此荒服者不至，厉王暴虐不止终于被国人放逐，宣王不籍千亩而失民心，幽王的荒淫被杀，惠王的失位及复位，襄王时王朝的内乱，灵王的武断刚愎，景王不恤民力坚持铸大钱、大钟等等，形象地揭示了周王朝从西周到东周逐步衰亡的历程。《鲁语》中以记载臧文仲、里革、公父文伯之母、孔子的事迹为多。《里革更书逐莒太子仆》、《里革论君之过》诸篇，记载了直臣里革的事迹，特别是他敢于违抗君命“以死奋笔”的行动，给后人留下了深刻的印象。《孔子论大骨》、《孔子论楛矢》诸篇，记载了孔子的博学多闻。孔子对楛矢石砮的议论，说明早在周初，居住在东北长白山地区的肃慎族就已归属了周王朝。《齐语》诸篇，记载了管仲相齐的史事，其间对管仲的才干、桓公的霸业均有详细的描述。《晋语》九卷中，前几卷主要记载晋献公诸子争立的史事。围绕诸子争立这一事件，记录了二十多个相关人物的言行，由此引起的阴谋、暗杀、逃亡、冲突以及战争等等，史事真切，情节传奇，时代感非常强烈。后几卷主要记载晋国世卿的史事。这些世卿主要有范文子、叔向、赵简子等十几人。有些世卿的事迹，唯赖此书以存。《郑语》主要记载了史伯的事迹，为全书中内容最少的一卷。《楚语》主要记载灵王和昭王时的史事。《吴语》记载夫差伐越及吴国的灭亡。《越语》记载勾践灭吴，以及范蠡和文种的史事。

《国语》作为一部国别史，有着详于记言、略于记事，诸国并述、独详晋史，主写中原、兼笔边远的特点。其实质则是曲折地反映了春秋时期各个地区政治、经济、文化发展的不平衡性。而其《楚语》、《吴语》、《越语》诸篇的设立，说明随着这一时期楚、吴、越三国的崛起，长江流域的历史开始受到重视。

《国语》的文辞向以优美著称，比较多地得到了后世的称赞。柳宗元在《非国语》中说其语言“深闳杰异，固世之所耽嗜而不已”。清人编《古文观止》一书中，选录《国语》中的十一篇文章，可见后人对它的认可和重视。作为我国早期的一部史著，《国语》的写作有史家“尚实录，寓褒贬”的修史传统，同时亦能运用形象思维来写史。二者兼具，艺术特色明显。《国语》叙事首尾完整，在对话中揭示人物的性格，在议论中交待历史的演变。语言生动凝练，含义深刻；论辩雄奇严密，逻辑性强；说理透彻充分，令人信服，代表了先秦时期散文的创作水平。对我国后来散文特别是记言体散文的发展产生了很大影响。

另外，作为我国第一部国别史，《国语》对后来史书的编写也同样产生了很大影响。后出的《战国策》、陈寿的《三国志》、吴任臣的《十国春秋》、崔鸿的《十六国春秋》等史著，都是效仿或受《国语》的影响而编纂修成的。所以，《国语》是我国国别体史书的开山鼻祖。

需要指出的是，《国语》这部史著中还存在着一些不足。这些不足主要包括：

一是作为一部史著，它反映的社会生活面较窄，着笔点主要集中在上层社会。凭借此书，人们很难对当时社会生活的全貌有所认识和了解。

二是记述和议论有时显得琐屑和枝蔓。对此，前人亦早有察觉，柳宗元即认为其议论"其说多诬淫"，"背理去道而务富其语"。朱熹则诋其为"委靡繁絮，真衰世之文耳"。《国语》全书没有统一的风格和系统的布局，篇与篇之间也没有内在的逻辑关系，仅是一些史料的罗列和堆砌。

三是受时代的局限，书中掺杂有不少天命鬼神、因果报应、天人感应等宿命论和唯心论的思想。

但从总体上说，可谓是瑕不掩瑜。所以，自古迄今，对《国语》赞赏的人还是大多数。其曾经荣列"准经典"的地位，原因也即在这里。

现行于世的《国语》二十一卷本，是经过汉人整理编定的本子。根据《汉书·艺文志》的记载，汉代尚有刘向编定的《新国语》五十四篇，可惜这一系统的本子没有流传下来。两汉三国之际，由于《国语》一度被视为"准经典"，所以一些著名的经学家如郑众、贾逵、王肃等都为它作过注，但这些注本同样没有流传下来。现在我们所能见到最早，也是最流行的是三国时代吴人韦昭的注本，题作《国语解》，其间保存了已亡佚的郑众、贾逵、王肃、虞翻、唐固等注本的片段。由于时代较早，书中又保留了许多古音、古训，所以韦注本颇为学者所重，是研究《国语》的必读著作。清人对《国语》和韦注又多有校释，比较重要的有洪亮吉的《国语韦昭注疏》，汪远孙的《国语校注本三种》，董增龄的《国语正义》，参考价值颇高。近人对此书的注释，主要有吴增祺的《国语韦解补正》，徐元浩的《国语集解》。其中《国语集解》为当时最详的注本。今人对此书的整理和注释，主要有上海师范大学古籍整理组的《国语》校点本，薛安勤、王连生的《国语译注》，乌国义等的《国语译注》等。

这次整理，由于《国语》篇幅不大，所以系全书收录。在工作之中，我们把着力点放在注释和导读上。注释中，力求简约精当，重点突出，一般不进行考证。导读中，主要以申明己见为主，同时尊重并注意吸收学术界已有的研究成果，简要地介绍各篇的时代背景、思想内容或写作特点，以及艺术成就等。本书的原文，依照上海古籍出版社出版的《国语》校点本抄录，并适当参考其他版本，择善而从。在注释和品评过程中，广泛地参阅了近年出版的有关《国语》的注本和译本，所有采撷之处，限于本书的体例，未能一一注出，谨致歉意。书中不妥之处，敬请专家和读者批评指正。

卷一　周语　上

祭公谏穆王征犬戎

穆王将征犬戎[①]，祭公谋父谏曰[②]："不可。先王耀德不观兵。夫兵戢而时动[③]，动则威。观则玩，玩则无震[④]。是故周文公之颂曰[⑤]："'载戢干戈，载櫜弓矢[⑥]。我求懿德，肆于时夏[⑦]，允王保之[⑧]。'先王之于民也，懋正其德而厚其性[⑨]，阜其财求而利其器用[⑩]，明利害之乡[⑪]，以文修之，使务利而避害，怀德而畏威，故能保世以滋大。

【注 释】

① 穆王：即周穆王。姓姬，名满。昭王之子。犬戎：亦称畎戎、昆夷、绲夷等。殷周时游牧于泾渭流域，即今陕西省彬县、岐山一带。② 祭(zhài)公谋父：字谋父，周公的后代，穆王时任卿士。因被封于祭(今河南荥阳东北)，故称祭公。③ 戢：收藏。④ 震：威风，威严。⑤ 周文公之颂：周文公指周公姬旦。此处所引诗出自《诗经·周颂·时迈》，此诗据说是周公为颂扬周武王伐商纣王而作，故称周公之颂。⑥ 櫜(gāo)：收藏弓箭的袋子。⑦ 夏：华夏，指中国。⑧ 允：信。⑨ 懋：勉励。⑩ 阜：繁多，丰富。⑪ 乡(xiàng)：通"向"，方向。

"昔我先王世后稷[①]，以服事虞、夏。及夏之衰也，弃稷不务，我先王不窋用失其官[②]，而自窜于戎、狄之间，不敢怠业，时序其德，纂修其绪[③]，修其训典，朝夕恪勤，守以敦笃，奉以忠信，奕世载德，不忝前人[④]。至于武王[⑤]，昭前之光明而加之以慈和，事神保民，莫弗欣喜。商王帝辛[⑥]，大恶于民。庶民不忍，欣戴武王，以致戎于商牧[7]。是先王非务武也，勤恤民隐而除其害也[8]。

【注释】

① 后稷：周的始祖，姓姬名弃。后，君。稷，官名，上古职掌农事，因周的始祖弃长期担任此官，故以官名代称其人名。② 不窋（zhú）：周王室先祖，弃的后代。夏朝末年担任农官。太康时失官，西迁于戎狄之间。③ 纂：继续。绪：绪业，即事业。④ 忝：辱。⑤ 武王：即周武王，名发，文王之子。率领诸侯灭商，为西周王朝的开国君主。⑥ 帝辛：即商纣王。辛，纣王的名字。⑦ 商牧：指商朝都城近郊的牧野，其地在今河南淇县。商朝军队曾与周武王率领的诸侯联军在此决战。⑧ 恤：忧念。隐：痛苦。

“夫先王之制：邦内甸服[1]，邦外侯服[2]，侯、卫宾服[3]，蛮、夷要服[4]，戎、狄荒服[5]。甸服者祭[6]，侯服者祀[7]，宾服者享[8]，要服者贡[9]，荒服者王。日祭、月祀、时享、岁贡、终王，先王之训也。有不祭则修意，有不祀则修言[10]，有不享则修文[11]，有不贡则修名[12]，有不王则修德，序成而有不至则修刑。于是乎有刑不祭，伐不祀，征不享，让不贡，告不王。于是乎有刑罚之辟[13]，有攻伐之兵，有征讨之备，有威让之令，有文告之辞。布令陈辞而又不至，则增修于德而无勤民于远，是以近无不听，远无不服。

【注释】

① 甸服：《尚书·禹贡》记载，古代王畿外围的地方，以五百里为率，依次分为五等。由王直辖的方圆千里区域称甸服，为距离王畿最近的区域。② 侯服：甸服以外五百里的区域，为天子分封给诸侯的土地。③ 宾服：介于诸侯和边疆之间的区域。亦称绥服。④ 要服：指离王畿二千里远的区域。⑤ 荒服：指距离王畿四千五百里远的区域。⑥ 祭：指供应天子每天祭祀所需的物品。⑦ 祀：指供应天子每月祭祀所需的物品。⑧ 享：献。指供应四季的享献。⑨ 贡：进献的物品。⑩ 修言：修改政令中不合理之处。⑪ 文：指法律规章。⑫ 名：指尊卑的名号。

⑬ 辟：法。

“今自大毕、伯士之终也[①]，犬戎氏以其职来王，天子曰：‘予必以不享征之，且观之兵。’其无乃废先王之训而王几顿乎[②]！吾闻夫犬戎树惇[③]，能帅旧德而守终纯固[④]，其有以御我矣！”

王不听，遂征之，得四白狼、四白鹿以归，自是荒服者不至。

【注 释】

① 大毕、伯士：犬戎的两位首领。② 顿：舍弃。③ 树惇：犹言立性惇朴。树，立。惇，朴。④ 守终：指坚守职分，奉其常职，终身不移。

【导 读】

犬戎是周王朝西边的劲敌，周穆王为解除威胁，巩固在边疆地区的统治，决定征伐犬戎。当朝卿士祭公不赞同穆王的举措，因而向他进谏。本文记载了祭公进谏的内容和穆王不听进谏的结果。祭公的进谏包括两个要点：一是追述周代先王的传统治国理念——偃戈休兵，以德服人；二是陈述先王制定的法度，对边远地区的少数民族实行统治，除了要经常检讨政策的得失外，再对他们保持一定的威慑就足够了，没有必要劳师远征。穆王不听劝阻，穷兵黩武的结果，激化了王朝中央与边疆少数民族之间的矛盾，“荒服者王”的制度被破坏，“荒服”的方国势力便不再朝觐周王。全文层次清楚，结构严谨，逻辑性强，说理透彻。阅读此文，可帮助我们了解西周时代的典章制度，对研究穆王时期王朝中央与少数民族之间的关系亦有参考价值。

密康公母论小丑备物终必亡

恭王游于泾上[①]，密康公从[②]，有三女奔之[③]。其母曰：“必致之于王。夫兽三为群，人三为众，女三为粲[④]。王田不取群，公行下众，王御不参一族[⑤]。夫粲，美之物也。众以美物归女[⑥]，而何德以堪之？王犹不堪，况尔小丑[⑦]？小丑备物，终必亡。”康公弗献。一年，王灭密。

【注 释】

① 恭王：即周共王，名伊扈。周穆王之子。泾：水名。源于今宁夏六盘山，东南流入古渭水。② 密：西周诸侯国名，姬姓，地在今河南新密。康公：密国的国君。③ 三女：指和康公同姓的三位女子。④ 粲：美。⑤ 御：妃嫔。参：三。⑥ 女：同"汝"，你。⑦ 小丑：小人物。丑，类。

【导 读】

密国的国君密康公，不听母亲的劝告，娶了三个同姓的女子。由于违背了封建礼法，一年后周恭王便灭了密国。意在警示那些统治者不要因贪恋女色而误国误身。

邵公谏厉王弭谤

厉王虐①，国人谤王。邵公告曰②："民不堪命矣！"王怒，得卫巫③，使监谤者，以告则杀之。国人莫敢言，道路以目。王喜，告邵公曰："吾能弭谤矣④，乃不敢言。"邵公曰："是障之也。防民之口，甚于防川。川壅而溃，伤人必多，民亦如之。是故为川者决之使导，为民者宣之使言。故天子听政，使公卿至于列士献诗⑤，瞽献曲⑥，史献书⑦，师箴⑧，瞍赋⑨，矇诵⑩，百工谏⑪，庶人传语，近臣尽规，亲戚补察，瞽、史教诲，耆、艾修之⑫，而后王斟酌焉，是以事行而不悖。民之有口也，犹土之有山川也，财用于是乎出；犹其原隰之有衍沃也，衣食于是乎生。口之宣言也，善败于是乎兴。行善而备败，其所以阜财用、衣食者也。夫民虑之于心而宣之于口，成而行之，胡可壅也？若壅其口，其与能几何？"王弗听，于是国人莫敢出言。三年，乃流王于彘⑬。

【注 释】

① 厉王：即周厉王，名胡。共王之曾孙。② 邵公：亦作"召公"。西周初年召公奭的后代，名虎，当时在朝廷中任卿士之职。③ 卫巫：卫地的巫师。卫地在今河南淇县一带。④ 弭(mǐ)：制止，消除。⑤ 列士：指

上士、中士、下士。为朝廷下层官员。⑥ 瞽(gǔ)：乐官。⑦ 史：史官。⑧ 师：少师，教导国子之官。箴(zhēn)：规劝。⑨ 瞍(sǒu)：无眸曰瞍，盲人。⑩ 矇：有眸却看不见东西的盲人。⑪ 百工：犹言众官。工，官。⑫ 耆、艾：老年人，老臣。⑬ 彘：地名，今山西霍州。

【导 读】

周厉王在位期间，任用荣夷公执政，实行"专利"，即国家垄断山泽的物产。"民不堪命"，怨谤之声四起。厉王乃采取暴力手段压制怨谤之声，命令卫巫监视国人，杀死议论他的人。卿士邵公劝谏厉王放弃暴力手段，倾听民意，改善国政。厉王不听，一意孤行，终于引起反抗。公元前841年，国人发难，厉王被流放到彘地。十四年后，厉王死于彘。本文所记，即是邵公劝谏厉王的经过及厉王不听劝谏的结果。文中邵公以自己丰富的政治经验，运用生动的语言列譬设喻，规劝厉王要明白"防民之口，甚于防川"的道理。文中仅用不多的道理，就成功地刻画出了邵公这位注重民意的政治家的形象。

芮良夫论荣夷公专利

厉王说荣夷公①，芮良夫曰②："王室其将卑乎！夫荣公好专利而不知大难。夫利，百物之所生也，天地之所载也，而或专之，其害多矣。天地百物，皆将取焉，胡可专也？所怒甚多而不备大难，以是教王，王能久乎？夫王人者，将导利而布之上下者也，使神人百物无不得其极，犹日怵惕，惧怨之来也。故《颂》曰③：'思文后稷，克配彼天。立我蒸民，莫匪尔极。'《大雅》曰④：'陈锡载周。'是不布利而惧难乎？故能载周，以至于今。今王学专利，其可乎？匹夫专利犹谓之盗，王而行之，其归鲜矣。荣公若用，周必败。"既，荣公为卿士，诸侯不享，王流于彘。

【注 释】

① 说：同"悦"，喜欢。荣：封国名，故地在今陕西户县。夷：荣公的谥号。② 芮良夫：周朝大夫。封地在芮(今陕西大荔县)，故名。又称芮

伯。③《颂》：指《诗经·周颂·思文》，为周人祭祀其始祖后稷的乐歌。④《大雅》：指《诗经·大雅·文王》，为周人颂扬文王业绩的诗歌。

【导读】

本文内容与上篇内容互有联系。荣夷公是周厉王的大臣，他为厉王推行“专利”政策，损害了国人的经济利益，加深了国人与周王室之间的矛盾，是造成后来社会动荡的原因之一。芮良夫为此向厉王进谏。其谏言主要包括三个要点：一是阐明“利”不可专；二是治国者既要广施恩惠，又要深怀戒惧之心；三是专“利”者后果堪忧。厉王不听，终遭流放。全篇层次分明，论述有力，语言精练。《逸周书》有《芮良夫解》篇，文中记载，芮良夫这位忧国忧民的大臣，不仅在“专利”一事上向厉王直谏，而且对厉王以及荣夷公等一班“贪谀”大臣所推行的暴政亦予以抨击。他向厉王讲述先王的治国之道和殷亡之鉴，指出“专利”的危险；而对“以贪谀为事”的“执政小子”荣夷公之流的指责，词尤峻厉。两文参阅，芮良夫的直臣形象，跃然于纸上。

邵公以其子代宣王死

彘之乱①，宣王在邵公之宫②。国人围之。邵公曰：“昔吾骤谏王③，王不从，以及此难。今杀王子，王其以我为怼而怒乎！夫事君者险而不怼，怨而不怒，况事王乎？”乃以其子代宣王。宣王长而立之。

【注释】

① 彘之乱：公元前841年，西周国人暴动，周厉王逃奔到彘。是为中国历史上有确切纪年的开始。② 宣王：即周宣王，名靖，一作“静”，厉王之子。厉王被逐，他躲藏在大臣邵公的家中得免。③ 骤：屡次。

【导读】

本篇记述了国人暴动之际，邵公为了保全周室，不惜牺牲自己的儿子来换取周宣王的安全。邵公之忠心，昭昭可鉴。

虢文公谏宣王不籍千亩

宣王即位，不籍千亩[①]。虢文公谏曰[②]："不可。夫民之大事在农，上帝之粢盛于是乎出[③]，民之蕃庶于是乎生，事之供给于是乎在，和协辑睦于是乎兴，财用蕃殖于是乎始，敦庞纯固于是乎成，是故稷为大官[④]。古者，太史顺时覛土[⑤]，阳瘅愤盈，土气震发，农祥晨正[⑥]，日月底于天庙[⑦]，土乃脉发。

【注 释】

① 籍千亩：即籍田。古代帝王在春季亲自耕田，来奉祀宗庙，寓有劝励农耕的意思。天子耕千亩，诸侯百亩。这是一种象征性的活动，实际上仍是借助民力来耕种。今山西介休南有地名千亩，当因周天子耕籍田得名。② 虢(guó)文公：周文王之弟虢叔的后代。封国于虢(今河南荥阳，一说今陕西宝鸡)，故称虢公。文，虢公的谥号。③ 粢盛(zī chéng)：盛在容器里用作祭祀的谷物。④ 稷：上古掌管农事的官员。大官：大当为"天"。⑤ 太史：掌管国家典籍、星历和祭祀的官员。覛(mò)：察看。⑥ 农祥：二十八宿中的房宿，亦称房星。晨正：指房星在正月中晨时出现于南天。古人以此作为立春的标志。⑦ 天庙：二十八宿中的室宿和壁宿。孟春之季，日、月都出现在这一带。

"先时九日，太史告稷曰：'自今至于初吉[①]，阳气俱蒸，土膏其动。弗震弗渝，脉其满眚，谷乃不殖。'稷以告王曰：'史帅阳官以命我司事曰[②]："距今九日，土其俱动，王其祗祓[③]，监农不易。"'王乃使司徒咸戒公卿、百吏、庶民[④]，司空除坛于籍[⑤]，命农大夫咸戒农用[⑥]。

【注 释】

① 初吉：农历每月的朔日，即初一。一说指初一到初七、初八。② 阳官：即春官，亦称宗伯。主掌祭祀。③ 祗(zhī)：恭敬。祓(fú)：除灾祈福的仪式。④ 司徒：掌管国家土地和人民的官员。⑤ 司空：掌管

工程营造的官员。⑥ 农大夫：掌管农田的官员。农用：农耕用具。犹言农具。

"先时五日，瞽告有协风至，王即斋宫①，百官御事，各即其斋三日。王乃淳濯飨醴②，及期，郁人荐鬯③，牺人荐醴④，王裸鬯⑤，飨醴乃行，百吏、庶民毕从。及籍，后稷监之，膳夫、农正陈籍礼⑥，太史赞王，王敬从之。王耕一墢，班三之，庶人终于千亩。其后稷省功，太史监之；司徒省民，太师监之⑦。毕，宰夫陈飨⑧，膳宰监之⑨。膳夫赞王，王歆太牢⑩，班尝之，庶人终食。

【注 释】

① 斋宫：天子举行祭典前斋戒的地方。② 醴：甜酒。③ 郁人：掌管酒器的官员。鬯(chàng)：古代祭祀用的香酒。④ 牺人：供应酒醴的官员。⑤ 裸(guàn)：古代天子祭祖时将酒浇灌在白茅上的仪式。祭礼的一种。⑥ 膳夫：供应天子饮食的官员。⑦ 太师：掌管军事的高级武官。一说是辅弼天子的高级官员。⑧ 宰夫：掌管天子和王后饮食的官员。⑨ 膳宰：膳夫之长。⑩ 太牢：牛、羊、猪三牲俱备的宴饮或祭祀。

"是日也，瞽帅音官以风土①。廪于籍东南②，钟而藏之，而时布之于农。稷则遍戒百姓纪农协功，曰：'阴阳分布③，震雷出滞④。土不备垦，辟在司寇⑤。'乃命其旅曰：'徇。'农师一之，农正再之，后稷三之，司空四之，司徒五之，太保六之⑥，太师七之，太史八之，宗伯九之⑦，王则大徇。耨获亦如之。民用莫不震动，恪恭于农，修其疆畔，日服其镈⑧，不解于时，财用不乏，民用和同。

【注 释】

① 风土：韦昭注谓："风土，以音律省土风，风气和则土气养也。"② 廪：粮仓。东南：古人认为东南方为生长的方位，所以把粮仓建于东南方。③ 阴阳分布：指日夜等长。即后来二十四节气中的春分。④ 出滞：冬眠动物开始活动。即后来二十四节气中的惊蛰。⑤ 司寇：掌管刑

法的官员。⑥ 太保：辅弼天子的高级官员。⑦ 宗伯：掌管祭祀礼仪的官员。⑧ 镈(bó)：锄一类的农具。

"是时也，王事唯农是务，无有求利于其官以干农功，三时务农而一时讲武[①]，故征则有威，守则有财。若是，乃能媚于神而和于民矣，则享祀时至而布施优裕也。

"今天子欲修先王之绪而弃其大功，匮神之祀而困民之财，将何以求福用民？"

王弗听。三十九年，战于千亩，王师败绩于姜氏之戎[②]。

【注 释】

① 三时：指春、夏、秋三季。② 姜氏之戎：西戎的一支，活动于周朝的西部。

【导 读】

重视农业生产，既是周人祖先的传统，也是周初统治者治国之道的重要内容之一，因此有籍田制度的存在。每年春天，周天子象征性地亲自耕田，以鼓励人民重视农耕。然而周宣王即位后，忙于对周边各少数民族的战争，废弃了此前周天子所行的籍田之制和籍田之礼。本文记载了虢文公规劝宣王不可废弃籍田之制，宣王不听，遂有"王师败绩于姜氏之戎"的结果。虢文公的一番进谏，阐述了周初重农思想的基本理论及其重大意义，即：农业是人口增长的源泉，是军队给养的保证，是财用繁殖的根本，是促进上下团结的条件，是巩固强大国家的物质基础，是祭祀所需物品的来源。同时，也介绍了"籍田"礼仪的详细内容，因而具有很高的史料价值。这篇文献表明，周天子举行籍田仪式，是为着推行重农这一基本国策而服务的。我们可视其为周人重农传统的史实记录。

仲山父谏宣王立戏

鲁武公以括与戏见王[①]，王立戏。樊仲山父谏曰[②]："不可立也！不顺必犯，犯王命必诛，故出令不可不顺也。令之不行，政之不立，行而不顺，民将弃上。夫下事上、少事长，所以为顺也。今天子立诸侯而建其少，是教逆也。若鲁从之而诸侯效之，王命将有所壅；若不从而诛之，是自诛王命也。是事也，诛亦失，不诛亦失，天子其图之！”王卒立之。鲁侯归而卒，及鲁人杀懿公而立伯御。三十二年春[3]，宣王伐鲁，立孝公[4]，诸侯从是而不睦。

【注 释】

① 鲁武公：鲁国国君。姓姬名敖。括：武公长子，又称伯御。戏：括之弟，谥懿，即懿公。王：周宣王。② 樊仲山父：周大臣，因其封地在樊（今陕西西安市东南），故以樊为氏。父，是当时对成年男子的美称，亦作“甫”。仲，是他的排行。③ 三十二年：周宣王三十二年（前796）。④ 孝公：鲁懿公的弟弟，名称。

【导 读】

这篇小文记叙的是周宣王插手鲁国国君的继立，立幼而不立长的故事。刻画了宣王刚愎固执的性格。说明西周末年传统的秩序正在不断地遭到破坏。

穆仲论鲁侯孝

宣王欲得国子之能导训诸侯者[1]，樊穆仲曰[2]：“鲁侯孝。”王曰：“何以知之？”对曰：“肃恭明神而敬事耇老，赋事行刑必问于遗训而咨于故实，不干所问，不犯所咨。”王曰：“然则能训治其民矣。”乃命鲁孝公于夷宫[3]。

【注 释】

① 国子：公卿的子弟。导训：开导教诲。② 樊穆仲：即前篇的樊仲山父。谥号为“穆”，故称。③ 夷宫：周宣王祖父夷王之庙，也即宣王的祖庙。古时任命官职必至祖庙。

【导读】

本篇记述了鲁孝公能行孝道，经樊穆仲推荐，终于被周宣王立为诸侯之长的史实。

仲山父谏宣王料民

宣王既丧南国之师①，乃料民于太原②。仲山父谏曰③："民不可料也！夫古者不料民而知其少多，司民协孤终④，司商协名姓⑤，司徒协旅，司寇协奸，牧协职⑥，工协革⑦，场协入⑧，廪协出⑨，是则少多、死生、出入、往来者皆可知也。于是乎又审之以事，王治农于籍，蒐于农隙⑩，耨获亦于籍，狝于既烝⑪，狩于毕时⑫，是皆习民数者也，又何料焉？不谓其少而大料之，是示少而恶事也。临政示少，诸侯避之；治民恶事，无以赋令。且无故而料民，天之所恶也，害于政而妨于后嗣。"王卒料之，及幽王乃废灭⑬。

【注释】

①南国之师：指宣王在与姜氏之戎作战时，从南方江汉流域征调来的军队。②料民：统计百姓户口数。太原：今甘肃西部地区。③仲山父：即樊仲山父。④司民：掌管户数人口的官员。⑤司商：掌管赐族授姓的官员。⑥牧：掌管六畜的官员。⑦工：掌管各种工匠的官员。⑧场：即场人。掌管场圃的官员。⑨廪：即廪人。掌管粮仓的官员。⑩蒐(sōu)：春季田猎。⑪狝(xiǎn)：秋季田猎。既烝：仲秋季节。⑫狩：冬季田猎。⑬幽王：即周幽王。名宫涅，宣王之子。公元前781年至前771年在位。废灭：公元前771年，西周被犬戎攻灭。

【导读】

宣王料民于太原，仲山父进谏表示反对，发表了大通议论来阐述自己反对的理由。这篇文章，对了解西周的社会政治制度，颇有益处，提供了一些史料。宣王是在"既丧南国之师"后"料民于太原"，可见丧南国之师是料民于太原的前提。西周是实行国人当兵、野人不得当兵的制度，但在对外战争频繁，特别是"丧南国之师"后，兵员缺乏，才不得不料民于太原，打破常规，以补救兵员上的严重不足。宣王不能接受仲山父的建议，这是因为他还要坚持对外作战。王朝末期的这位统治者，已经不能接受任何反对意见了。

伯阳父论周将亡

幽王三年[1]，西周三川皆震[2]。伯阳父曰[3]："周将亡矣！夫天地之气，不失其序；若过其序，民乱之也。阳伏而不能出，阴遁而不能烝，于是有地震。今三川实震，是阳失其所而镇阴也。阳失而在阴，川源必塞。夫水土演而民用也。水土无演，民乏财用，不亡何待？昔伊、洛竭而夏亡[4]，河竭而商亡[5]。今周德若二代之季矣，其川源又塞，塞必竭。夫国必依山川，山崩川竭，亡之征也。川竭，山必崩。若国亡不过十年，数之纪也。夫天之所弃，不过其纪。"是岁也，三川竭，岐山崩[6]。十一年，幽王乃灭，周乃东迁[7]。

【注 释】

① 幽王三年：公元前779年。② 三川：泾水、渭水、洛水。③ 伯阳父：周朝大夫。④ 伊、洛：二水名。在夏朝的都城阳城附近。⑤ 河：黄河。⑥ 岐山：在今陕西岐山县东北。⑦ 周乃东迁：公元前771年犬戎攻灭西周后，幽王之子宜臼在大臣和诸侯拥立下继位，是为周平王。平王东迁国都于洛邑(今河南洛阳)，史称东周。

【导 读】

周幽王三年发生了地震，伯阳父认为这是国家灭亡的先兆。本文记载了伯阳父的观点。将自然现象的发生与国家的兴亡联系在一起，这在当时应该说是一种很正常的事情。伯阳父还认识不到西周行将灭亡是人祸所致，因此，只能从天人感应的角度妄加推测了。

郑厉公与虢叔杀子颓纳惠王

惠王三年[1]，边伯、石速、蔿国出王而立王子颓[2]。王处于郑三年[3]。

子颓饮三大夫酒，子国为客，乐及遍儛[4]。郑厉公见虢叔[5]，曰："吾闻之，司寇行戮，君为之不举，而况敢乐祸乎？今吾闻子颓歌舞不思忧。夫出王而代其位，祸孰大焉？临祸忘忧，是谓乐祸。祸必及之，盍纳王乎？"虢叔许诺。郑伯将王自圉门入[6]，虢叔自北门入，杀子颓及三大夫，王乃入也。

【注释】

①惠王三年：公元前674年。惠王，即东周惠王，名阆，一作"毋凉"。公元前676年至前652年在位。②边伯、石速、艻国：三人均为周大夫。其中艻国曾任子颓之师，后文的"子国"亦指他。子颓：周庄王的小儿子，惠王的叔父。③郑：郑国。周王室的同姓诸侯国。④遍儛：指黄帝、尧、舜、禹、商、周六代的乐舞。儛，同"舞"。⑤郑厉公：郑国国君，名突。公元前679年至前673年在位。虢叔：指虢林父，为惠王卿士。⑥圉(yǔ)门：王城的南大门。

【导读】

据《左传·庄公十九年》记载，惠王即位后，先后剥夺了大夫艻国的园圃，边伯的住宅，子禽、祝跪、詹父的土地以及石速的秩禄。惠王三年(一说二年)，艻国等人联合大夫苏氏驱逐惠王而拥立子颓。本文即记载惠王被逐"处于郑"后，子颓诸人歌舞美酒、好乐怠政的景况，以及郑厉公、虢叔帮助惠王复辟的经过。反映了东周王朝内部激烈的派系斗争。

内史过论神

十五年[1]，有神降于莘[2]。王问于内史过曰[3]："是何故？固有之乎？"对曰："有之。国之将兴，其君齐明、衷正、精洁、惠和，其德足以昭其馨香，其惠足以同其民人。神飨而民听，民神无怨，故明神降之，观其政德而均布福焉。国之将亡，其君贪冒、辟邪、淫佚、荒怠、粗秽、暴虐；其政腥臊，馨香不登；其刑矫诬，百姓携贰。明神弗蠲而民有远志，民神怨痛，无所依怀，故神亦往焉，观其苛慝而降之祸。是以或见神以兴，亦或以亡。昔夏之兴也，融降于崇山[4]；其亡也，回禄信于聆隧[5]。商之兴也，梼杌次于丕山[6]；其亡也，夷羊在牧[7]。周之兴也，鸑鷟鸣于岐山[8]；其衰也，杜伯射王于鄗[9]。是皆明神之志者也。”

【注 释】

① 十五年：周惠王十五年，即公元前662年。② 莘(shēn)：虢国地名。③ 内史过：韦昭注谓：“内史，周大夫，过，其名也。”④ 融：即祝融，高辛氏之火正，相传死后为火神。古人亦将其尊为南方之神。崇山：即嵩山。⑤ 回禄：火神。信：古时作战或田猎，临时住两宿称信。聆隧：地名。当在夏都阳城附近。⑥ 梼杌(táo wù)：韦昭注此指禹父鲧。但据《左传・文公十八年》记载，梼杌本是颛顼氏的“不才子”。丕山：地名。韦昭注曰“丕山在河东也”。⑦ 夷羊：一种神兽。⑧ 鸑鷟(yuè zhuó)：凤鸟的别称。⑨ 杜伯：周大夫，陶唐氏之后。其封地在杜(今陕西西安东南)，故名。

王曰：“今是何神也？”对曰：“昔昭王娶于房[1]，曰房后，实有爽德，协于丹朱[2]，丹朱凭身以仪之，生穆王焉。实临照周之子孙而祸福之。夫神壹不远徙迁，若由是观之，其丹朱乎？”王曰：“其谁受之？”对曰：“在虢土。”王曰：“然则何为？”对曰：“臣闻之：‘道而得神，是谓逢福；淫而得神，是谓贪祸。’今虢少荒，其亡乎？”王曰：“吾其若之何？”对曰：“使太宰以祝、史帅狸姓[3]，奉牺牲、粢盛、玉帛往献焉，无有祈也。”

王曰：“虢其几何？”对曰：“昔尧临民以五[4]，今其胄见，神之见也，不过其物。若由是观之，不过五年。”王使太宰忌父帅傅氏及祝、史奉牺牲、玉鬯往献焉[5]。内史过从至虢，虢公亦使祝、史请土焉。内史过归告王曰：“虢必亡矣，不禋于神而求福焉，神必祸之；不亲于民而求用焉，人必违之。精意以享，禋也；慈保庶民，亲也。今虢公动匮百姓以逞其违，离民怒神而求利焉，不亦难乎？”十九年[6]，晋取虢。

【注 释】

① 昭王：即周昭王。康王之子，名瑕。房：国名。都邑在今河南遂平。② 丹朱：尧的儿子。③ 太宰：掌管祭祀之官。祝：太祝，掌管祈求

福禄吉祥的官员。狸姓：丹朱之后。亦即后文之“傅氏”。④ 尧：帝尧，又称陶唐氏。⑤ 忌父：周公之后。⑥ 十九年：周惠王十九年，即公元前658 年。

【导 读】

本文记述了周朝大夫内史过对于神的认识。内史过认为，神灵下降，或者为惩治邪恶而来，或者为褒扬忠善而来。值得注意的是，本文主旨虽然是在宣传迷信，愚弄民众，但内史过仍能利用“有神降于莘”这一话题，比较委婉地阐述了为君之道，亦即仁慈和惠地佑护民众，不可过度动用民力来满足自己的私欲；否则，必致神怒民怨。所以，这是一篇消极意义和积极意义并存的文献。

内史过论晋惠公必无后

襄王使邵公过及内史过赐晋惠公命①，吕甥、郤芮相晋侯不敬②，晋侯执玉卑③，拜不稽首④。

【注 释】

① 襄王：即周襄王，周惠王之子，名郑。公元前 651 年至前 619 年在位。邵公过：周朝大夫，西周厉王时大夫邵公的后代，名过，谥武。内史过：周朝大夫，名过。晋惠公：晋国国君，名夷吾。公元前 650 年至前637 年在位。命：韦昭注谓：“瑞命也。诸侯即位，天子赐之命圭以为瑞节也。”② 吕甥：晋大夫，亦作“吕省”。后文的“子公”亦指他。郤(xì)芮：晋大夫。后文的“子金”亦指他。③ 执玉卑：玉，指诸侯行礼时所执的玉圭。卑，低下。④ 稽首：跪拜时头触地，这是古人最尊敬的礼节。

内史过归，以告王曰：“晋不亡，其君必无后，且吕、郤将不免。”王曰：“何故？”对曰：“《夏书》有之曰①：‘众非元后②，何戴？后非众，无与守邦。’在《汤誓》曰③：‘余一人有罪，无以万夫；万夫有罪，在余一人。’在《盘庚》曰④：‘国之臧，则维女众。国之不臧，则维余一人，是有逸罚。’如是则长众使民，不可不慎也。民之所急在大事，先王知大事之必以众济也，故祓除其心以和惠民，考中度衷以莅之，昭明物则以训之，制义庶孚以行之。祓除其心，精也；考中度衷，忠也；昭明物则，礼也；制义庶孚，信也。然则长众使民之道，非精不和，非忠不立，非礼不顺，非信不行。今晋侯即位而背外内之赂⑤，虐其处者，弃其信也；不敬王命，弃其礼也；施其所恶，弃其忠也；以恶实心，弃其精也。四者皆弃，则远不至而近不和矣，将何以守国？

【注释】

①《夏书》：记载夏代史事的文献，早佚。② 元：善。后：君。③《汤誓》：《尚书》中的一篇，为成汤讨伐夏桀时的誓辞。④《盘庚》：《尚书》中的一篇，为盘庚迁都时对官员、民众发表的训辞。⑤ 晋侯即位而背外内之赂：晋献公宠爱幼子奚齐，杀太子申生，另外两个儿子夷吾（晋惠公）、重耳（晋文公）逃奔他国。献公卒，夷吾贿赂晋大夫里克、丕郑以为内应，并求助于秦，返国复位。继位后却背弃事先答应给予秦国的土地，并杀死里克、丕郑。下文的"虐其处者"亦指此事。

"古者，先王既有天下，又崇立上帝、明神而敬事之，于是乎有朝日、夕月以教民事君①。诸侯春秋受职于王以临其民，大夫、士日恪位著以儆其官②，庶人、工、商各守其业以共其上。犹恐其有坠失也，故为车服、旗章以旌之③，为贽币、瑞节以镇之④，为班爵、贵贱以列之，为令闻嘉誉以声之。犹有散、迁、懈慢而著在刑辟、流在裔土，于是乎有夷蛮之国⑤，有斧钺、刀墨之民⑥，而况可以淫纵其身乎？

【注释】

① 朝日、夕月：早晨祭祀太阳，晚上祭祀月亮。② 位著：韦昭注："中廷之左右曰位，门屏之间曰著也。"③ 为车服、旗章以旌之：在车子、服饰、旗帜上区分出上下贵贱的等级。④ 贽币：古人见面时所送礼物。瑞节：有官爵者所执礼器。⑤ 夷蛮之国：泛指华夏之外四周边远地区的少数民族或者政权。⑥ 斧钺、刀墨：泛指古代用以罚罪的刑罚。

“夫晋侯非嗣也[①]，而得其位，亹亹怵惕，保任戒惧，犹曰未也。若将广其心而远其邻，陵其民而卑其上，将何以固守？

“夫执玉卑，替其贽也；拜不稽首，诬其王也。替贽无镇，诬王无民。夫天事恒象，任重享大者必速及。故晋侯诬王，人亦将诬之；欲替其镇，人亦将替之。大臣享其禄，弗谏而阿之，亦必及焉。”

襄王三年而立晋侯，八年而陨于韩[②]。十六年而晋人杀怀公[③]，无胄。秦人杀子金、子公。

【注 释】

①非嗣：重耳比晋惠公年长，根据古代无嫡立长的原则，在献公卒、太子申生被杀后，应由重耳继位为君。②八年而陨于韩：指在公元前644年秦、晋韩原之战中晋军败绩，惠公被秦军俘虏。③十六年而晋人杀怀公：晋惠公卒，其子继立，是为晋怀公。公元前636年，晋人杀死怀公，迎立重耳为君。

【导 读】

这是一篇借助周大夫内史过之口来罗列晋惠公种种罪过的文献。惠公返国就颇费周折，执政后，在礼义上，他废弃贽礼，不敬天子；在道义上，他抛弃了诚信和忠恕。所以，他的失败，自在情理之中。无德者无后，失民心者失其身，内史过的判断十分正确。

内史兴论晋文公必霸

襄王使太宰文公及内史兴赐晋文公命[①]，上卿逆于境，晋侯郊劳[②]，馆诸宗庙[③]，馈九牢[④]，设庭燎[⑤]。及期，命于武宫[⑥]，设桑主[⑦]，布几筵，太宰莅之，晋侯端委以入[⑧]。太宰以王命命冕服，内史赞之，三命而后即冕服[⑨]。既毕，宾、飨、赠、饯如公命侯伯之礼而加之以宴好。内史兴归，以告王曰：“晋不可不善也，其君必霸。逆王命敬，奉礼义成。敬王命，顺之道也；成礼义，德之则也。则德以道诸侯，诸侯必归之。且礼所以观忠、信、仁、义也，忠所以分也，仁所以行也，信所以守也，义所以节也。忠分则均，仁行则报，信守则固，义节则度。分均无怨，行报无匮，守固不偷，节度不携。若民不怨而财不匮，令不偷而动不携，其何事不济？中能应外，忠也；施三服义，仁也；守节不淫，信也；行礼不疚，义也。臣入晋境，四者不失，臣故曰晋侯其能礼矣，王其善之。树于有礼，艾人必丰。”王从之，使于晋者道相逮也。及惠后之难[10]，王出在郑，晋侯纳之。

襄王十六年立晋文公[11]。二十一年以诸侯朝于衡雍且献楚捷[12]，遂为践土之盟[13]，于是乎始霸。

【注释】

① 襄王：即周襄王。太宰文公：即周王卿士王子虎。内史兴：周朝大夫。晋文公：即重耳。② 郊劳：到郊外迎接慰劳。③ 馆：客舍。宗庙：国君祭祀祖先的地方。④ 牢：太牢。宴饮时牛、羊、猪俱备称一太牢。⑤ 庭燎：厅堂上照明的火把。⑥ 武宫：文公的祖庙。⑦ 桑主：桑木做的为死去的人立的牌位。⑧ 端委：黑赤色的礼服和黑色的丝质礼帽。⑨ 三命：韦昭注：“三以王命命文公，文公三让而就也。”冕服：有爵位者的礼服。⑩ 惠后之难：参见下篇《富辰谏襄王以狄伐郑及以狄女为后》。⑪ 襄王十六年：公元前636年。⑫ 二十一年：襄王二十一年，即公元前631年。衡雍：地名，在今河南原阳西。⑬ 践土：地名，在今河南原阳西南。

【导读】

晋文公是春秋五霸之一，本篇文章记载他即位之初接待天子使臣的经过。对于使臣的到来，文公待之隆礼，每一个细节都符合规范，体现了他良好的素质。使臣内史兴归周后，据实以告天子，并预言他将来必能成就大事。后来文公果然如此，他改革内政，整军经武，使国力强盛。又平定周的内乱，迎接襄王复位，以“尊王”相号召，城濮之战大胜楚军，并在践土大会诸侯，成为霸主。全文描写细致，论说周详，首尾呼应，是一篇具有多方面研究参考价值的文献。

卷二　周语　中

富辰谏襄王以狄伐郑及以狄女为后

襄王十三年[①]，郑人伐滑[②]。王使游孙伯请滑[③]，郑人执之。王怒，将以狄伐郑[④]。富辰谏曰[⑤]："不可。古人有言曰：'兄弟谗阋，侮人百里。'周文公之诗曰[⑥]：'兄弟阋于墙，外御其侮。'若是则阋乃内侮，而虽阋不败亲也。郑在天子，兄弟也[⑦]。郑武、庄有大勋力于平、桓[⑧]；凡我周之东迁，晋、郑是依；子颓之乱，又郑之由定。今以小忿弃之，是以小怨置大德也，无乃不可乎？且夫兄弟之怨，不征于它，征于它，利乃外矣。章怨外利，不义；弃亲即狄，不祥；以怨报德，不仁。夫义所以生利也，祥所以事神也，仁所以保民也。不义则利不阜，不祥则福不降，不仁则民不至。古之明王不失此三德者，故能光有天下而和宁百姓，令闻不忘。王其不可以弃之。"王不听。十七年，王降狄师以伐郑。

【注 释】

① 襄王十三年：公元前639年。② 滑：周之同姓诸侯国。③ 游孙伯：周大夫。④ 狄：狄族，或称北狄。这里指当时活动在今陕西东北部的隗氏之狄。⑤ 富辰：周大夫。⑥ 周文公之诗：指《诗经·小雅·常棣》。传为周公所作，故名。⑦ 兄弟：郑始封于周宣王时，国君为宣王弟姬友，因有"兄弟也"之说。⑧ 郑武、庄：指郑武公（名滑突）和郑庄公（名寤生）。平、桓：指周平王和周桓王（名林）。

王德狄人，将以其女为后，富辰谏曰："不可。夫婚姻，祸福之阶也。

利内则福由之，利外则取祸。今王外利矣，其无乃阶祸乎？昔挚、畴之国也由大任[①]，杞、缯由大姒[②]，齐、许、申、吕由大姜[③]，陈由大姬[④]，是皆能内利亲亲者也。昔鄢之亡也由仲任[⑤]，密须由伯姞[⑥]，郐由叔妘[⑦]，聃由郑姬[⑧]，息由陈妫[⑨]，邓由楚曼[⑩]，罗由季姬[⑪]，卢由荆妫[⑫]，是皆外利离亲者也。”

【注 释】

① 挚、畴：均为任姓诸侯国。大任：周文王之母。② 杞、缯：均为姒姓诸侯国。大姒：周武王之母。③ 齐、许、申、吕：均为姜姓诸侯国。大姜：周先王王季之母。④ 陈：姒姓诸侯国。大姬：周武王长女。⑤ 鄢(yān)：妘姓诸侯国。仲任：鄢君夫人。⑥ 密须：商代姞姓诸侯国。伯姞：密须国女子。⑦ 郐(kuài)：妘姓诸侯国。叔妘：郐公夫人。⑧ 聃(dān)：姬姓诸侯国。郑姬：聃公夫人。⑨ 息：姬姓诸侯国。陈妫(guī)：息侯夫人。⑩ 邓：曼姓诸侯国。楚曼：楚武王夫人。⑪ 罗：熊姓诸侯国。季姬：罗公夫人。⑫ 卢：妫姓诸侯国。荆妫：楚王夫人。

王曰：“利何如而内，何如而外？”对曰：“尊贵、明贤、庸勋、长老、爱亲、礼新、亲旧。然则民莫不审固其心力以役上令，官不易方而财不匮竭，求无不至，动无不济。百姓兆民，夫人奉利而归诸上，是利之内也。若七德离判，民乃携贰，各以利退，上求不暨，是其外利也。夫狄无列于王室，郑伯南也[①]，王而卑之，是不尊贵也。狄，豺狼之德也，郑未失周典，王而蔑之，是不明贤也。平、桓、庄、惠皆受郑劳，王而弃之，是不庸勋也。郑伯捷之齿长矣[②]，王而弱之，是不长老也。狄，隗姓也，郑出自宣王，王而虐之，是不爱亲也。夫礼，新不间旧，王以狄女间姜、任[③]，非礼且弃旧也。王一举而弃七德，臣故曰利外矣。《书》有之曰[④]：‘必有忍也，若能有济也。’王不忍小忿而弃郑，又登叔隗以阶狄。狄，封豕豺狼也，不可厌也。”王不听。

【注 释】

① 南：即“男”，男爵。② 郑伯：郑文公，名捷。③ 姜、任：韦昭注：“姜氏、任氏之女世为王妃嫔也。”④《书》：《尚书》。此处引文不见于今

传本。

十八年[1]，王黜狄后[2]。狄人来诛杀谭伯[3]。富辰曰："昔吾骤谏王，王弗从，以及此难。若我不出，王其以我为怼乎！"乃以其属死之。初，惠后欲立王子带[4]，故以其党启狄人。狄人遂入周，王乃出居于郑，晋文公纳之。

【注 释】

① 十八年：周襄王十八年，即公元前634年。② 黜狄后：韦昭注："狄后既立而通王子带，故王废之也。"③ 谭伯：周大夫，封地在谭(今山东历城东)，故称。④ 惠后：襄王后母。王子带：惠后所生的儿子，襄王异母弟。

【导 读】

本篇记叙周襄王不听大臣富辰的劝谏，执意讨伐同姓诸侯国郑国，并为了奖励参与讨伐的狄族，坚持立狄女为后，终于遭到祸患，而出逃至郑国的史实。富辰的劝谏由两部分组成：第一部分针对襄王欲讨伐兄弟之国郑国而言，指出贤明的君王要谨守"三德"。第二部分针对襄王欲纳狄女为后而言，指出为君王者要明白"小不忍则乱大德"的道理。富辰的劝谏言辞恳切，例证丰富，层层推进，极富文采。但劝谏中将一国之兴亡与纳女相联系，则是富辰的狭隘。阅读此文，有助于我们认识和了解春秋时期统治阶级内部的矛盾，周王朝与少数民族间的关系，以及上古时期统治阶级的婚姻特点。

襄王拒晋文公请隧

晋文公既定襄王于郏[1]，王劳之以地，辞，请隧焉[2]。王弗许，曰："昔我先王之有天下也，规方千里以为甸服，以供上帝山川百神之祀，以备百姓兆民之用，以待不庭不虞之患。其余以均分公侯伯子男[3]，使各有宁宇，以顺及天地，无逢其灾害，先王岂有赖焉？内官不过九御[4]，外官不过九品[5]，足以供给神祇而已，岂敢厌纵其耳目心腹以乱百度？亦唯是死生之服物采章，以临长百姓而轻重布之，王何异之有？今天降祸灾于周室，余一人仅亦守府，又不佞以勤叔父[6]，而班先王之大物以赏私德，其叔父实应且憎，以非余一人，余一人岂敢有爱？先民有言曰：'改玉改行[7]。'叔父若能光裕大德，更姓改物，以创制天下，自显庸也，而缩取备物以镇抚百姓，余一人其流辟旅于裔土，何辞之有与？若由是姬姓也，尚将列为公侯以复先王之职，大物其未可改也。叔父其懋昭明德，物将自至，余何敢以私劳变前之大章，以忝天下，其若先王与百姓何？何政令之为也？若不然，叔父有地而隧焉，余安能知之？"文公遂不敢请，受地而还。

【注 释】

① 晋文公：即重耳，谥号为文。襄王：即周襄王。郏(jiá)：在今河南洛阳。② 隧：韦昭注："六隧也。《周礼》：天子远郊之地有六乡，则六军之士也；外有六隧，掌供王之贡赋。唯天子有隧，诸侯则无也。"③ 公侯伯子男：周代的五种封爵等级。④ 内官：宫中的女官。九御：即九嫔，为天子的妃子。⑤ 九品：即九卿。周代以少师、少傅、少保、冢宰、司徒、宗伯、司马、司寇、司空为九卿。⑥ 叔父：韦昭注："天子称九州之长同姓曰叔父也。"这里指晋文公。⑦ 改玉改行：玉指佩玉，韦昭注："言服其服则行其礼，以言晋侯尚在臣位，不宜有隧也。"

【导 读】

本篇文章记述了晋文公请求隧地而周襄王不允的史实。晋文公自恃助襄王复位有功，不要普通的土地而要隧地，襄王以不符合宗法等级制度为由，婉拒了晋文公的无礼要求。文中虽然对晋文公着墨不多，但通过襄王一番似扬实抑、软中有硬的规劝话语看，晋文公的霸气和野心，已显露无遗。

阳人不服晋侯

王至自郑，以阳樊赐晋文公[1]。阳人不服，晋侯围之。仓葛呼曰[2]：

"王以晋君为能德，故劳之以阳樊，阳樊怀我王德，是以未从于晋。谓君其何德之布以怀柔之，使无有远志？今将大泯其宗祊而蔑杀其民人[3]，宜吾不敢服也！夫三军之所寻[4]，将蛮、夷、戎、狄之骄逸不虔[5]，于是乎致武。此嬴者阳也，未狎君政，故未承命。君若惠及之，唯官是征，其敢逆命，何足以辱师！君之武震，无乃玩而顿乎？臣闻之曰：'武不可觌，文不可匿。觌武无烈，匿文不昭。'阳不承获甸而祇以觌武，臣是以惧。不然，其敢自爱也？且夫阳岂有裔民哉[6]，夫亦皆天子之父兄甥舅也，若之何其虐之也？"晋侯闻之，曰："是君子之言也。"乃出阳民。

【注 释】

①阳樊：在今河南济源市。②仓葛：人名，阳樊人。③宗祊(bēng)：宗庙。祊，宗庙前设祭之处。④三军：晋国的上、中、下三军。⑤蛮、夷、戎、狄：古代用以指称中原地区以外的南、东、西、北地区的少数民族。⑥裔民：边远地区的少数民族。这里指被放逐到荒远地方的所谓"恶民"。

【导 读】

周襄王为了报答晋文公，把阳樊赏赐给了晋文公。阳樊之民反对，晋军乃包围其地。阳樊人仓葛为民请命，陈述了民众不肯接纳晋文公的理由。晋文公闻听后，决定撤兵。通过这段史实的记述，使我们认识了仓葛这位历史人物不平凡的形象。普通的历史人物，《国语》里面记载的不多，仓葛即是其中的一位。

襄王拒杀卫成公

温之会[1]，晋人执卫成公归之于周[2]。晋侯请杀之，王曰："不可。夫政，自上下者也，上作政而下行之不逆，故上下无怨。今叔父作政而不行[3]，无乃不可乎？夫君臣无狱，今元咺虽直，不可听也。君臣皆狱，父子将狱，是无上下也。而叔父听之，一逆矣。又为臣杀其君，其安庸刑？布刑而不庸，再逆矣。一合诸侯而有再逆政，余惧其无后[4]。不然，余何私于卫侯?”晋人乃归卫侯。

【注释】

① 温:在今河南温县。周襄王二十年(前632),晋文公在这里与诸侯会盟。② 卫成公:卫国国君,名郑。公元前634年至前600年在位。③ 叔父:晋文公。④ 无后:指以后不能再会盟诸侯了。

【导读】

本文记载了周襄王拒杀卫成公的史实。晋人执卫成公,事出有因。晋、楚城濮之战中,卫是楚的盟国,因而得罪了晋。所以卫成公不敢参加晋胜楚后的践土会盟,只派大臣元咺奉摄君叔武出席。事后,卫成公归国,以欲篡位为由杀死叔武,元咺遂逃至晋国。晋文公于温会盟诸侯,问罪于卫,卫成公与元咺在会上各自申辩,卫成公败诉,于是被晋人所执,交给襄王。晋人想杀掉卫成公,但周襄王为了维护君上臣下的封建礼法,坚持不杀卫成公。晋文公最后听从了周襄王的规劝,放卫成公归国。此时,晋文公的霸主地位已经十分牢固了。

王孙满观秦师

二十四年[①],秦师将袭郑,过周北门。左右皆免胄而下[②],超乘者三百乘[③]。王孙满观之[④],言于王曰:“秦师必有谪。”王曰:“何故?”对曰:“师轻而骄,轻则寡谋,骄则无礼。无礼则脱,寡谋自陷。入险而脱,能无败乎?秦师无谪,是道废也。”是行也,秦师还,晋人败诸崤[⑤],获其三帅丙、术、视[⑥]。

【注释】

① 二十四年:周襄王二十四年,即公元前628年。② 左右:车左和车右。胄:头盔。摘下头盔下车,是对周天子表示礼貌。③ 超乘:跳跃上车,没有纪律的样子。这是无礼之举。④ 王孙满:韦昭注:“满,周大夫王孙之名也。”⑤ 崤(xiáo):崤山。在今河南三门峡市,为由秦至郑的

必经之路。⑥ 三帅：秦军的三位将领，即丙（白乙丙）、术（西乞术）、视（孟明视）。

【导读】

本文记述了王孙满观察到秦军的一个轻狂无礼的细节后，马上推断秦军必遭失败的史实。说明了小节和大局的关系。

定王论不用全烝之故

晋侯使随会聘于周①，定王享之肴烝②，原公相礼③。范子私于原公，曰："吾闻王室之礼无毁折，今此何礼也？"王见其语也，召原公而问之，原公以告。

【注释】

① 晋侯：晋景公，名獳（nòu）。公元前599年至前581年在位。晋文公之孙。随会：即士季武子，晋的正卿。又称士会、范会、范子。② 定王：即周定王，名瑜。公元前606年至前586年在位。周襄王的孙子。肴烝：古代的一种宴席，宴席上将鱼肉全部切成小块。③ 原公：即原襄公。周之大夫。

王召士季，曰："子弗闻乎，禘郊之事则有全烝①，王公立饫则有房烝②，亲戚宴飨则有肴烝。今女非他也，而叔父使士季实来修旧德，以奖王室。唯是先王之宴礼，欲以贻女。余一人敢设饫禘焉，忠非亲礼，而干旧职，以乱前好？且唯戎狄则有体荐。夫戎狄，冒没轻儳，贪而不让。其血气不治，若禽兽焉。其适来班贡，不俟馨香嘉味，故坐诸门外而使舌人体委与之③。女今我王室之一二兄弟，以时相见，将和协典礼，以示民训则，无亦择其柔嘉，选其馨香，洁其酒醴，品其百笾④，修其簠簋⑤，奉其牺象⑥，出其樽彝⑦，陈其鼎俎⑧，净其巾幂⑨，敬其祓除，体解节折而共饮食之。于是乎有折俎加豆⑩，酬币宴货，以示容合好，胡有孑然其郊戎狄也？

【注 释】

① 禘(dì)郊：祭祀祖宗天地的大典。② 立饫(yù)：站着举行宴会。③ 舌人：古代的翻译。④ 笾(biān)：竹器。⑤ 簠簋(fǔ guǐ)：青铜制作的盛黍稷的器皿。⑥ 牺象：上面饰有牛、象图案的樽。⑦ 樽彝：酒器。⑧ 鼎：煮牲的食器。俎：切熟肉的砧板。⑨ 巾幂：盖樽彝等器物的巾。⑩ 豆：盛食品的礼器。

"夫王公诸侯之有饫也，将以讲事成章，建大德、昭大物也，故立成礼烝而已。饫以显物，宴以合好，故岁饫不倦，时宴不淫，月会、旬修、日完不忘。服物昭庸，采饰显明，文章比象，周旋序顺，容貌有崇，威仪有则，五味实气，五色精心，五声昭德，五义纪宜，饮食可飨，和同可观，财用可嘉，则顺而德建。古之善礼者，将焉用全烝？"

武子遂不敢对而退。归乃讲聚三代之典礼①，于是乎修执秩以为晋法②。

【注 释】

① 三代：指夏、商、西周。② 执秩：春秋时晋国制定的管理爵禄的法令。

【导 读】

本文通过晋侯聘于周的史实，讲述了古代的宴飨之礼。范子随晋侯朝周，周定王以肴烝礼待之。范子怀疑礼节未尽，私问原公。周定王遂向他讲述了三种宴飨的礼节以及适用的场合。定王的讲述周到细致，对研究考证古代的礼制，特别是宴飨之礼提供了比较丰富的史料。周定王所言的"五味实气，五色精心，五声昭德，五义纪宜"，说明早在东周，古人就已经注意到了饮食与健康、文化等的关系。

单襄公论陈必亡

定王使单襄公聘于宋①。遂假道于陈，以聘于楚。火朝觌矣②，道茀不可行，候不在疆[3]，司空不视涂，泽不陂，川不梁，野有庾积，场功未毕，道无列树，垦田若艺，膳宰不致饩，司里不授馆[4]，国无寄寓[5]，县无施舍，民将筑台于夏氏[6]。及陈，陈灵公与孔宁、仪行父南冠以如夏氏[7]，留宾弗见。

【注 释】

① 单(shàn)襄公：周朝大夫单朝，又称单子。宋：即宋国，子姓诸侯国，殷商之后。② 火：指大火星，二十八宿中的心宿。③ 候：候人，负责迎送宾客的官吏。④ 司里：又称里宰，主管房舍的官吏。⑤ 寄寓：招待宾客休息之所，与下文的“施舍”意同。⑥ 夏氏：陈大夫夏征舒家。⑦ 陈灵公：陈国国君，名平国。公元前613年至前599年在位。南冠：楚人常戴的一种帽子。按当时的礼仪，国君和大夫不可以随便穿戴他国服饰，否则失礼。

单子归，告王曰：“陈侯不有大咎，国必亡。”王曰：“何故?”对曰：“夫辰角见而雨毕[1]，天根见而水涸[2]，本见而草木节解[3]，驷见而陨霜[4]，火见而清风戒寒。故先王之教曰：‘雨毕而除道，水涸而成梁，草木节解而备藏，陨霜而冬裘具，清风至而修城郭宫室。’故《夏令》曰[5]：‘九月除道，十月成梁。’其时儆曰：‘收而场功，待而畚梮[6]，营室之中[7]，土功其始。火之初见，期于司里。’此先王所以不用财贿，而广施德于天下者也。今陈国火朝觌矣，而道路若塞，野场若弃，泽不陂障，川无舟梁，是废先王之教也。

【注 释】

① 辰：清晨。角：二十八宿中的角宿。② 天根：二十八宿中的亢宿。位于亢宿和氐宿之间。③ 本：二十八宿中的氐宿。④ 驷：二十八宿中的房宿。⑤《夏令》：夏代的法令。韦昭注：“夏后氏之令，周所因也。”一说指月令。⑥ 梮(jū)：抬土的器具。⑦ 营室之中：二十八宿中的室宿和壁宿黄昏时出现于中天。古人认为此时可营造房屋。

“《周制》有之曰：‘列树以表道，立鄙食以守路，国有郊牧，疆有寓望，薮有圃草，囿有林池，所以御灾也。其余无非谷土，民无悬耜[1]，野无奥草。不夺民时，不蔑民功。有优无匮，有逸无罢。国有班事，县有序民。'今陈国道路不可知，田在草间，功成而不收，民疲于逸乐，是弃先王之法制也。

"周之《秩官》有之曰[2]：'敌国宾至，关尹以告[3]，行理以节逆之[4]，候人为导，卿出郊劳，门尹除门[5]，宗祝执祀[6]，司里授馆，司徒具徒，司空视涂，司寇诘奸，虞人入材[7]，甸人积薪[8]，火师监燎[9]，水师监濯[10]，膳宰致饔，廪人献饩[11]，司马陈刍[12]，工人展车，百官以物至，宾入如归。是故小大莫不怀爱。其贵国之宾至，则以班加一等，益虔。至于王吏，则皆官正莅事，上卿监之。若王巡守，则君亲监之。'今虽朝也不才，有分族于周，承王命以为过宾于陈，而司事莫至，是蔑先王之官也。

【注 释】

① 耜(sì)：翻土的农具。②《秩官》：书名，大约为记载典制一类的文献。③ 关尹：掌管关隘迎接四方宾客的官吏。④ 行理：负责出使聘问迎送宾客的官吏。节：瑞节、符节。使者用作凭证的信物。⑤ 门尹：亦称司门。掌管门户的官吏。⑥ 宗祝：宗伯的属官。掌管祭祀、祈祷的官员。⑦ 虞人：掌管山泽的官员。⑧ 甸人：掌管柴火的官员。⑨ 火师：掌管殿堂照明的官吏。⑩ 水师：掌管水务，兼管洗濯一类事务的官吏。⑪ 廪人：掌管粮仓的官吏。⑫ 司马：掌管养马等事务的官员。

"先王之令有之曰：'天道赏善而罚淫，故凡我造国，无从非彝，无即慆淫，各守尔典，以承天休。'今陈侯不念胤续之常，弃其伉俪妃嫔，而帅其卿佐以淫于夏氏，不亦渎姓矣乎？陈，我大姬之后也。弃衮冕而南冠以出[1]，不亦简彝乎？是又犯先王之令也。

"昔先王之教，懋帅其德也犹恐殒越。若废其教而弃其制，蔑其官而犯其令，将何以守国？居大国之间而无此四者，其能久乎？"

六年[2]，单子如楚。八年[3]，陈侯杀于夏氏。九年，楚子入陈[4]。

【注 释】

① 衮冕：此处指礼服。② 六年：周定王六年，即公元前 601 年。

③ 八年：周定王八年。④ 楚子：楚庄王。

【导 读】

本篇记载东周使臣单襄公出使，途经陈国时，受到陈侯的冷遇，单襄公返周后，根据自己在陈的遭遇，向周定王陈述陈国必将亡国的原因。单襄公推断陈国必亡的理由主要有：第一，陈国违背季节，荒疏生产；第二，陈国违背先王制定的礼法；第三，陈侯违背先王的政令而恣意淫乐。单襄公博闻多识，陈述时引古论今，环环相扣，合乎情理。并且，其言辞中多用偶句，骈散相间，感染力很强。阅读此文，可帮助我们了解古代天文、时令、农事的相关知识。

刘康公论鲁大夫俭与侈

定王八年[①]，使刘康公聘于鲁[②]，发币于大夫。季文子、孟献子皆俭[③]，叔孙宣子、东门子家皆侈[④]。

【注 释】

① 定王八年：周定王八年，公元前599年。② 刘康公：又称康公，周朝大夫。其封邑在刘（今河南偃师），谥号康，故名。③ 季文子：季友之孙，齐仲无佚之子季孙行父。鲁国上卿。孟献子：仲庆父之曾孙，公孙敖之孙，孟文伯歇之子仲孙蔑。鲁国上卿。④ 叔孙宣子：又称叔孙宣伯。鲁国的下卿。东门子家：鲁国大夫。

归，王问鲁大夫孰贤，对曰："季、孟其长处鲁乎！叔孙、东门其亡乎！若家不亡，身必不免。"王曰："何故？"对曰："臣闻之：'为臣必臣，为君必君。'宽肃宣惠，君也；敬恪恭俭，臣也。宽所以保本也，肃所以济时也，宣所以教施也，惠所以和民也。本有保则必固，时动而济则无败功，教施而宣则遍，惠以和民则阜。若本固而功成，施遍而民阜，乃可以长保民矣，其何事不彻？敬所以承命也，恪所以守业也，恭所以给事也，俭所以足用也。以敬承命则不违，以恪守业则不懈，以恭给事则宽于死，以俭足用则远于忧。若承命不违，守业不懈，宽于死而远于忧，则可以上下无隙矣，其何任不堪？上任事而彻，下能堪其任，所以为令闻长世也。今夫二子者俭，其能足用矣，用足则族可以庇。二子者侈，侈则不恤匮，匮而不恤，忧必及之，若是则必广其身。且夫人臣而侈，国家弗堪，亡之道也。”王曰：“几何？”对曰：“东门之位不若叔孙而泰侈焉，不可以事二君；叔孙之位不若季、孟而亦泰侈焉，不可以事三君。若皆蚤世犹可，若登年以载其毒，必亡。”

十六年[①]，鲁宣公卒[②]。赴者未及，东门氏来告乱，子家奔齐。简王十一年[③]，鲁叔孙宣伯亦奔齐，成公未殁二年[④]。

【注 释】

① 十六年：周定王十六年，公元前591年。② 鲁宣公：鲁国国君，名倭。公元前608年至前591年在位。③ 简王十一年：周简王十一年，公元前575年。④ 成公：鲁成公，名黑肱。公元前590年至前573年在位。

【导 读】

本篇记载周使刘康公到鲁国访问，发现鲁国公卿大夫有奢有俭，品行不一。归周后，周定王请他品评一下鲁国官员的贤佞，刘康公遂发表了这番评论，重点阐述了俭奢与国运的关系。刘康公认为，“敬所以承命也，恪所以守业也，恭所以给事也，俭所以足用也”；“夫人臣而侈，国家弗堪，亡之道也”。可以说刘康公的这些议论针对性极强，且发人深省。古今治国者和为官者，不可不察。

王孙说请勿赐叔孙侨如

简王八年[①]，鲁成公来朝，使叔孙侨如先聘且告[②]。见王孙说[③]，与之语。说言于王曰：“鲁叔孙之来也，必有异焉。其享觐之币薄而言谄，殆请之也；若请之，必欲赐也。鲁执政唯强，故不欢焉而后遣之；且其状方上而锐下，宜触冒人。王其勿赐。若贪陵之人来而盈其愿，是不赏善也，且财不给。故圣人之施舍也议之，其喜怒取与亦议之。是以不主宽惠，亦不主猛毅，主德义而已。”王曰：“诺。”使私问诸鲁，请之也。王遂不赐，礼如行人④。及鲁侯至，仲孙蔑为介⑤，王孙说与之语，说让⑥。说以语王，王厚贿之。

【注 释】

① 简王八年：周简王八年，公元前578年。简王，周定王之子，名夷。② 叔孙侨如：即叔孙宣子。③ 王孙说(yuè)：周大夫。④ 行人：掌管朝觐聘问的官员。⑤ 仲孙蔑：即季文子。⑥ 说让：指仲孙蔑为人好谦让。

【导 读】

王孙说正确地判断出了叔孙侨如来访的目的，因此对周简王说不要给叔孙侨如赏赐。这一事件的本身并不具有多少史料价值。但通过此文的记述，却使我们进一步认识和了解了王孙说的精明和正直。同时也说明了一个道理，动机不纯的贪鄙之人，永远不会受到正直之士的礼遇。王孙说的相人之术是没有科学性的，所以不被人们所信从。柳宗元在《非国语》中即言：“方上锐下，非所以得罪于天子。”因此，判断一个人的好坏，还是要看他的言行。

单襄公论郤至佻天之功

晋既克楚于鄢①，使郤至告庆于周②。未将事，王叔简公饮之酒③，交酬好货皆厚，饮酒宴语相说也。明日，王孙子誉诸朝。

【注 释】

① 克楚于鄢：周简王十一年(前575)，晋厉公伐郑，楚救郑，晋楚战于鄢(今河南鄢陵县北)，大败楚军。② 郤(xì)至：晋大夫，即后文的温季。晋楚之战中为晋军副统帅。③ 王叔简公：周大夫，亦称王叔陈生。

郤至见邵桓公①，与之语。邵公以告单襄公曰：“王叔子誉温季，以为必相晋国，相晋国必大得诸侯，劝二三君子必先导焉，可以树。今夫子见我，以晋国之克也，为己实谋之，曰：'微我，晋不战矣！楚有五败，晋不知乘，我则强之。背宋之盟[2]，一也；德薄而以地赂诸侯[3]，二也；弃壮之良而用幼弱，三也；建立卿士而不用其言[4]，四也；夷、郑从之[5]，三陈而不整，五也。罪不由晋，晋得其民，四军之帅[6]，旅力方刚[7]，卒伍治整，诸侯与之。是有五胜也：有辞，一也；得民，二也；军帅强御，三也；行列治整，四也；诸侯辑睦，五也。有一胜犹足用也，有五胜以伐五败，而避之者，非人也。不可以不战。栾、范不欲[8]，我则强之。战而胜，是吾力也。且夫战也微谋，吾有三伐：勇而有礼，反之以仁。吾三逐楚君之卒，勇也；见其君必下而趋，礼也；能获郑伯而赦之，仁也。若是而知晋国之政，楚、越必朝。'

"吾曰：'子则贤矣。抑晋国之举也，不失其次，吾惧政之未及子也。'谓我曰：'夫何次之有？昔先大夫荀伯自下军之佐以政[9]，赵宣子未有军行而以政[10]，今栾伯自下军往[11]。是三子也，吾又过于四之无不及。若佐新军而升为政，不亦可乎？将必求之。'是其言也，君以为奚若？"

【注释】

① 邵桓公：周卿士。② 背宋之盟：鲁成公十二年（前 579），宋国华元主持宋、晋、楚三国盟会。鲁成公十六年，楚联合郑背盟伐宋。③ 以地赂诸侯：楚、郑不和，郑不欲从楚，楚用汝阴之田贿赂郑，郑遂叛晋而从楚。④ 不用其言：指交战之前，楚内部的主和派曾劝阻楚的背盟行为，楚君不纳。⑤ 夷：楚军中的少数民族军队。《左传》中称"蛮军"。⑥ 四军：指上、中、下三军和新军。⑦ 旅：众。⑧ 栾：晋卿栾书。范：晋卿士燮。⑨ 下军之佐：下军的副手，属于第六位卿。此句话说：荀林父从下军副帅升任中军统帅。⑩ 赵宣子：赵盾。⑪ 栾伯自下军往：栾书自下军副帅累升为中军统帅。

襄公曰："人有言曰：'兵在其颈'，其郤至之谓乎！君子不自称也，非以让也，恶其盖人也。夫人性，陵上者也，不可盖也。求盖人，其抑下滋甚，故圣人贵让。且谚曰：'兽恶其网，民恶其上。'《书》曰[1]：'民可近也，而不可上也。'《诗》曰[2]：'恺悌君子，求福不回。'在礼，敌必三让，是则圣人知民之不可加也。故王天下者必先诸民，然后庇焉，则能长利。今郤至在七人之下而欲上之③，是求盖七人也，其亦有七怨。怨在小丑，犹不可堪，而况在侈卿乎？其何以待之？

“晋之克也，天有恶于楚也，故儆之以晋。而郤至佻天之功以为己力，不亦难乎？佻天不祥，乘人不义，不祥则天弃之，不义则民叛之。且郤至何三伐之有？夫仁、礼、勇，皆民之为也。以义死用谓之勇，奉义顺则谓之礼，畜义丰功谓之仁。奸仁为佻，奸礼为羞，奸勇为贼。夫战，尽敌为上，守和同、顺义为上。故制戎以果毅，制朝以序成。叛战而擅舍郑君，贼也；弃毅行容，羞也；叛国即仇，佻也。有三奸以求替其上，远于得政矣。以吾观之，兵在其颈，不可久也。虽吾王叔未能违难。在《太誓》曰④：‘民之所欲，天必从之。’王叔欲郤至，能勿从乎？”

郤至归，明年死难⑤。及伯舆之狱⑥，王叔陈生奔晋。

【注 释】

①《书》：《尚书》。引文不见于今本《尚书》各篇。②《诗》：《诗经》。引文见《大雅·旱麓》。③ 在七人之下：晋国立四军，位次为中军、上军、下军、新军。每军有正、副两帅，郤至为新军副帅，所以排在第八位，故云在“七人之下”。④《太誓》：《尚书》篇名。⑤ 死难：指郤至被晋厉公所杀。⑥ 伯舆之狱：周灵王九年(前 563)，王叔陈生与周大夫伯舆争政，灵王偏向伯舆，王叔陈生遂逃奔晋国。

【导 读】

周简王十一年，晋、楚大战于鄢，楚国大败，晋遂派郤至去向周天子报捷。至周后，郤至不顾事实，极言自己在晋、楚大战中的功劳。单襄公不以为然，对邵桓公直言了他的看法。单襄公认为郤至地位本“在七人之下”，但却把晋胜楚的功劳全记在自己的名下，显然是一个品行不端、心术不正的人，他为自己所总结出的“三伐”实际上是“三奸”。指出郤至这种“贪天下之功为已有”的人，命运堪忧。文中对人物性格的刻画十分成功，它通过生动的富有个性的语言，把郤至的贪鄙、自大的容貌，惟妙惟肖地勾勒了出来。全文层次清晰，结构严整，语言犀利，富有激情。

卷三　周语　下

单襄公论晋将有乱

柯陵之会[①]，单襄公见晋厉公视远步高；晋卿锜[②]，见单子，其语犯；郤犨[③]见，其语迂；郤至见，其语伐；齐国佐[④]见，其语尽。

【注释】

① 柯陵之会：周简王十一年（前575），诸侯在柯陵（今河南新郑西）的盟会。② 锜：郤锜，晋卿，名驹伯，郤克之子。他与下文的郤犨以及郤至，为晋国有名的“三郤”。③ 郤犨（chōu）：晋卿，名苦成叔，郤锜之族父。④ 国佐：齐卿国武子。下文的齐国子亦指他。

鲁成公见，言及晋难及郤犨之谮[①]。单子曰：“君何患焉？晋将有乱，其君与三郤其当之乎？”鲁侯曰：“寡人惧不免于晋，今君曰‘将有乱’，敢问天道乎，抑人故也？”对曰：“吾非瞽、史，焉知天道？吾见晋君之容而听三郤之语矣，殆必祸者也。夫君子目以定体，足以从之，是以观其容而知其心矣。目以处义，足以步目，今晋侯视远而足高，目不在体而足不步目，其心必异矣。目体不相从，何以能久？夫合诸侯，民之大事也，于是乎观存亡。故国将无咎，其君在会，步言视听，必皆无谪，则可以知德矣。视远，日绝其义；足高，日弃其德；言爽，日反其信；听淫，日离其名。夫目以处义，足以践德，口以庇信，耳以听名者也，故不可不慎也。偏丧有咎，既丧则国从之。晋侯爽二，吾是以云。

“夫郤氏，晋之宠人也，三卿而五大夫，可以戒惧矣。高位实疾颠，厚味实腊毒。今郤伯之语犯，叔迂，季伐。犯则陵人，迂则诬人，伐则掩人，有是宠也而益之以三怨，其谁能忍之？虽齐国子亦将与焉。立于淫乱之国，而好尽言，以招人过，怨之本也。唯善人能受尽言，齐其有乎？吾闻之，国德而邻于不修，必受其福。今君逼于晋而邻于齐，齐、晋有祸，可以取伯，无德之患，何忧于晋？且夫长翟之人利而不义[2]，其利淫矣，流之若何？"鲁侯归，乃逐叔孙侨如。

简王十一年，诸侯会于柯陵。十二年，晋杀三郤。十三年，晋侯弑，于翼东门葬[3]，以车一乘[4]。齐人杀国武子。

【注 释】

① 晋难及郤犫之谮：柯陵盟会之前，晋曾率领诸侯伐郑，鲁因内政纠纷未能按期与诸侯会师，遭到晋君的责备。郤犫又接受鲁大夫叔孙宣子的贿赂，在晋侯面前说鲁的坏话，故云。② 长翟之人：指鲁大夫叔孙侨如。侨如之父得臣曾战胜长狄（翟即狄），俘虏了长狄首领长翟侨如，于是为其子起名叫侨如。③ 翼：晋的别都，在今山西沁水西。葬于别都是指不能和先君同葬一地。④ 车一乘（shèng）：指葬时仅有一乘车，表示不合诸侯的丧礼。古礼诸侯应随葬车七乘。

【导 读】

本文记述了诸侯柯陵盟会上发生的一件史事。周简王十一年，诸侯会盟于柯陵，单襄公亦到了现场。盟会过程中，单襄公观察到晋侯、"三郤"和国佐言谈举止异常，或者目光游离，或者语多冒犯，或者谈话诡异，或者自吹自夸，或者毫无忌讳。单襄公根据自己的为政经验，向鲁成公说出了自己的判断：晋国将有内乱发生。后来晋国政局的发展果然应验了单襄公的判断。全文首尾呼应，层次分明，判断深刻，语言凝练，逻辑关系清楚，单襄公的政治家形象塑造得非常成功。

单襄公论晋周将得晋国

晋孙谈之子周适周[1]，事单襄公[2]。立无跛，视无还，听无耸，言无远。

言敬必及天，言忠必及意，言信必及身，言仁必及人，言义必及利，言智必及事，言勇必及制，言教必及辩，言孝必及神，言惠必及和，言让必及敌。晋国有忧未尝不戚，有庆未尝不怡。

【注 释】

① 晋孙谈：晋襄公之孙，名谈。周：亦称公子周、公子纠，孙谈之子。晋国自献公听信骊姬谗言，驱逐群公子后，国内一直不留公子，所以孙周到周王室事奉单襄公。晋厉公卒后，公子周被晋大臣拥立为君，是为晋悼公。公元前572年至前558年在位。② 单襄公：周大夫单朝。

襄公有疾，召顷公而告之曰[①]："必善晋周，将得晋国。其行也文，能文则得天地。天地所胙，小而后国。夫敬，文之恭也；忠，文之实也；信，文之孚也；仁，文之爱也；义，文之制也；智，文之舆也；勇，文之帅也；教，文之施也；孝，文之本也；惠，文之慈也；让，文之材也。象天能敬，帅意能忠，思身能信，爱人能仁，利制能义，事建能智，帅义能勇，施辩能教，昭神能孝，慈和能惠，推敌能让。此十一者，夫子皆有焉。

"天六地五，数之常也。经之以天，纬之以地，经纬不爽，文之象也。文王质文，故天胙之以天下。夫子被之矣，其昭穆又近[②]，可以得国。且夫立无跛，正也；视无还，端也；听无耸，成也；言无远，慎也。夫正，德之道也；端，德之信也；成，德之终也；慎，德之守也。守终纯固，道正事信，明令德矣。慎成端正，德之相也。为晋休戚，不背本也。被文相德，非国何取？

【注 释】

① 顷公：单襄公之子。② 昭穆：宗庙左右的位次。在左的称昭，在右的叫穆，昭穆相承。如父亲在左为昭，则儿子在右为穆，孙子又在左为昭。一昭一穆，相次而下。

"成公之归也[①]，吾闻晋之筮之也[②]，遇《乾》之《否》[③]，曰：'配而不终，君三出焉。'一既往矣，后之不知，其次必此。且吾闻成公之生也，其母梦神规其臀以墨，曰：'使有晋国，三而畀驩之孙[④]。'故名之曰'黑臀'，于今再矣[5]。襄公曰驩，此其孙也。而令德孝恭，非此其谁？且其梦曰：'必驩之孙，实有晋国。'其卦曰：'必三取君于周。'其德又可以君国，三袭焉。吾闻之《大誓》，故曰：'朕梦协朕卜，袭于休祥，戎商必克。'以三袭也。晋仍无道而鲜胄，其将失之矣。必早善晋子，其当之也。"

顷公许诺。及厉公之乱，召周子而立之，是为悼公。

【注 释】

① 成公之归：晋灵公卒后，大臣自周迎接襄公之弟黑臀为君，即晋成公。公元前606年至前600年在位。② 筮：用蓍草占卜。③《乾》之《否》：《乾》卦变为《否》卦。《乾》、《否》都是六十四卦之一。④ 畀(bì)：给予。驩(huān)：晋襄公名字。孙：这里指曾孙，即周子。古代自孙子以下都可以称孙。⑤ 于今再矣：言晋成公卒后由其子据继位为景公，景公卒后由其子寿曼继位为厉公。成公的子孙已两次继承国君之位，算上成公本人已是三世了。故云。

【导 读】

本文记述了公子周被拥立为君前的表现。由于晋国内不留公子，公子周一直在周侍奉单襄公。单襄公对公子周的表现大加赞扬，预见他将来必能回国继位为君。单襄公病后，便叮嘱其子要善待公子周。晋厉公卒后，公子周果然被晋国大臣拥立为君。文中再次成功地塑造了单襄公的政治预言家形象。文中还言及卜筮，其内容可为我们研究《周易》筮法提供参考。

太子晋谏灵王壅谷水

灵王二十二年[1]，谷、洛斗[2]，将毁王宫。王欲壅之，太子晋谏曰[3]："不可。晋闻古之长民者，不堕山，不崇薮，不防川，不窦泽。夫山，土之聚也；薮，物之归也；川，气之导也；泽，水之钟也。夫天地成而聚于高，归物于下，疏为川谷以导其气，陂塘污庳以钟其美。是故聚不阤崩而物有所归，气不沉滞而亦不散越，是以民生有财用而死有所葬。然则无夭、昏、札、瘥之忧，而无饥、寒、乏、匮之患，故上下能相固，以待不虞，古之圣王唯此之慎。

【注 释】

① 灵王：即周灵王，名泄心。周简王之子。二十二年：公元前550年。② 谷、洛：在今河南境内的两条河流。③ 晋：周灵王之子。

"昔共工弃此道也[1]，虞于湛乐，淫失其身，欲壅防百川，堕高堙庳，以害天下。皇天弗福，庶民弗助，祸乱并兴，共工用灭。其在有虞[2]，有崇伯鲧播其淫心[3]，称遂共工之过，尧用殛之于羽山[4]。其后伯禹念前之非度[5]，厘改制量，象物天地，比类百则，仪之于民而度之于群生。共之从孙四岳佐之[6]，高高下下，疏川导滞，钟水丰物，封崇九山，决汩九川，陂鄣九泽，丰殖九薮，汩越九原，宅居九隩，合通四海。故天无伏阴，地无散阳，水无沉气，火无灾燀，神无间行，民无淫心，时无逆数，物无害生。帅象禹之功，度之于轨仪，莫非嘉绩，克厌帝心。皇天嘉之，祚以天下，赐姓曰姒，氏曰有夏，谓其能以嘉祉殷富生物也。祚四岳国，命以侯伯，赐姓曰姜，氏曰有吕，谓其能为禹股肱心膂，以养物丰民人也。

【注 释】

① 共工：古史传说中的部落首领，炎帝之后。被黄帝之后颛顼所战胜。② 有虞：夏以前的朝代，古史记载舜为该朝代的开创者。③ 鲧(gǔn)：大禹之父，尧之臣。因封地在崇(今河南嵩山)，又称崇伯鲧。④ 尧：上古帝王。羽山：相传在今山东郯城东北。⑤ 伯禹：即大禹。⑥ 共：共工。四岳：尧舜时期的四方部落首领。一说为当时官名，掌管四岳之祭祀。

"此一王四伯岂繄多宠[1]？皆亡王之后也。唯能厘举嘉义，以有胤在下，守祀不替其典。有夏虽衰，杞、鄫犹在；申、吕虽衰，齐、许犹在。唯有嘉功，以命姓受祀，迄于天下。及其失之也，必有慆淫之心间之。故亡其氏姓，踣毙不振；绝后无主，湮替隶圉。夫亡者岂繄无宠？皆黄、炎之后也。唯不帅天地之度，不顺四时之序，不度民神之义，不仪生物之则，以殄灭无胤，至于今不祀。及其得之也，必有忠信之心间之。度于天地而顺于时动，和于民神而仪于物则，故高朗令终，显融昭明，命姓受氏，而附之以令名。若启先王之遗训，省其典图刑法而观其废兴者，皆可知也。其兴者，必有夏、吕之功焉；其废者，必有共、鲧之败焉。今吾执政无乃实有所避，而滑夫二川之神，使至于争明，以妨王宫，王而饰之，无乃不可乎！

“人有言曰：‘无过乱人之门。’又曰：‘佐饔者尝焉，佐斗者伤焉。’又曰：‘祸不好，不能为祸。’《诗》曰②：‘四牡骙骙，旟旐有翩，乱生不夷，靡国不泯。’又曰：‘民之贪乱，宁为荼毒。’夫见乱而不惕，所残必多，其饰弥章。民有怨乱，犹不可遏，而况神乎？王将防斗川以饰宫，是饰乱而佐斗也，其无乃章祸且遇伤乎？自我先王厉、宣、幽、平而贪天祸，至于今未弭。我又章之，惧长及子孙，王室其愈卑乎？其若之何？

【注 释】

① 一王四伯：指禹与四岳。②《诗》：即《诗经》。引文出自《大雅·桑柔》。

“自后稷以来宁乱，及文、武、成、康而仅克安民①。自后稷之始基靖民，十五王而文始平之②，十八王而康克安之，其难也如是。厉始革典，十四王矣。基德十五而始平，基祸十五其不济乎！吾朝夕儆惧，曰：‘其何德之修，而少光王室，以逆天休？’王又章辅祸乱，将何以堪之？王无亦鉴于黎、苗之王③，下及夏、商之季，上不象天而下不仪地，中不和民而方不顺时，不共神祇而蔑弃五则。是以人夷其宗庙而火焚其彝器，子孙为隶，下夷于民，而亦未观夫前哲令德之则。则此五者而受天之丰福，飨民之勋力，子孙丰厚，令闻不忘，是皆天子之所知也。

【注 释】

① 文、武、成、康：周文王姬昌、武王姬发、成王姬诵、康王姬钊。文王、武王为西周王朝的开创者；成王为武王之子，康王为成王之子，他们的统治史称“成康之治”。② 文始平之：指文王开创了伐纣定天下的事业。

③ 黎：九黎。苗：三苗。黎与苗均为上古少数民族集团，因数与华夏争战，故被指称为乱政的诸侯。

"天所崇之子孙或在畎亩，由欲乱民也；畎亩之人或在社稷，由欲靖民也，无有异焉！《诗》云[①]：'殷鉴不远，在夏后之世。'将焉用饰宫？其以徼乱也。度之天神则非祥也，比之地物则非义也，类之民则则非仁也，方之时动则非顺也，咨之前训则非正也，观之《诗》《书》与民之宪言则皆亡王之为也。上下议之，无所比度，王其图之！夫事大不从象，小不从文。上非天刑，下非地德，中非民则，方非时动而作之者，必不节矣。作又不节，害之道也。"

王卒壅之。及景王多宠人[②]，乱于是乎始生。景王崩，王室大乱。及定王[③]，王室遂卑。

【注释】

①《诗》：即《诗经》。引文出自《大雅·荡》。② 景王：即周景王，名贵。周灵王之子，太子晋之弟。公元前 544 年至前 520 年在位。③ 定王：即周贞定王，亦称贞王，名介。公元前 468 年至前 441 年在位。

【导读】

周灵王二十二年，谷水、洛水泛滥，即将危及王宫。灵王为了保护王宫，决定要堵塞两水。太子晋以为此举不妥，因此向灵王进谏。在这篇长文谏言中，太子晋先陈述了历史上治水的经验与教训，指出共工和鲧以堵塞之法治水而失败；大禹以疏导之法治水而成功。警戒灵王不要再重蹈共工和鲧的覆辙。接着，太子晋又列举历代兴衰的事实，规谏灵王要光大祖先的美德，要顺从民意，要根据自然规律制定相应的法则，要顺时而动。可惜灵王没有听从太子晋的劝告，而是一意孤行，动乱也就自此时而开始了。此文全篇几乎都是太子晋的议论，议论中广征博引，史料丰富；纵横驰骋，汪洋恣肆；话语恳切，见解深刻，充分展现了当时记言体散文的特点。此文为我们研究东周时期社会发展状况提供了一定的参考。文中所揭示的古人对待自然灾害的态度，我们也要给予应有的重视。

晋羊舌肸聘周论单靖公敬俭让咨

晋羊舌肸聘于周[①]，发币于大夫及单靖公[②]。靖公享之，俭而敬；宾礼赠饯，视其上而从之；燕无私，送不过郊；语说《昊天有成命》[③]。

单之老送叔向[④]，叔向告之曰："异哉！吾闻之曰：'一姓不再兴。'今周其兴乎！其有单子也。昔史佚有言曰[⑤]：'动莫若敬，居莫若俭，德莫若让，事莫若咨。'单子之贶我，礼也，皆有焉。夫宫室不崇，器无彤镂，俭也；身耸除洁，外内齐给，敬也；宴好享赐，不逾其上，让也；宾之礼事，放上而动，咨也。如是而加之以无私，重之以不淆，能避怨矣。居俭动敬，德让事咨，而能避怨，以为卿佐，其有不兴乎！

"且其语说《昊天有成命》，《颂》之盛德也。其诗曰：'昊天有成命，二后受之[⑥]，成王不敢康。夙夜基命宥密，於，缉熙！亶厥心肆其靖之。'是道成王之德也。成王能明文昭，能定武烈者也。夫道成命者而称昊天，翼其上也。二后受之，让于德也。成王不敢康，敬百姓也。夙夜，恭也。基，始也。命，信也。宥，宽也。密，宁也。缉，明也。熙，广也。亶，厚也。肆，固也。靖，和也。其始也，翼上德让，而敬百姓；其中也，恭俭信宽，帅归于宁；其终也，广厚其心，以固和之。始于德让，中于信宽，终于固和，故曰成。单子俭敬让咨，以应成德。单若不兴，子孙必蕃，后世不忘。

"《诗》曰[⑦]：'其类维何？室家之壸[⑧]。君子万年，永锡祚胤。'类也者，不忝前哲之谓也。壸也者，广裕民人之谓也。万年也者，令闻不忘之谓也。胤也者，子孙蕃育之谓也。单子朝夕不忘成王之德，可谓不忝前哲矣。膺保明德，以佐王室，可谓广裕民人矣。若能类善物，以混厚民人者，必有章誉蕃育之祚，则单子必当之矣。单若有阙，必兹君之子孙实续之，不出于他矣。"

【注释】

① 羊舌肸(xī)：晋国大夫，字叔向。因其封地在扬(今山西洪洞)，故亦称扬肸。羊舌职之子。② 单靖公：周朝卿士。单顷公之子，单襄公之孙。③《昊天有成命》：《诗经·周颂》篇名，为成王郊祀天地的乐歌。

④ 单之老：单氏的家臣。⑤ 史佚：西周初年的大史尹佚。⑥ 二后：犹言二王，即周文王和周武王。⑦ 引文出自《诗·大雅·既醉》。⑧ 壸(kǔn)：宫中的道路。

【导读】

本文记述了叔向对《诗经》中《昊天有成命》这首诗的解释。在解释中，既有对字词的训释，亦有对句意的阐述，还有对段意的归纳。这是保存在文献中的最早的训诂资料之一，藉此可以管窥东周时期文献整理研究的状况。因为叔向友善单靖公，所以他在解诗时每每与单靖公相联系，目的在于褒扬单靖公的美德。此为叔向解诗的一大特色。

单穆公谏景王铸大钱

景王二十一年[①]，将铸大钱[②]。单穆公曰[③]："不可。古者，天灾降戾，于是乎量资币，权轻重，以振救民。民患轻，则为作重币以行之，于是乎有母权子而行，民皆得焉。若不堪重，则多作轻而行之，亦不废重，于是乎有子权母而行，小大利之。

"今王废轻而作重，民失其资，能无匮乎？若匮，王用将有所乏，乏则将厚取于民。民不给，将有远志，是离民也。且夫备有未至而设之，有至而后救之，是不相入也。可先而不备，谓之怠；可后而先之，谓之召灾。周固羸国也，天未厌祸焉，而又离民以佐灾，无乃不可乎？将民之与处而离之，将灾是备御而召之，则何以经国？国无经，何以出令？令之不从，上之患也，故圣人树德于民以除之。

"《夏书》有之曰[④]：'关石和钧[⑤]，王府则有。'《诗》亦有之曰[⑥]：'瞻彼旱麓，榛楛济济[⑦]。恺悌君子，干禄恺悌。'夫旱麓之榛楛殖，故君子得以易乐干禄焉。若夫山林匮竭，林麓散亡，薮泽肆既，民力雕尽，田畴荒芜，资用乏匮，君子将险哀之不暇，而何易乐之有焉？

"且绝民用以实王府，犹塞川原而为潢污也，其竭也无日矣。若民离而财匮，灾至而备亡，王其若之何？吾周官之于灾备也，其所怠弃者多矣，而又夺之资，以益其灾，是去其藏而翳其人也。王其图之！"

王弗听，卒铸大钱。

【注释】

① 景王二十一年：周景王二十一年（前524）。② 大钱：面值大的货币。③ 单穆公：周朝卿士，单靖公之曾孙。④《夏书》：此处引文不见于今本《尚书》。⑤ 关石：指称量的衡器。关，即衡。石，三十斤为钧，四钧为石。⑥ 引文出自《诗·大雅·旱麓》。⑦ 榛：榛树，果实似栗而小。楛（hù）：楛树。

【导读】

周景王是一位罔顾国情、不恤民力的天子，即位之后做出了一系列伤害民众的事情，坚持铸"大钱"，即是其中的一件。单穆公的劝谏是他民本思想的体现，"离民以佐灾"是他对景王的忠告。可惜此时的周天子已到了利令智昏的地步，对他的劝谏不以为然。周景王抛弃了善政，也就是抛弃了民众。

单穆公伶州鸠谏景王铸大钟

二十三年[①]，王将铸无射而为之大林[②]。单穆公曰："不可。作重币以绝民资，又铸大钟以鲜其继。若积聚既丧，又鲜其继，生何以殖？且夫钟不过以动声，若无射有林，耳弗及也。夫钟声以为耳也，耳所不及，非钟声也。犹目所不见，不可以为目也。夫目之察度也，不过步武尺寸之间[③]；其察色也，不过墨丈寻常之间[④]。耳之察和也，在清浊之间[⑤]；其察清浊也，不过一人之所胜。是故先王之制钟也，大不出钧[⑥]，重不过石[⑦]。律度量衡于是乎生[⑧]，小大器用于是乎出，故圣人慎之。今王作钟也，听之弗及，比之不度，钟声不可以知和，制度不可以出节，无益于乐而鲜民财，将焉用之？

【注释】

① 二十三年：周景王二十三年（前522）。② 无射（yì）：古代十二音

律之一。十二音律的名称，由低到高依次为黄钟、大吕、太蔟、夹钟、姑洗、仲吕、蕤宾、林钟、夷则、南吕、无射、应钟。这里以“无射”代指大钟。大林：这里指无射钟上的罩。③ 步武：古代以六尺为步，半步称武。这里形容距离不远。④ 墨：古代五尺称墨。寻：古代八尺为寻。常：古代两寻为一常。⑤ 清浊：此处指音声的高低。⑥ 钧：乐调。⑦ 石：古代一百二十斤为一石。⑧ 律度量衡：古代以标准定音管（律管）来定义度量衡单位，再以标准度量衡来校正音律。

“夫乐不过以听耳，而美不过以观目。若听乐而震，观美而眩，患莫甚焉。夫耳目，心之枢机也，故必听和而视正。听和则聪，视正则明。聪则言听，明则德昭，听言昭德，则能思虑纯固。以言德于民，民歆而德之，则归心焉。上得民心以殖义方，是以作无不济，求无不获，然则能乐。夫耳内和声，而口出美言，以为宪令，而布诸民，正之以度量，民以心力，从之不倦。成事不贰，乐之至也。口内味而耳内声，声味生气。气在口为言，在目为明。言以信名，明以时动。名以成政，动以殖生。政成生殖，乐之至也。若视听不和，而有震眩，则味入不精，不精则气佚，气佚则不和。于是乎有狂悖之言，有眩惑之明，有转易之名，有过慝之度。出令不信，刑政放纷，动不顺时，民无据依，不知所力，各有离心。上失其民，作则不济，求则不获，其何以能乐？三年之中，而有离民之器二焉，国其危哉！”

王弗听，问之伶州鸠①。对曰：“臣之守官弗及也。臣闻之，琴瑟尚宫②，钟尚羽，石尚角③，匏竹利制，大不逾宫，细不过羽。夫宫，音之主也，第以及羽。圣人保乐而爱财，财以备器，乐以殖财，故乐器重者从细，轻者从大。是以金尚羽，石尚角，瓦丝尚宫，匏竹尚议，革木一声。

【注 释】

① 伶：古代乐官名。州鸠：周朝乐官。② 宫：古代五声音阶之一。另外的四声音阶依次为商、角、徵、羽。无声音阶与现代乐音的对应关系为：宫—1，商—2，角—3，徵—5，羽—6。后来增加了变徵，相当于4；变宫，相当于7。合称为七音或七律。③ 石：古代把乐器分作八类，称八音。金为钟、镈，石为磬，丝为琴、瑟，竹为箫，匏为笙、竽，土为埙、缶，革为

鼓，木为祝。

"夫政象乐，乐从和，和从平。声以和乐，律以平声。金石以动之，丝竹以行之，诗以道之，歌以咏之，匏以宣之，瓦以赞之，革木以节之。物得其常曰乐极，极之所集曰声，声应相保曰和，细大不逾曰平。如是，而铸之金，磨之石，系之丝木，越之匏竹，节之鼓而行之，以遂八风①。于是乎气无滞阴，亦无散阳，阴阳序次，风雨时至，嘉生繁祉，人民和利，物备而乐成，上下不疲，故曰乐正。今细过其主妨于正，用物过度妨于财，正害财匮妨于乐。细抑大陵，不容于耳，非和也。听声越远，非平也。妨正匮财，声不和平，非宗官之所司也。

"夫有和平之声，则有蕃殖之财。于是乎道之以中德，咏之以中音，德音不愆以合神人，神是以宁，民是以听。若夫匮财用、疲民力以逞淫心，听之不和，比之不度，无益于教而离民怒神，非臣之所闻也。"

王不听，卒铸大钟。二十四年②，钟成，伶人告和③。王谓伶州鸠曰："钟果和矣。"对曰："未可知也。"王曰："何故？"对曰："上作器，民备乐之，则为和。今财亡民疲，莫不怨恨，臣不知其和也。且民所曹好，鲜其不济也。其所曹恶，鲜其不废也。故谚曰：'众心成城，众口铄金。'三年之中而害金再兴焉，惧一之废也。"王曰："尔老耄矣！何知？"二十五年，王崩，钟不和。

【注 释】

① 八风：八方之风。古人认为八音分别与八方之风相应和。② 二十四年：周景王二十四年（前521）。③ 伶人：乐工。

【导 读】

周景王刚铸造了大钱，两年后又要铸造大钟，这是他不爱惜民力的又一次表现。单襄公和州鸠对他进行了苦口婆心地劝谏，二人主要从音乐和政治的关系上告诫景王要修德政、重民意的道理，并引用古谚"众心成城，众口铄金"来说明民众的力量，说明民心的不可违抗。但昏聩的景王却用"尔老耄矣！何知"来搪塞州鸠的劝谏。文中进一步塑造了单襄公忧国忧民的直臣形象，也进一步刻画了景王的刚愎自用。此文是研究我国古代音乐知识和音乐理论的重要参考资料。

景王问律于伶州鸠

王将铸无射，问律于伶州鸠。对曰："律所以立均出度也。古之神瞽考中声而量之以制[①]，度律均钟，百官轨仪，纪之以三，平之以六[②]，成于十二，天之道也。夫六，中之色也，故名之曰黄钟，所以宣养六气、九德也[③]。由是第之：二曰太蔟，所以金奏赞阳出滞也；三曰姑洗，所以修洁百物，考神纳宾也；四曰蕤宾，所以安靖神人，献酬交酢也；五曰夷则，所以咏歌九则，平民无贰也；六曰无射，所以宣布哲人之令德，示民轨仪也。为之六间，以扬沉伏而黜散越也。元间大吕，助宣物也；二间夹钟，出四隙之细也；三间仲吕，宣中气也；四间林钟，和展百事，俾莫不任肃纯恪也；五间南吕，赞阳秀也；六间应钟，均利器用，俾应复也。

"律吕不易，无奸物也。细钧有钟无镈[④]，昭其大也。大钧有镈无钟，甚大无镈，鸣其细也。大昭小鸣，和之道也。和平则久，久固则纯，纯明则终，终复则乐，所以成政也，故先王贵之。"

【注 释】

① 神瞽(gǔ)：古代乐官。② 六：六律。③ 六气：阴、阳、风、雨、晦、明。九德：指水、火、金、木、土、谷、正德、利用、厚生九种功德。④ 镈：平口乐钟。

王曰："七律者何?"对曰："昔武王伐殷，岁在鹑火[①]，月在天驷[②]，日在析木之津[③]，辰在斗柄[④]，星在天鼋[⑤]。星与日、辰之位皆在北维，颛顼之所建也[⑥]，帝喾受之[⑦]。我姬氏出自天鼋，及析木者，有建星及牵牛焉[⑧]，则我皇妣大姜之侄、伯陵之后逄公之所凭神也[⑨]。岁之所在，则我有周之分野也。月之所在，辰马农祥也，我太祖后稷之所经纬也。王欲合是五位三所而用之，自鹑及驷七列也[⑩]。南北之揆七同也[⑪]。凡人神以数合之，以声昭之，数合声和，然后可同也。故以七同其数而以律和其声，于是乎有七律。

【注 释】

①鹑火：星次名。②天驷：二十八宿中的房宿。③析木：星次名。④辰在斗柄：日、月在斗柄附近交会。⑤星：辰星，今称水星。天鼋(yuán)：星次名。⑥颛顼：古史记载中的部落联盟首领。⑦帝喾(kù)：古史记载中的部落联盟首领。⑧建星：星次名。⑨妣(bǐ)：古代对去世母亲的称呼。伯陵：即下文中逢公的先人。⑩七列：从鹑火到天驷，中间相距七个岁星行度标志，古称“七列”。⑪七同：鹑火在南方午位，天鼋在北方子位，中间相距正好也是七位，故云。

“王以二月癸亥夜陈，未毕而雨。以夷则之上宫毕，当辰。辰在戌上，故长夷则之上宫，名之曰羽，所以藩屏民则也。王以黄钟之下宫，布戎于牧之野[①]，故谓之厉，所以厉六师也。以太蔟之下宫，布令于商，昭显文德，底纣之多罪，故谓之宣，所以宣三王之德也。反及嬴内[②]，以无射之上宫，布宪施舍于百姓，故谓之嬴乱，所以优柔容民也。”

【注 释】

①牧：地名。其地今不详。②嬴内：地名，其地今不详。

【导 读】

周景王欲铸大钟，遂向伶州鸠讨教有关音乐的问题。州鸠便向景王介绍了六律、七律及其作用。文中对古代的乐理知识有所阐述，但据考证，其中的一些说法，诸如人、神、数、声相应和之说等，都是州鸠的主观编合，缺乏实证。另外，文中的一些用语及个别句子，确切含义尚有待于进一步研究和考证。阅读此文，可帮助我们了解古人对待音乐的态度，以及音乐在当时社会生活中的地位。

宾孟见雄鸡自断其尾

景王既杀下门子[①]。宾孟适郊[②]，见雄鸡自断其尾，问之，侍者曰：“惮其牺也[3]。”遽归告王，曰：“吾见雄鸡自断其尾，而人曰‘惮其牺也’，吾以为信畜矣。人牺实难，己牺何害？抑其恶为人用也乎，则可也。人异于是。牺者，实用人也。”王弗应，田于巩[4]，使公卿皆从，将杀单子[5]，未克而崩。

【注 释】

① 下门子：周朝大夫，周景王之子子猛的师傅。景王初立子猛为太子，后改变主意，欲立子朝为太子，故先杀子猛之师。② 宾孟：周朝大夫，亦称宾起。子朝的师傅。③ 牺：即牺牲，祭祀时所杀的牲畜。用作牺牲的牲畜必须毛羽完具。④ 巩：在今河南巩义市西南。⑤ 单子：单穆公。

【导 读】

本文记载了宾孟为周景王讲述雄鸡断尾的故事。宾孟以雄鸡断尾怕做牺牲为话头，暗示景王立子朝为太子不会遇到什么麻烦。

刘文公与苌弘欲城周

敬王十年[1]，刘文公与苌弘欲城周[2]，为之告晋。魏献子为政[3]，说苌弘而与之。将合诸侯。

【注 释】

① 敬王：即周敬王，名匄。景王之子。公元前 519 年至前 477 年在位。② 刘文公：周朝大夫，名卷。苌弘：即苌叔，周朝大夫。城周：指东周王都洛邑(今河南洛阳)，亦称王城。王子朝叛乱时，敬王避难于王城东郊，遂决定在此修筑城墙。③ 魏献子：晋国正卿，名舒。

卫彪傒适周[1]，闻之，见单穆公曰：“苌、刘其不殁乎？周诗有之曰：‘天之所支，不可坏也。其所坏，亦不可支也。’昔武王克殷而作此诗也，以为饫歌，名之曰《支》，以遗后之人，使永监焉。夫礼之立成者为饫，昭明大节而已，少典与焉。是以为之日惕，其欲教民戒也。然则夫《支》之所道者，必尽知天地之为也，不然不足以遗后之人。今苌、刘欲支天之所坏，不亦难乎？自幽王而天夺之明，使迷乱弃德，而即慆淫，以亡其百姓，其坏之也久矣。而又将补之，殆不可矣！水火之所犯犹不可救，而况天乎？谚曰：'从善如登，从恶如崩。'昔孔甲乱夏[②]，四世而陨。玄王勤商[③]，十有四世而兴；帝甲乱之[④]，七世而陨。后稷勤周，十有五世而兴；幽王乱之十有四世矣，守府之谓多，胡可兴也？夫周，高山、广川、大薮也，故能生是良材，而幽王荡以为魁陵、粪土、沟渎，其有悛乎？"

【注 释】

① 彪傒：卫国大夫。② 孔甲：夏代自禹算起第十四代王。③ 玄王：商代的祖先契。④ 帝甲：商王。

单子曰："其咎孰多？"曰："苌叔必速及，将天以道补者也。夫天道导可而省否，苌叔反是，以诳刘子，必有三殃：违天，一也；反道，二也；诳人，三也。周若无咎，苌弘必为戮，虽晋魏子亦将及焉。若得天福，其当身乎？若刘氏，则必子孙实有祸。夫子而弃常法，以从其私欲，用巧变以崇天灾，勤百姓以为己名，其殃大矣。"

是岁也，魏献子合诸侯之大夫于狄泉[①]，遂田于大陆[②]，焚而死。及范、中行之难[③]，苌弘与之，晋人以为讨，二十八年，杀苌弘。及定王[④]，刘氏亡。

【注 释】

① 狄泉：在今河南洛阳附近。② 大陆：亦称大陆泽，晋的一处湖泊，故址在今河北隆尧、巨鹿、任县三县之间。③ 范、中行之难：指周敬王二十三年(前 497)，晋大夫范吉射和中行寅叛其君，被击败，苌弘和范氏有交情，晋为此责周，敬王被迫处死苌弘。④ 定王：即周贞定王，名介。公元前 468 年至前 441 年在位。

【导 读】

刘文公和苌弘打算把敬王的居处扩建成"周城"，卫国的彪傒听说后，大发议论。本文所记，就是这件史事。彪傒议论的主旨，就是讲上天之命不可违，并引用了种种事实说明天命的存在。把历史发展过程中出现的诸多现象归结于天命的主宰，这是彪傒的妄言。此文之末逐一记载了彪傒预见的实现，这是偶然的巧合而已。但却证明《国语》的作者对彪傒是怀着欣赏之情的。《国语》的作者同样是天命论的支持者和拥护者。

卷四　鲁语　上

曹刿问战

长勺之役[①]，曹刿问所以战于庄公[②]。公曰："余不爱衣食于民，不爱牲玉于神。"对曰："夫惠本而后民归之志，民和而后神降之福。若布德于民而平均其政事，君子务治而小人务力；动不违时，财不过用；财用不匮，莫不能使共祀。是以用民无不听，求福无不丰。今将惠以小赐，祀以独恭。小赐不咸，独恭不优。不咸，民不归也；不优，神弗福也。将何以战？夫民求不匮于财，而神求优裕于享者也，故不可以不本。"公曰："余听狱虽不能察，必以情断之。"对曰："是则可矣。知夫苟中心图民[③]，智虽弗及，必将至焉。"

【注释】

① 长勺：鲁国的地名，在今山东曲阜。② 曹刿（guì）：又名曹沫，鲁国人。庄公：即鲁庄公，名同。公元前693年至前662年在位。③ 图民：考虑民事。

【导读】

鲁庄公十年，齐师攻鲁，激起鲁国人民的愤怒，双方交战于鲁地长勺，鲁军大胜，史称"长勺之战"，为春秋前期的一次著名战役。本文所记，就是战前曹刿与鲁庄公的一段对话。在对话中，曹刿申明了决定战争胜负的最重要条件是人心的向背，而赢得人心的方法，则是统治者要广施恩德，取信于民。民为邦本的思想在此文中体现得很充分。曹刿先进的战争思想，一直深受后人的重视。

曹刿谏庄公如齐观社

庄公如齐观社[①]。曹刿谏曰："不可。夫礼，所以正民也。是故先王制诸侯，使五年四王、一相朝。终则讲于会，以正班爵之义，帅长幼之序，训上下之则，制财用之节，其间无由荒怠。夫齐弃太公之法而观民于社[②]，君为是举而往观之，非故业也，何以训民？土发而社，助时也。收攟而蒸[③]，纳要也。今齐社而往观旅，非先王之训也。天子祀上帝，诸侯会之受命焉。诸侯祀先王、先公，卿大夫佐之受事焉。臣不闻诸侯相会祀也，祀又不法，君举必书，书而不法，后嗣何观？"公不听，遂如齐。

【注释】

① 社：古代祭祀土地神的节日。② 太公：齐的始祖太公望，姓姜，名尚。③ 攟（jùn）：同"捃"，拾取。

【导读】

周代礼制规定诸侯之间不能相互"观社"，观社即失礼，失礼则无以治国治民。所以，曹刿要阻止庄公至齐观社。曹刿是一位有大局观的人。本文是对当时"礼崩乐坏"局面的一种曲折的反映。

匠师庆谏庄公丹楹刻桷

庄公丹桓宫之楹[①]，而刻其桷[②]。匠师庆言于公曰[③]："臣闻圣王公之先封者，遗后之人法，使无陷于恶。其为后世昭前之令闻也，使长监于世，故能摄固不解以久。今先君俭而君侈，令德替矣。"公曰："吾属欲美之。"对曰："无益于君，而替前之令德，臣故曰庶可已矣。"公弗听。

【注释】

① 丹：红。此处指用红油漆涂饰。桓宫：鲁庄公父鲁桓公之庙。

② 桷(jué)：方形房椽。③ 匠师庆：掌管工匠的大夫御孙，名庆。

【导 读】

庄公修饰父亲的宗庙，匠师庆认为先君的美德不可更替，“丹楹刻桷”太过奢侈。告诫庄公修饰宗庙，并不代表他就继承了先君的美德。匠师庆话语中的含义是比较深刻的。

夏父展谏宗妇觌哀姜用币

哀姜至[①]，公使大夫、宗妇觌用币[②]。宗人夏父展曰[③]：“非故也。”公曰：“君作故。”对曰：“君作而顺则故之，逆则亦书其逆也。臣从有司，惧逆之书于后也，故不敢不告。夫妇贽不过枣、栗，以告虔也。男则玉、帛、禽、鸟，以章物也。今妇执币，是男女无别也。男女之别，国之大节也，不可无也。”公弗听。

【注 释】

① 哀姜：鲁庄公的夫人，娶自齐国，姓姜，谥号哀。②觌(dí)：拿礼物相见。币：古人相见时所拿的礼物，如玉、帛之类。③ 宗人：掌管祭祀和贽币之礼的官员。夏父：复姓。展：人名。

【导 读】

本文记述了夏父展劝谏庄公不可违背贽礼的史事。可以看出，夏父展是当时封建礼法坚定的维护者。此文对我们认识了解春秋战国时期的礼法制度提供了一个方面的参考。

臧文仲如齐告籴

鲁饥，臧文仲言于庄公曰[①]：“夫为四邻之援，结诸侯之信，重之以婚姻，申之以盟誓，固国之艰急是为。铸名器，藏宝财，固民之殄病是待。今国病矣，君盍以名器请籴于齐？”公曰：“谁使？”对曰：“国有饥馑，卿出告籴，古之制也。辰也备卿，辰请如齐。”公使往。

从者曰：“君不命吾子，吾子请之，其为选事乎？”文仲曰：“贤者急病而让夷，居官者当事不避难，在位者恤民之患，是以国家无违。今我不如齐，非急病也。在上不恤下，居官而惰，非事君也。”

文仲以鬯圭与玉如齐告籴[2]，曰：“天灾流行，戾于敝邑，饥馑荐降，民羸几卒，大惧殄周公、太公之命祀[3]，职贡业事之不共而获戾。不腆先君之敝器，敢告滞积，以纾执事；以救敝邑，使能共职。岂唯寡君与二三臣实受君赐，其周公、太公及百辟神祇实永飨而赖之！”齐人归其玉而予之籴。

【注 释】

① 臧文仲：鲁国卿士，名辰。② 鬯(chàng)圭：祭祀所用名贵的器具。③ 周公：即周公旦，鲁之始祖。太公：即太公望，齐国始祖。

【导 读】

本文通过对话，记载了臧文仲到齐国买粮的史事。文中把臧文仲忠于国家、体恤民生的形象刻画得很成功。

展禽使乙喜以膏沐犒师

齐孝公来伐鲁[1]，臧文仲欲以辞告。病焉，问于展禽[2]。对曰：“获闻之，处大教小，处小事大，所以御乱也，不闻以辞。若为小而崇，以怒大国，使加已乱，乱在前矣，辞其何益？”文仲曰：“国急矣！百物唯其可者，将无不趋也。愿以子之辞行赂焉，其可赂乎？”

展禽使乙喜以膏沐犒师[3]，曰：“寡君不佞，不能事疆埸之司，使君盛怒，以暴露于敝邑之野，敢犒舆师。”齐侯见使者曰：“鲁国恐乎？”对曰：“小人恐矣，君子则否。”公曰：“室如悬磬，野无青草，何恃而不恐？”对曰：“恃二先君之所职业。昔者成王命我先君周公及齐先君太公曰：‘女股肱周室[4]，以夹辅先王。赐女土地，质之以牺牲，世世子孙无相害也。’君今来讨敝邑之罪，其亦使听从而释之，必不泯其社稷；岂其贪壤地，而弃先王之命？其何以镇抚诸侯？恃此以不恐。”齐侯乃许为平而还。

【注释】

① 齐孝公：齐桓公之子，名昭。公元前642年至前633年在位。② 展禽：即柳下惠。鲁国大夫，姓展，名获，字禽。③ 乙喜：即展喜，鲁国大夫。④ 股肱(gōng)：大腿和胳膊。指得力的助手。

【导读】

鲁僖公二十六年（前634），齐兵攻鲁，国难临头之际，展禽挺身而出，教乙喜以义和理说退齐兵。本文记述了乙喜说退齐兵的经过。全文语言精练，人物对话详略得当，充分展现了展禽、乙喜的勇气和智慧。

臧文仲说僖公请免卫成公

温之会，晋人执卫成公归之于周[①]，使医鸩之[②]，不死，医亦不诛。

臧文仲言于僖公曰："夫卫君殆无罪矣。刑五而已[③]，无有隐者，隐乃讳也。大刑用甲兵，其次用斧钺，中刑用刀锯，其次用钻笮，薄刑用鞭扑，以威民也。故大者陈之原野，小者致之市朝，五刑三次，是无隐也。今晋人鸩卫侯不死，亦不讨其使者，讳而恶杀之也。有诸侯之请，必免之。臣闻之：'班相恤也，故能有亲。'夫诸侯之患，诸侯恤之，所以训民也。君盍请卫君以示亲于诸侯，且以动晋？夫晋新得诸侯，使亦曰：'鲁不弃其亲，其亦不可以恶。'"公说，行玉二十瑴，乃免卫侯。

自是晋聘于鲁，加于诸侯一等；爵同，厚其好货。卫侯闻其臧文仲之为也，使纳赂焉。辞曰："外臣之言不越境，不敢及君。"

【注释】

① 晋人执卫成公：参见《襄王拒杀卫成公》注及导读。② 鸩(zhèn)：一种毒鸟，它的羽毛放在酒里，能够毒死人。③ 刑五：指古代的甲兵、斧钺、刀锯、钻笮、鞭扑等五种刑罚。

【导读】

本文记载了臧文仲救助卫成公的史事。卫成公被执后，晋人欲暗害他。臧文仲认为卫成公无罪，故劝说鲁僖公帮助卫成公脱险。臧文仲的仗义执言终于起了作用，卫成公不仅被释放，卫、晋与鲁亦修好。文中成功地塑造了臧文仲的义士形象。

臧文仲请赏重馆人

晋文公解曹地以分诸侯①。僖公使臧文仲往，宿于重馆②，重馆人告曰③："晋始伯而欲固诸侯，故解有罪之地以分诸侯。诸侯莫不望分而欲亲晋，皆将争先；晋不以固班，亦必亲先者，吾子不可以不速行。鲁之班长而又先，诸侯其谁望之？若少安，恐无及也。"从之，获地于诸侯为多。反，既复命，为之请曰："地之多也，重馆人之力也。臣闻之曰：'善有章，虽贱赏也；恶有衅，虽贵罚也。'今一言而辟境，其章大矣，请赏之。"乃出而爵之。

【注释】

①晋文公：即重耳。解：削减。曹：曹国。文公出亡时，曹国国君曾对其有不礼貌的举动，故文公称霸后，用削减曹国疆域的方法进行报复。②重：鲁地，在今山东鱼台西北。馆：候馆，古代接待宾客的房舍。③馆人：候馆仆隶。

【导读】

这是记载臧文仲言行的又一篇文献。在当时的社会条件下，臧文仲能够无视出身之贵贱，秉持于国有功则赏，于国有罪则罚的理念，真心地为一介馆人请赏，并终于达到了目的，足见臧文仲的思想要比同时代的其他人先进得多。鲁国有了臧文仲，是国家之幸，人民之幸。

展禽论祭爰居

海鸟曰"爰居"，止于鲁东门之外三日，臧文仲使国人祭之。展禽曰："越哉，臧孙之为政也！夫祀，国之大节也；而节，政之所成也。故慎制祀以为国典。今无故而加典，非政之宜也。

“夫圣王之制祀也，法施于民则祀之，以死勤事则祀之，以劳定国则祀之，能御大灾则祀之，能扞大患则祀之。非是族也，不在祀典。昔烈山氏之有天下也[①]，其子曰柱，能殖百谷百蔬；夏之兴也，周弃继之[②]，故祀以为稷。共工氏之伯九有也[③]，其子曰后土[④]，能平九土，故祀以为社。黄帝能成命百物，以明民共财，颛顼能修之[⑤]。帝喾能序三辰以固民[⑥]，尧能单均刑法以仪民[⑦]，舜勤民事而野死[⑧]，鲧障洪水而殛死[⑨]，禹能以德修鲧之功，契为司徒而民辑[⑩]，冥勤其官而水死[⑪]，汤以宽治民而除其邪[⑫]，稷勤百谷而山死，文王以文昭，武王去民之秽。故有虞氏禘黄帝而祖颛顼，郊尧而宗舜[⑬]；夏后氏禘黄帝而祖颛顼[⑭]，郊鲧而宗禹；商人禘舜而祖契，郊冥而宗汤；周人禘喾而郊稷，祖文王而宗武王；幕[⑮]，能帅颛顼者也，有虞氏报焉[⑯]；杼[⑰]，能帅禹者也，夏后氏报焉；上甲微[⑱]，能帅契者也，商人报焉；高圉、大王[⑲]，能帅稷者也，周人报焉。凡禘、郊、祖、宗、报，此五者国之典祀也。

“加之以社稷山川之神，皆有功烈于民者也；及前哲令德之人，所以为明质也；及天之三辰，民所以瞻仰也；及地之五行，所以生殖也；及九州名山川泽，所以出财用也。非是不在祀典。

“今海鸟至，己不知而祀之，以为国典，难以为仁且智矣。夫仁者讲功，而智者处物。无功而祀之，非仁也；不知而不能问，非智也。今兹海其有灾乎？夫广川之鸟兽，恒知避其灾也。”

是岁也，海多大风，冬暖。文仲闻柳下季之言，曰：“信吾过也，季子之言不可不法也。”使书以为三策。

【注释】

① 烈山氏：炎帝神农之号。② 弃：周之始祖，尧、舜时为农官。③ 共工氏：古史记载中的部落首领，传说为人面蛇身赤发。九有：九州。④ 后土：即句龙，黄帝之土官。⑤ 颛顼：黄帝之孙。⑥ 帝喾：黄帝之曾孙。⑦ 尧：帝喾庶子，名放勋。⑧ 舜：颛顼六世孙，名重华。⑨ 鲧：禹父。⑩ 契：商之始祖，尧时为司徒。⑪ 冥：契之六世孙，夏代为水官。⑫ 汤：商朝的建立者。⑬ 有虞氏：古部落集团，舜为其首领。禘(dì)：

古代天子祭祀祖先的大祭。祖：古代天子对始祖的祭祀。郊：古代天子对天的祭祀。宗：古代天子对族长的祭祀。⑭ 夏后氏：古部落集团，禹为其首领。⑮ 幕：舜的后人。⑯ 报：古人为报答恩德而举行的祭祀。⑰ 杼：禹的后人。⑱ 上甲微：契的八世孙。商之先公先王之一。⑲ 高圉：后稷的十世孙，周之先王之一。大王：周文王祖父，高圉之曾孙。

【导 读】

臧文仲将一只来历不明的海鸟当作神物来祭祀。展禽依据传统的祭祀礼法，批评了臧文仲的盲目，并指出此举于百姓无益。臧文仲在事实面前承认了错误，并接受批评。从此文的记载看，祭祀作为一种国家行为，的确是马虎不得的。"国之大事，在祀与戎"，诚哉斯言。阅读此文，有助于我们了解古代祭祀制度的产生、发展及其演变。

文公欲弛孟文子与郈敬子之宅

文公欲弛孟文子之宅①，使谓之曰："吾欲利子于外之宽者。"对曰："夫位，政之建也；署，位之表也；车服，表之章也；宅，章之次也；禄，次之食也。君议五者以建政，为不易之故也。今有司来命易臣之署与其车服，而曰：'将易而次，为宽利也。'夫署，所以朝夕虔君命也。臣立先臣之署，服其车服，为利故而易其次，是辱君命也。不敢闻命。若罪也，则请纳禄与车服而违署，唯里人所命次。"公弗取。臧文仲闻之曰："孟孙善守矣②，其可以盖穆伯而守其后于鲁乎③！"

公欲弛郈敬子之宅④，亦如之。对曰："先臣惠伯以命于司里⑤，尝、禘、蒸、享之所致君胙者有数矣⑥。出入受事之币以致君命者，亦有数矣。今命臣更次于外，为有司之以班命事也，无乃违乎！请从司徒以班徙次⑦。"公亦不取。

【注 释】

① 文公：鲁僖公之子，名兴。公元前 626 年至前 609 年在位。孟文子：鲁国大夫，名谷。② 孟孙：即孟文子。③ 穆伯：孟文子之父公孙敖。

④ 郈(hòu)敬子：鲁国大夫，名同。⑤ 先臣：祖先。命：受命。司里：春秋官名，主管宅里事务。⑥ 尝、禘、蒸、享：古代四时祭祀名称。秋为尝，夏为禘，冬为蒸，春为享。⑦ 司徒：掌管教化的官员。

【导 读】

文公为了扩建自己的宫廷，想拆迁大夫们的住宅，结果遭到了拒绝。大夫孟文子和郈敬子都陈述了自己不能迁居的理由，文公的计划没能实现。文中不同的人物，具有不同的语言和表现，人物个性极为鲜明。通过语言来塑造人物，为《国语》行文的一大特色，在先秦史书中，独树一帜。

夏父弗忌改昭穆之常

夏父弗忌为宗①，蒸将跻僖公。宗有司曰："非昭穆也②。"曰："我为宗伯，明者为昭，其次为穆，何常之有？"有司曰："夫宗庙之有昭穆也，以次世之长幼，而等胄之亲疏也。夫祀，昭孝也。各致齐敬于其皇祖，昭孝之至也。故工史书世③，宗祝书昭穆④，犹恐其逾也。今将先明而后祖，自玄王以及主癸莫若汤⑤，自稷以及王季莫若文、武⑥，商、周之蒸也，未尝跻汤与文、武为逾也。鲁未若商、周而改其常，无乃不可乎？"弗听，遂跻之。

展禽曰："夏父弗忌必有殃。夫宗有司之言顺矣，僖又未有明焉。犯顺不祥，以逆训民亦不祥，易神之班亦不祥，不明而跻之亦不祥。犯鬼道二，犯人道二，能无殃乎？"侍者曰："若有殃焉在？抑刑戮也，其夭札也⑦？"曰："未可知也。若血气强固，将寿宠得没，虽寿而没，不为无殃。"既其葬也，焚，烟彻于上。

【注 释】

① 夏父弗忌：鲁国大夫，夏父展之后。姓夏父，名弗忌。宗：即宗伯，掌管祭祀。② 昭穆：古代宗庙次序，始祖庙居中，左为昭，右为穆，父为昭，子为穆。祭祀时，子孙按此种规定排列行礼。③ 工：指乐师。史：史官。④ 祝：即太祝，掌管祭祀祈祷。⑤ 玄王：即商的始祖契。主癸：商汤之父。⑥ 稷：后稷，周的始祖，名弃。王季：周文王之父。⑦ 札：瘟

疫。这里指死于疫病。

【导读】

古代祭祀时昭穆次序不可随意变更，但夏父弗忌以僖公德行好于闵公的理由，要把僖公提到闵公之前。宗有司引据史实，告诫他不能这样做。夏父弗忌不听，最后遭到了恶报。文中记载了这样一件史事，意在警示那些逾礼之人不可妄为，否则，必有报应，以此维护封建礼法的不可侵犯性和正统性。文中对夏父弗忌着墨极少，但其自作主张、刚愎自用的形象却刻画得十分生动，足见《国语》作者描写人物的功力之深。

里革更书逐莒太子仆

莒太子仆弑纪公①，以其宝来奔。宣公使仆人以书命季文子曰②："夫莒太子不惮以吾故杀其君，而以其宝来，其爱我甚矣。为我予之邑。今日必授，无逆命矣。"里革遇之而更其书曰③："夫莒太子杀其君而窃其宝来，不识穷固又求自迩，为我流之于夷。今日必通，无逆命矣。"明日，有司复命，公诘之，仆人以里革对。公执之，曰："违君命者，女亦闻之乎？"对曰："臣以死奋笔，奚啻其闻之也！臣闻之曰：'毁则者为贼，掩贼者为藏，窃宝者为宄，用宄之财者为奸。'使君为藏奸者，不可不去也。臣违君命者，亦不可不杀也。"公曰："寡人实贪，非子之罪。"乃舍之。

【注释】

① 莒：诸侯国名，己姓。一说曹姓。太子仆：莒国纪公之子。纪公先立仆为太子，后又立次子季佗而废仆，故仆杀掉纪公。② 宣公：鲁文公之子，名倭。公元前608年至前591年在位。季文子：又称季孙行父。鲁国正卿。③ 里革：鲁国太史，名克。

【导读】

本文记载了太史里革据实改鲁宣公书信的故事。莒太子仆杀父后逃奔至鲁，宣公不谴责他，反而贪图宝物，写信给季文子要封给太子仆采邑。里革遇见送信人,遂更改了宣公书信的内容,把太子仆弑父窃宝的事实一一写进信中。更改国君书信,罪至杀头,但里革凭借大义凛然的气概和明察事理的智慧,说服了宣公,得到赦免。全文用笔简洁,对人物的描写栩栩如生,展现了里革这位"以死奋笔"的良史的风采。

里革断宣公罟而弃之

宣公夏滥于泗渊①,里革断其罟而弃之②,曰:"古者大寒降,土蛰发,水虞于是乎讲罛罶③,取名鱼,登川禽,而尝之寝庙,行诸国人,助宣气也。鸟兽孕,水虫成,兽虞于是乎禁罝罗④,矠鱼鳖以为夏犒⑤,助生阜也。鸟兽成,水虫孕,水虞于是禁罜䍡⑥,设穽鄂⑦,以实庙庖,畜功用也。且夫山不槎蘖⑧,泽不伐夭,鱼禁鲲鲕⑨,兽长麑䴠⑩,鸟翼鷇卵⑪,虫舍蚳蝝⑫,蕃庶物也,古之训也。今鱼方别孕,不教鱼长,又行网罟,贪无艺也。"

公闻之,曰:"吾过而里革匡我,不亦善乎!是良罟也,为我得法。使有司藏之,使吾无忘谂。"师存侍⑬,曰:"藏罟不如置里革于侧之不忘也。"

【注释】

① 泗:泗水,在今山东曲阜。② 罟(gǔ):鱼网。③ 水虞:掌管河湖泽的官员。罛(gū):大鱼网。罶(liǔ):捕鱼的竹篓子。④ 兽虞:掌管山林禽兽的官员。罝(jiē)罗:捕兽网和捕鸟网。⑤ 矠(zé):用矛刺取。⑥ 罜(dú)䍡(lù):小鱼网。⑦ 穽:即阱。⑧ 槎(chá):斜砍。蘖(niè):树的再生枝芽。⑨ 鲲鲕(ér):鱼卵。⑩ 麑(ní):小鹿。䴠(yǎo):小鹿崽。⑪ 鷇(kòu):小鸟。⑫ 蝝(yuán):未长翅的蝗子。⑬ 师存:乐师,名存。

【导读】

宣公夏季捕鱼,违背了当时的渔猎制度,所以里革毁掉了宣公的鱼网,又对宣公的行为进行了批评。里革不仅是良史,还是一位良吏。文虽不长,但却足以使我们了解古代的渔猎制度。

子叔声伯辞邑

子叔声伯如晋谢季文子[①]，郤犨欲予之邑[②]，弗受也。归，鲍国谓之曰[③]："子何辞苦成叔之邑，欲信让耶？抑知其不可乎？"对曰："吾闻之，不厚其栋，不能任重。重莫如国，栋莫如德。夫苦成叔家欲任两国而无大德，其不存也，亡无日矣。譬之如疾，余恐易焉。苦成氏有三亡：少德而多宠，位下而欲上政，无大功而欲大禄，皆怨府也。其君骄而多私[④]，胜敌而归[⑤]，必立新家。立新家，不因民不能去旧；因民，非多怨民无所始。为怨三府，可谓多矣。其身之不能定，焉能予人之邑！"鲍国曰："我信不若子，若鲍氏有衅，吾不图矣。今子图远以让邑，必常立矣。"

【注 释】

① 子叔声伯：鲁国大夫。季文子：即季孙行父，当时为晋国所拘押。② 郤犨(chōu)：又称苦成叔，晋国的执政大臣，"三郤"之一。其妻为声伯的外妹，为声伯请封邑是为了表示亲近。③ 鲍国：鲁国的大夫。鲍叔牙之后。④ 其君：指晋厉公。⑤ 胜敌：公元前 575 年鄢陵之战晋胜楚国。

【导 读】

本文记述的是子叔声伯出使晋国、谢辞贿赂的故事。文中用对比的方法，描写了子叔声伯的远见、苦成叔的无德。

里革论君之过

晋人杀厉公[①]，边人以告，成公在朝[②]。公曰："臣杀其君，谁之过也？"大夫莫对，里革曰："君之过也。夫君人者，其威大矣。失威而至于杀，其过多矣。且夫君也者，将牧民而正其邪者也，若君纵私回而弃民事，民旁有慝无由省之，益邪多矣。若以邪临民，陷而不振，用善不肯专，则不能使，至于殄灭而莫之恤也，将安用之？桀奔南巢[③]，纣踣于京[④]，厉流于彘[5]，幽灭于戏[6]，皆是术也。夫君也者，民之川泽也。行而从之，美恶皆君之由，民何能为焉？”

【注 释】

① 晋人：指晋大夫栾书和中行偃。② 成公：即鲁成公。③ 桀：夏桀，夏代最后一位王，以残暴闻名。南巢：古巢伯国，在今安徽巢县西南。④ 纣：商纣王，商代最后一位王，以荒淫闻名。京：商都朝歌，在今河南淇县。⑤ 厉：周厉王，西周暴君。彘：在今山西霍州。⑥ 幽：周幽王，西周最后一位王，暴君。戏：戏山，在今陕西临潼东。

【导 读】

鲁成公十七年（前 574），晋国栾书和中行偃派人杀死了晋厉公，面对成公针对此事的当庭提问，里革阐述了自己的看法。他列举前代诸多暴君的结局，指出臣弑君的责任在君而不在臣。可以说这是古代一位史家的理性思考，其见解是比较高远的。但里革把君比喻为水，认为民众必须依靠君的观点，则反映了他的时代和阶级局限。

季文子论妾马

季文子相宣、成，无衣帛之妾，无食粟之马。仲孙它谏曰[1]：“子为鲁上卿，相二君矣，妾不衣帛，马不食粟，人其以子为爱，且不华国乎！”文子曰：“吾亦愿之。然吾观国人，其父兄之食粗而衣恶者犹多矣，吾是以不敢。人之父兄食粗衣恶，而我美妾与马，无乃非相人者乎！且吾闻以德荣为国华，不闻以妾与马。”

文子以告孟献子[2]，献子囚之七日。自是，子服之妾衣不过七升之布，马饩不过稂莠。文子闻之曰：“过而能改者，民之上也。”使为上大夫[3]。

【注 释】

① 仲孙它：亦称子服它。鲁国大夫。② 孟献子：仲孙它之父仲孙

蔑。③ 上大夫：春秋时期国君之下分卿、大夫、士三级，大夫又分为上大夫、中大夫和下大夫三级。上大夫为大夫中的最高一级。

【导读】

本文记述了发生在季文子、仲孙它、孟献子之间的一段史事。文虽不长，但却使我们领略到了三位古人的风采，那就是季文子的克俭，仲孙它的闻过则改，孟献子的严于教子。

卷五　鲁语　下

叔孙穆子聘于晋

叔孙穆子聘于晋①，晋悼公飨之②，乐及《鹿鸣》之三③，而后拜乐三。晋侯使行人问焉④，曰："子以君命镇抚敝邑，不腆先君之礼，以辱从者，不腆之乐以节之。吾子舍其大而加礼于其细，敢问何礼也？"对曰："寡君使豹来继先君之好，君以诸侯之故，贶使臣以大礼。夫先乐金奏《肆夏樊》、《遏》、《渠》⑤，天子所以飨元侯也；夫歌《文王》、《大明》、《绵》⑥，则两君相见之乐也。皆昭令德以合好也，皆非使臣之所敢闻也。臣以为肄业及之，故不敢拜。今伶箫咏歌及《鹿鸣》之三，君之所以贶使臣，臣敢不拜贶。夫《鹿鸣》，君之所以嘉先君之好也，敢不拜嘉。《四牡》，君之所以章使臣之勤也，敢不拜章。《皇皇者华》，君教使臣曰：'每怀靡及，诹、谋、度、询，必咨于周。'敢不拜教。臣闻之曰：'怀和为每怀，咨才为诹，咨事为谋，咨义为度，咨亲为询，忠信为周。'君贶使臣以大礼，重之以六德，敢不重拜。"

【注 释】

① 叔孙穆子：鲁国卿士。名豹，叔孙得臣之子。② 晋悼公：晋国国君。公元前 572 年至前 558 年在位。③《鹿鸣》：《诗经·小雅》中的一篇。前三篇依次为《鹿鸣》、《四牡》、《皇皇者华》。④ 行人：掌管宾客之礼。⑤《肆夏樊》、《遏》、《渠》：夏代的三首乐曲。《樊》又名《肆夏》，《遏》又名《韶夏》，《渠》又名《纳夏》。三曲早已失传。⑥《文王》、《大明》、《绵》：《诗经·大雅》前三篇的篇名，所以又被称之为《大雅》之首。

【导读】

本文记载叔孙穆子出使晋国，在宴会上对所演奏音乐的反应。由于叔孙穆子对音乐及其相关礼节有精深的了解，所以他能够回答出晋君的疑问。阅读此文，有助于我们了解古代宴飨方面的礼节。

叔孙穆子谏季武子为三军

季武子为三军[①]，叔孙穆子曰："不可。天子作师，公帅之，以征不德。元侯作师，卿帅之，以承天子。诸侯有卿无军，帅教卫以赞元侯。自伯、子、男有大夫无卿[②]，帅赋以从诸侯。是以上能征下，下无奸慝。今我小侯也，处大国之间，缮贡赋以共从者，犹惧有讨。若为元侯之所，以怒大国，无乃不可乎？"弗从。遂作中军。自是齐、楚代讨于鲁，襄、昭皆如楚[③]。

【注释】

① 季武子：鲁国卿士，名夙。季文子之子。三军：周代制度，天子拥有六军，诸侯大国拥有三军，次国二军，小国一军。鲁为大国，原有三军，后国势衰落，仅拥有上、下两军，中军无存。② 无卿：周代制度，诸侯大国有三卿，均由周天子任命。次国有三卿，其中两卿由周天子任命，一卿由国君任命。小国有两卿，均由国君任命。凡天子任命之卿，称命卿。此处所言，是说小诸侯国没有命卿。③ 襄：鲁襄公。昭：鲁昭公。

【导读】

本文的主要内容，是在介绍周代的军队编制制度，称得上是一篇军史文献。

诸侯伐秦

诸侯伐秦[①]，及泾莫济[②]。晋叔向见叔孙穆子曰[③]："诸侯谓秦不恭而讨之，及泾而止，于秦何益？"穆子曰："豹之业，及《匏有苦叶》矣[④]，不知其他。”叔向退，召舟虞与司马[⑤]，曰：“夫苦匏不材于人，共济而已。鲁叔孙赋《匏有苦叶》，必将涉矣。具舟除隧，不共有法。”是行也，鲁人以莒人先济，诸侯从之。

【注释】

① 诸侯伐秦：鲁襄公十四年（前559），晋派六卿率诸侯大夫讨伐秦国，以报栎地之战失败之仇。② 泾：泾水。③ 叔向：即羊舌肸。④《匏有苦叶》：为《诗经·邶风》篇名。匏：匏瓜，一种有苦味的葫芦，在水中可系在腰间为浮囊。⑤ 舟虞：掌管船只运输的官吏。

【导读】

本篇记载公元前559年诸侯伐秦时的一个小故事。篇幅虽然短小，但人物和情节却交待得很清楚。

襄公如楚

襄公如楚[①]，及汉闻康王卒[②]，欲还。叔仲昭伯曰[③]：“君之来也，非为一人也，为其名与其众也。今王死，其名未改，其众未败，何为还？”诸大夫皆欲还。子服惠伯曰[④]：“不知所为，姑从君乎！”叔仲曰：“子之来也，非欲安身也，为国家之利也，故不惮勤远而听于楚；非义楚也，畏其名与众也。夫义人者，固庆其喜而吊其忧，况畏而服焉？闻畏而往，闻丧而还，苟芈姓实嗣[⑤]，其谁代之任丧？王太子又长矣，执政未改，予为先君来，死而去之，其谁曰不如先君？将为丧举，闻丧而还，其谁曰非侮也？事其君而任其政，其谁由己贰？求说其侮，而亟于前之人，其仇不滋大乎？说侮不懦，执政不贰，帅大仇以惮小国，其谁云待之？若从君而走患，则不如违君以避难。且夫君子计成而后行，二三子计乎？有御楚之术而有守国之备，则可也；若未有，不如往也。”乃遂行。

反，及方城[⑥]，闻季武子袭卞[⑦]，公欲还，出楚师以伐鲁。荣成伯曰[⑧]：“不可。君之于臣，其威大矣。不能令于国，而恃诸侯，诸侯其谁昵之？若得楚师以伐鲁，鲁既不违夙之取卞也[⑨]，必用命焉，守必固矣。若楚之克鲁，诸姬不获窥焉[10]，而况君乎？彼无亦置其同类以服东夷[11]，而大攘诸夏[12]，将天下是王，而何德于君，其予君也？若不克鲁，君以蛮、夷伐之，而又求入焉，必不获矣。不如予之。夙之事君也，不敢不悛。醉而怒，醒而喜，庸何伤？君其入也！”乃归。

【注 释】

① 襄公：即鲁襄公，名午。公元前 572 年至前 542 年在位。② 汉：汉水。康王：即楚康王，名昭。恭王之子。公元前 559 年至前 545 年在位。③ 叔仲昭伯：鲁国大夫，名带。④ 子服惠伯：鲁国大夫，名椒。仲孙它之子。⑤ 芈(mǐ)：楚国国君的姓。⑥ 方城：楚国北部的山名，在今河南叶县南。⑦ 卞：鲁城，在今山东泗水东。⑧ 荣成伯：鲁国大夫，名栾。⑨ 夙：季武子的名。⑩ 诸姬：和周同姓的诸侯。⑪ 东夷：古代对东方各族的统称。⑫ 诸夏：这里指中原地区各诸侯国。

【导 读】

本文记载了鲁襄公去楚国时的表现。去的途中，闻听楚康王已死，便想返回鲁国。叔仲昭伯晓其以大义，劝说他及随从要“为国家之利”着想，才使其到了楚国。返回时，闻听季武子袭掠卞地，襄公又想回头求助于楚，经过荣成伯的力谏，才打消了这一念头。文中以纪实的笔法，描述了襄公的反复无常和没有主见的性格。运笔虽然十分简练，但含义却十分丰富。

季冶致禄

襄公在楚，季武子取卞，使季冶逆[1]，追而予之玺书[2]，以告曰：“卞人将畔，臣讨之，既得之矣。”公未言，荣成子曰：“子股肱鲁国，社稷之事，子实制之。唯子所利，何必卞？卞有罪而子征之，子之隶也，又何谒焉？”子冶归，致禄而不出，曰：“使予欺君，谓予能也。能而欺其君，敢享其禄而立其朝乎？”

【注 释】

① 季冶：鲁国大夫。② 玺书：盖了印的信。

【导 读】

本文记载了季冶无意中欺骗了国君后主动辞官的故事。寥寥数笔，就把季冶忠厚自重的性格刻画了出来。

叔孙穆子知楚公子围有篡国之心

虢之会[①]，楚公子围二人执戈先焉[②]。蔡公孙归生与郑罕虎见叔孙穆子[③]，穆子曰："楚公子甚美，不大夫矣，抑君也。"郑子皮曰："有执戈之前，吾惑之。"蔡子家曰："楚，大国也；公子围，其令尹也。有执戈之前，不亦可乎？"穆子曰："不然。天子有虎贲[④]，习武训也；诸侯有旅贲[⑤]，御灾害也；大夫有贰车[⑥]，备承事也；士有陪乘[⑦]，告奔走也。今大夫而设诸侯之服，有其心矣。若无其心，而敢设服以见诸侯之大夫乎？将不入矣。夫服，心之文也。如龟焉，灼其中，必文于外。若楚公子不为君，必死，不合诸侯矣。"公子围反，杀郏敖而代之[⑧]。

【注 释】

① 虢之会：鲁昭公元年（前541），楚、鲁、晋、齐、宋、蔡等国在虢（在今河南郑州北）会盟。② 公子围：即楚灵王，名熊虔。楚恭王庶子。虢地会盟时他是楚国令尹。③ 公孙归生：蔡国公子，字子家。罕虎：郑国大夫，字子皮。④ 虎贲：王宫中卫戍部队的将领。⑤ 旅贲：诸侯出行时护车的勇士。⑥ 贰车：副车，备用的车。⑦ 陪乘：跟车的随从人员。⑧ 郏敖：楚康王之子，名麇。公元前544年至前541年为楚王。

【导 读】

本文记载楚灵王为令尹时，怀有篡权篡国野心，被叔孙穆子识破的故事。最后的结局，验证了叔孙穆子的判断。

叔孙穆子不以货私免

虢之会，诸侯之大夫寻盟未退。季武子伐莒取郓[①]，莒人告于会，楚人将以叔孙穆子为戮。晋乐王鲋求货于穆子[②]，曰："吾为子请于楚。"穆子不予。梁其胫谓穆子曰[③]："有货，以卫身也。出货而可以免，子何爱焉？"穆子曰："非女所知也。承君命以会大事，而国有罪，我以货私免，是我会吾私也。苟如是，则又可以出货而成私欲乎？虽可以免，吾其若诸侯之事何？夫必将或循之，曰：'诸侯之卿有然者故也。'则我求安身而为诸侯法矣。君子是以患作。作而不衷，将或道之，是昭其不衷也。余非爱货，恶不衷也。且罪非我之由，为戮何害？"楚人乃赦之。

穆子归，武子劳之，日中不出。其人曰："可以出矣。"穆子曰："吾不难为戮，养吾栋也。夫栋折而榱崩[④]，吾惧压焉。故曰虽死于外，而庇宗于内，可也。今既免大耻，而不忍小忿，可以为能乎？"乃出见之。

【注 释】

① 季武子：鲁国正卿，季文子之子。莒：古诸侯国。故地在今山东安丘、诸城、日照一带。公元前 431 年被楚所灭。郓：莒国的一座小城，在今山东沂水北。② 乐王鲋：又称乐桓子。晋国大夫。③ 梁其胫：叔孙穆子的家臣。④ 榱(cuī)：房椽、房桷的总称。

【导 读】

本文记载了叔孙穆子出为使臣及归国后的表现，赞扬了他忠于国事、勇于舍己和临危不惧的精神。叔孙穆子"忍小忿"而"免大耻"的识见，为同时出场的其他人所不能比拟。

子服惠伯从季平子如晋

平丘之会[①]，晋昭公使叔向辞昭公[②]，弗与盟。子服惠伯曰[③]："晋信蛮、夷而弃兄弟[④]，其执政贰也。贰心必失诸侯，岂唯鲁然？夫失其政者，必毒于人，鲁惧及焉，不可以不恭。必使上卿从之。”季平子曰[⑤]：“然则意如乎！若我往，晋必患我，谁为之贰？”子服惠伯曰：“椒既言之矣，敢逃难乎？椒请从。”

【注 释】

① 平丘之会：鲁昭公十三年（前529），晋、齐、宋、卫、郑等诸侯国在平丘（今河南商丘东）会盟。② 晋昭公：晋国国君，名夷。平公之子。公元前531年至前526年在位。昭公：鲁昭公。鲁昭公十年，鲁攻取莒和邾，莒、邾两国求救于晋，晋欲伐鲁，所以不让鲁国参加平丘之会。③ 子服惠伯：鲁国大夫，名椒。④ 蛮、夷：这里特指邾、莒两国。邾、莒均出自东夷，故称。而鲁与晋均为周文王之后，为同姓诸侯，故称兄弟之国。⑤ 季平子：鲁国上卿，名意如。季武子之孙。

晋人执平子。子服惠伯见韩宣子曰[①]：“夫盟，信之要也。晋为盟主，是主信也。若盟而弃鲁侯，信抑阙矣。昔栾氏之乱[②]，齐人间晋之祸，伐取朝歌。我先君襄公不敢宁处，使叔孙豹悉帅敝赋，踦跂毕行，无有处人，以从军吏，次于雍渝[③]，与邯郸胜击齐之左[④]，掎止晏莱焉[⑤]，齐师退而后敢还。非以求远也，以鲁之密迩于齐，而又小国也；齐朝驾则夕极于鲁国，不敢惮其患，而与晋共其忧，亦曰：‘庶几有益于鲁国乎！’今信蛮、夷而弃之，夫诸侯之勉于君者，将安劝矣？若弃鲁而苟固诸侯，群臣敢惮戮乎？诸侯之事晋者，鲁为勉矣。若以蛮、夷之故弃之，其无乃得蛮、夷而失诸侯之信乎？子计其利者，小国共命。”宣子说，乃归平子。

【注 释】

① 韩宣子：晋国上卿，名起。② 栾氏之乱：晋平公八年（前550），晋大夫栾盈出逃齐国，在齐的支持下讨伐晋国，占领朝歌。③ 雍渝：晋地，在今河南滑县西北。④ 邯郸胜：指晋大夫须子胜。因其采邑在邯郸，故称。⑤ 晏莱：齐大夫。

【导 读】

鲁、晋交恶之时，鲁大夫子服惠伯尽力为国家谋划。晋国逮捕鲁国上卿后，子服惠伯又据理陈辞，以道理和亲情说服晋国，救回季平子。文中就是这样通过两个典型事例，成功地塑造了子服惠伯足智多谋的形象。

季桓子穿井获羊

季桓子穿井[①]，获如土缶[②]，其中有羊焉。使问之仲尼曰[③]："吾穿井而获狗，何也？"对曰："以丘之所闻，羊也。丘闻之：'木石之怪曰夔、蝄蜽[④]，水之怪曰龙、罔象[⑤]，土之怪曰羵羊。'"[⑥]

【注释】

① 季桓子：鲁国上卿，名斯。季平子之子。② 缶（fǒu）：盛酒的瓦罐。③ 仲尼：孔丘的字。④ 夔（kuí）：指人面猴身的一种动物。蝄蜽（wǎng liǎng）：指山间精怪，传说能效仿人声而迷惑人。⑤ 罔象：又称沐肿，指能吃人的一种水中动物。⑥ 羵（fén）羊：又称坟羊，指雌雄不分的一种土中怪羊。

【导读】

本文的主旨就是在赞扬孔子的博学多闻。

公父文伯之母对季康子问

季康子问于公父文伯之母曰[①]："主亦有以语肥也。"对曰："吾能老而已，何以语子。"康子曰："虽然，肥愿有闻于主。"对曰："吾闻之先姑曰[②]：'君子能劳，后世有继。'"子夏闻之[③]，曰："善哉！商闻之曰：'古之嫁者，不及舅姑[④]，谓之不幸。'夫妇，学于舅姑者也。"

【注释】

① 季康子：鲁国上卿，名肥。季桓子之子。公父文伯：鲁国大夫，名歜（chù）。母：指公父穆伯之妻敬姜。② 先姑：媳妇称已故的婆婆。③ 子夏：姓卜名商，孔子弟子。④ 舅姑：指公婆。

【导 读】

本文通过公父文伯之母与季康子的对话，告诫为官者要贵而不骄、肯于辛劳。这样，才能子孙永继。

公父文伯饮南宫敬叔酒

公父文伯饮南宫敬叔酒[①]，以露睹父为客[②]。羞鳖焉，小。睹父怒，相延食鳖，辞曰："将使鳖长而后食之。"遂出。文伯之母闻之，怒曰："吾闻之先子曰[③]：'祭养尸[④]，飨养上宾。'鳖于何有？而使夫人怒也！"遂逐之。五日，鲁大夫辞而复之。

【注 释】

① 南宫敬叔：鲁国大夫，姓南宫，名说。② 露睹父：鲁国大夫。客：指上客，上宾。③ 先子：已故的公公。④ 尸：古代祭祀时代死者受祭的人。

【导 读】

本文记述了公父文伯之母严于教子的故事。

公父文伯之母论内朝与外朝

公父文伯之母如季氏，康子在其朝[①]，与之言，弗应，从之及寝门，弗应而入。康子辞于朝而入见，曰："肥也不得闻命，无乃罪乎？"曰："子弗闻乎？天子及诸侯合民事于外朝，合神事于内朝[②]；自卿以下，合官职于外朝，合家事于内朝；寝门之内[③]，妇人治其业焉。上下同之。夫外朝，子将业君之官职焉；内朝，子将庀季氏之政焉[④]，皆非吾所敢言也。"

【注 释】

① 康子：即季康子。② 神事：指祭祀一类事物。③ 寝门：指内室的门。④ 庀(pǐ)：治理。

【导读】

本文记述了公父文伯之母严守封建礼法的故事。

公父文伯之母论劳逸

公父文伯退朝，朝其母，其母方绩。文伯曰："以歜之家而主犹绩，惧忓季孙之怒也①，其以歜为不能事主乎！"

其母叹曰："鲁其亡乎！使僮子备官而未之闻耶？居，吾语女。昔圣王之处民也，择瘠土而处之，劳其民而用之，故长王天下。夫民劳则思，思则善心生；逸则淫，淫则忘善，忘善则恶心生。沃土之民不材，逸也；瘠土之民莫不向义，劳也。是故天子大采朝日②，与三公、九卿祖识地德③；日中考政，与百官之政事，师尹维旅、牧④、相宣序民事；少采夕月⑤，与大史、司载纠虔天刑⑥；日入监九御⑦，使洁奉禘、郊之粢盛⑧，而后即安。诸侯朝修天子之业命，昼考其国职，夕省其典刑，夜儆百工⑨，使无慆淫，而后即安。卿大夫朝考其职，昼讲其庶政，夕序其业，夜庀其家事，而后即安。士朝受业，昼而讲贯，夕而习复，夜而计过无憾，而后即安。自庶人以下，明而动，晦而休，无日以怠。

"王后亲织玄紞，公侯之夫人加之以纮、綖，卿之内子为大带，命妇成祭服⑩，列士之妻加之以朝服⑪，自庶士以下，皆衣其夫。社而赋事，蒸而献功，男女效绩，愆则有辟，古之制也。君子劳心，小人劳力，先王之训也。自上以下，谁敢淫心舍力？今我，寡也，尔又在下位，朝夕处事，犹恐忘先人之业。况有怠惰，其何以避辟！吾冀而朝夕修我曰：'必无废先人。'尔今曰：'胡不自安。'以是承君之官，余惧穆伯之绝嗣也⑫。"

仲尼闻之曰："弟子志之，季氏之妇不淫矣。"

【注释】

① 季孙：即季康子。② 大采：五彩礼服。朝日：朝拜祭祀日神。周代天子每年春分时节穿五彩礼服祭祀日神。③ 地德：这里指土地中生长的五谷。④ 师尹：大夫官。牧：地方长官。⑤ 少采：三彩礼服。夕月：祭祀月神。周代天子每年秋分时节穿三彩礼服祭祀月神。⑥ 大史：

即太史。掌管祭祀、历数、法典等。司载：掌管天文的官员。⑦ 九御：九嫔。天子内宫的各类女官。⑧ 粢盛：祭器内供祭祀的谷物。⑨ 百工：百官。⑩ 命妇：大夫之妻。⑪ 列士：周代之士分上士、中士、下士三等。⑫ 穆伯：公父文伯之父公父穆伯。

【导 读】

本文记载了公父文伯的母亲敬姜教子的故事。其中的许多教导今天读来仍有借鉴意义。《国语·鲁语》中有数篇文章记载公父文伯母敬姜的言行，可见其在当时是一位很有影响的女性。其卓然的见识，感动了许多人，也包括《国语》的作者以及大名鼎鼎的孔子。

公父文伯之母别于男女之礼

公父文伯之母，季康子之从祖叔母也。康子往焉，闶门与之言[①]，皆不逾阈[②]。祭悼子[③]，康子与焉，酢不受[④]，彻俎不宴，宗不具不绎[⑤]，绎不尽饫则退。仲尼闻之，以为别于男女之礼矣。

【注 释】

① 闶(wěi)门：开门。② 阈(yù)：门槛。③ 悼子：季悼子。公父文伯的祖父，敬姜的公公。④ 酢：祭肉。⑤ 宗：宗臣。主祭祀之礼。

【导 读】

本文记载敬姜严守男女有别的故事。文中没有记言，这是《国语》中唯一一篇记事短文。

公父文伯之母欲室文伯

公父文伯之母欲室文伯，飨其宗老[①]，而为赋《绿衣》之三章[②]。老请守龟卜室之族[③]。师亥闻之曰[④]："善哉！男女之飨，不及宗臣[⑤]；宗室之谋，不过宗人[⑥]。谋而不犯，微而昭矣。诗所以合意，歌所以咏诗也。今诗以合室，歌以咏之，度于法矣。”

【注 释】

① 宗老：主持礼乐的家臣。②《绿衣》：《诗经·邶风》篇名。③ 守龟：占卜之人。④ 师亥：鲁国知名乐师。⑤ 宗臣：与国君同姓之臣。⑥ 宗人：主管礼事的官员。诸侯、大夫皆有宗人。

【导 读】

本文记述了敬姜为其子公父文伯订亲的故事。可助我们了解当时的婚配之礼。

公父文伯卒其母戒其妾

公父文伯卒，其母戒其妾曰：“吾闻之：‘好内，女死之；好外，士死之[①]。’今吾子夭死，吾恶其以好内闻也。二三妇之辱共先者祀，请无瘠色，无洵涕，无掏膺，无忧容，有降服，无加服[②]。从礼而静，是昭吾子也。”仲尼闻之曰：“女知莫若妇，男知莫若夫。公父氏之妇智也夫！欲明其子之令德。”

【注 释】

① 士：古时诸侯置上士、中士、下士之官，其位次于大夫。② 服：丧服。古代丧礼规定哀悼死者时，按与死者关系的亲疏，分别穿斩衰、齐衰、大功、小功、缌麻五等丧服。加服：丧服提升一等。

【导 读】

本文写公父文伯早亡后，其母敬姜要求文伯的妻妾按礼服丧的故事。

孔子谓公父文伯之母知礼

公父文伯之母朝哭穆伯，而暮哭文伯。仲尼闻之曰：“季氏之妇可谓知礼矣[1]。爱而无私,上下有章。”

【注释】

① 礼:古礼规定寡妇不夜哭。

【导读】

敬姜遵礼行事,得到了孔子的称赞。忍痛而遵礼,可见礼的力量是多么的强大。

孔子论大骨

吴伐越,堕会稽[1],获骨焉,节专车。吴子使来好聘[2],且问之仲尼,曰:“无以吾命。”宾发币于大夫,及仲尼,仲尼爵之。既彻俎而宴[3],客执骨而问曰:“敢问骨何为大?”仲尼曰:“丘闻之:‘昔禹致群神于会稽之山,防风氏后至[4],禹杀而戮之,其骨节专车。’此为大矣。”客曰:“敢问谁守为神?”仲尼曰:“山川之灵,足以纪纲天下者,其守为神;社稷之守者,为公侯。皆属于王者。”客曰:“防风何守也?”仲尼曰:“汪芒氏之君也,守封、嵎之山者也[5],为漆姓。在虞、夏、商为汪芒氏,于周为长狄[6],今为大人。”客曰:“人长之极几何?”仲尼曰:“僬侥氏长三尺[7],短之至也。长者不过十之,数之极也。”

【注释】

① 会稽:会稽山,在今浙江绍兴东南。② 吴子:吴王夫差。③ 彻俎:撤掉祭祀的礼器。④ 防风氏:古代汪芒氏部落的首领。⑤ 封、嵎:两山名,均在今浙江德清县东。⑥ 长狄:汪芒氏北迁之后的名称,春秋时活动于今山西境内。⑦ 僬侥(jiāo yáo):古代传说生活在西南地区的一支矮人部落。

【导读】

孔子是大学者,博闻强识,所以面对吴使的询问,对答如流。历史学者经常引用此文来论述我国民族史中的相关问题，足见其参考价值之大。

孔子论楛矢

仲尼在陈[1]，有隼集于陈侯之庭而死[2]，楛矢贯之[3]，石砮[4]，其长尺有咫[5]。陈惠公使人以隼如仲尼之馆问之[6]。仲尼曰："隼之来也远矣！此肃慎氏之矢也[7]。昔武王克商，通道于九夷、百蛮[8]，使各以其方贿来贡，使无忘职业。于是肃慎氏贡楛矢、石砮，其长尺有咫。先王欲昭其令德之致远也，以示后人，使永监焉，故铭其栝曰'肃慎氏之贡矢'[9]，以分大姬、配虞胡公而封诸陈[10]。古者，分同姓以珍玉，展亲也；分异姓以远方之职贡，使无忘服也。故分陈以肃慎氏之贡。君若使有司求诸故府，其可得也。"使求，得之金椟[11]，如之。

【注释】

① 陈：陈国。妫姓，舜之后。② 陈侯：即下文的陈惠公，名吴。哀公之孙。公元前533年至前506年在位。③ 楛(hù)矢：用楛木做箭杆的箭。④ 石砮：用石做的箭头。⑤ 咫：八寸。⑥ 仲尼：孔子的字。⑦ 肃慎：商周时期生活在东北地区的少数民族。⑧ 九夷、百蛮：这里泛指当时东方和南方地区的少数民族。⑨ 栝(kuò)：箭尾扣弦的地方。⑩ 大姬：周武王的长女。虞胡公：陈国始祖。⑪ 金椟：即金匮，古代国家藏书之所。

【导读】

本文通过孔子对楛矢、石砮的议论，既展现了孔子的博学多识，也展现了肃慎族与周王朝的关系。肃慎族向周贡献楛矢、石砮，证明肃慎族认同了中央王朝的统治。所以，周王朝的统治者便公开宣示："肃慎，吾北土也。"(《左转·昭公九年》)周王朝之所以珍视楛矢、石砮，孔子之所以对其如数家珍，看重的都是它的政治含义。这是一篇有关东北民族史研究的重要文献。

闵马父笑子服景伯

齐闾丘来盟[①]，子服景伯戒宰人曰[②]："陷而入于恭。"闵马父笑[③]，景伯问之，对曰："笑吾子之大也。昔正考父校商之名颂十二篇于周太师[④]，以《那》为首[⑤]，其辑之乱曰：'自古在昔，先民有作。温恭朝夕，执事有恪。'先圣王之传恭，犹不敢专，称曰'自古'，古曰'在昔'，昔曰'先民'。今吾子之戒吏人曰'陷而入于恭'，其满之甚也。周恭王能庇昭、穆之阙而为'恭'[⑥]，楚恭王能知其过而为'恭'[⑦]。今吾子之教官僚曰'陷而后恭'，道将何为？"

【注 释】

① 闾丘：齐国大夫，名明。② 子服景伯：鲁国大夫，名何。子服惠伯之孙。宰人：此处指卿大夫的家臣。③ 闵马父：鲁国大夫。④ 正考父：宋国大夫。太师：乐官之长。⑤《那》：《诗经·商颂》第一篇的篇名。⑥ 周恭王：即西周共王，穆王之子，昭王之孙。公元前927年至前908年在位。⑦ 楚恭王：庄王子。公元前590年至前560年在位。

【导 读】

本文借助闵马父之口，议论了时人对"恭"字的理解，同时也说明了我们先人对谦恭美德的重视。

孔子非难季康子以田赋

季康子欲以田赋，使冉有访诸仲尼[①]。仲尼不对，私于冉有曰："求来！女不闻乎？先王制土，籍田以力，而砥其远迩；赋里以入，而量其有无；任力以夫，而议其老幼。于是乎有鳏、寡、孤、疾，有军旅之出则征之，无则已。其岁，收田一井，出稯禾、秉刍、缶米[②]，不是过也。先王以为足。若子季孙欲其法也，则有周公之籍矣；若欲犯法，则苟而赋，又何访焉？"

【注 释】

① 冉有：名求。孔子的学生，季康子的家臣。② 稯(zōng)：计算谷物的单位，六百四十斛为一稯。秉：计算禾把的单位。刍：指粮草。缶：容量单位，十六斗为一缶。

【导 读】

鲁哀公十二年(前483)，季康子推行田税法，规定按田亩定赋。这是继鲁国“初税亩”、楚国“书土田”、郑国“作丘赋”后，对原有土地制度的又一次冲击。因为季康子田税法的实质，就是进一步瓦解土地的国有制度，采用租佃的办法经营土地。孔子出于他的仁政思想，体恤民生，所以对季康子的做法不满，因而他以古代的公田法来非难季康子的田税法。本文对研究春秋时期土地制度的变化有参考价值。

卷六 齐 语

管仲对桓公以霸术

桓公自莒反于齐①，使鲍叔为宰②，辞曰："臣，君之庸臣也。君加惠于臣，使不冻馁，则是君之赐也。若必治国家者，则非臣之所能也。若必治国家者，则其管夷吾乎③！臣之所不若夷吾者五：宽惠柔民，弗若也；治国家不失其柄，弗若也；忠信可结于百姓，弗若也；制礼义可法于四方，弗若也；执枹鼓立于军门，使百姓皆加勇焉，弗若也。"桓公曰："夫管夷吾射寡人中钩，是以滨于死。"鲍叔对曰："夫为其君动也。君若宥而反之，夫犹是也。"桓公曰："若何？"鲍子对曰："请诸鲁。"桓公曰："施伯④，鲁君之谋臣也，夫知吾将用之，必不予我矣。若之何？"鲍子对曰："使人请诸鲁，曰：'寡君有不令之臣在君之国，欲以戮之于群臣，故请之。'则予我矣。"桓公使请诸鲁，如鲍叔之言。

庄公以问施伯⑤，施伯对曰："此非欲戮之也，欲用其政也。夫管子，天下之才也。所在之国，则必得志于天下。令彼在齐，则必长为鲁国忧矣。"庄公曰："若何？"施伯对曰："杀而以其尸授之。"庄公将杀管仲，齐使者请曰："寡君欲亲以为戮，若不生得以戮于群臣，犹未得请也。请生之。"于是庄公使束缚以予齐使。齐使受之而退。

【注 释】

① 桓公：齐桓公，名小白。襄公之弟。襄公被杀后，他自莒返国继承君位，为春秋五霸之一。公元前685年至前643年在位。② 鲍叔：齐国大夫，名叔牙。宰：太宰。③ 管夷吾：即管仲，又叫管敬仲，名夷吾，字

仲。经鲍叔牙举荐，桓公任命他为国相，为春秋时期著名政治家。④ 施伯：鲁国大夫。⑤ 庄公：即鲁庄公。

比至，三衅，三浴之。桓公亲逆之于郊，而与之坐而问焉，曰："昔吾先君襄公筑台以为高位[①]，田、狩、罼、弋[②]，不听国政，卑圣侮士，而唯女是崇。九妃、六嫔，陈妾数百，食必粱肉，衣必文绣。戎士冻馁，戎车待游车之裂，戎士待陈妾之余。优笑在前，贤材在后，是以国家不日引，不月长，恐宗庙之不扫除，社稷之不血食，敢问为此若何？"管子对曰："昔吾先王昭王、穆王[③]，世法文、武远绩以成名[④]。合群叟，比校民之有道者，设象以为民纪[⑤]，式权以相应，比缀以度，竴本肇末，劝之以赏赐，纠之以刑罚，班序颠毛，以为民纪统。"桓公曰："为之若何？"管子对曰："昔者，圣王之治天下也，参其国而伍其鄙，定民之居，成民之事，陵为之终，而慎用其六柄焉[⑥]。"

【注释】

① 襄公：桓公之兄。② 田：田野上打猎。狩：冬猎。罼（bì）：同"毕"，捕鸟的网。弋：弋射，把绳系在箭上射。③ 昭王：即周昭王。穆王：即周穆王。④ 文、武：指周文王和周武王。⑤ 象：即象魏，宫廷外边的阙门。古代颁布法令一般都悬挂在它的上面向民众公布，所以"象"又引申为法令。⑥ 六柄：指生、杀、贫、富、贵、贱六种治民措施。

桓公曰："成民之事若何？"管子对曰："四民者，勿使杂处，杂处则其言哤，其事易。"公曰："处士、农、工、商若何？"管子对曰："昔圣王之处士也，使就闲燕；处工，就官府；处商，就市井；处农，就田野。

"令夫士，群萃而州处，闲燕而父与父言义，子与子言孝，其事君者言敬，其幼者言弟。少而习焉，其心安焉，不见异物而迁焉。是故其父兄之教不肃而成，其子弟之学不劳而能。夫是，故士之子恒为士。

"令夫工，群萃而州处，审其四时，辨其功苦，权节其用，论比协材。旦暮从事，施与四方，以饬其子弟，相语以事，相示以巧，相陈以功。少而习焉，其心安焉，不见异物而迁焉。是故其父兄之教不肃而成，其子弟之学不劳而能。夫是，故工之子恒为工。

“令夫商，群萃而州处，察其四时，而监其乡之资，以知其市之贾，负、任、担、荷，服牛、轺马，以周四方，以其所有，易其所无，市贱鬻贵。旦暮从事于此，以饬其子弟，相语以利，相示以赖，相陈以知贾。少而习焉，其心安焉，不见异物而迁焉。是故其父兄之教不肃而成，其子弟之学不劳而能。夫是，故商之子恒为商。

“令夫农，群萃而州处，察其四时，权节其用，耒、耜、耞、芟[①]。及寒，击草除田，以待时耕；及耕，深耕而疾耰之，以待时雨；时雨既至，挟其枪、刈、耨、镈[②]，以旦暮从事于田野。脱衣就功，首戴茅蒲，身衣襏襫[③]，霑体涂足，暴其发肤，尽其四支之敏，以从事于田野。少而习焉，其心安焉，不见异物而迁焉。是故其父兄之教不肃而成，其子弟之学不劳而能。夫是，故农之子恒为农。野处而不昵，其秀民之能为士者，必足赖也。有司见而不以告，其罪五[④]。有司已于事而竣。”

桓公曰：“定民之居若何？”管子对曰：“制国以为二十一乡。”桓公曰：“善。”管子于是制国以为二十一乡：工商之乡六；士乡十五。公帅五乡焉，国子帅五乡焉[⑤]，高子帅五乡焉[⑥]。参国起案，以为三官，臣立三宰，工立三族，市立三乡，泽立三虞，山立三衡。

【注释】

① 耒、耜：翻地的农具。耞(jiā)：脱粒的农具。芟(shān)：镰刀。② 枪：长柄掘土锄草的农具。刈：镰刀。耨(nòu)：小手锄。镈：除草的农具。③ 襏襫(bó shì)：蓑衣一类的防雨服。④ 五：五刑，指墨、劓、剕、宫、大辟五种轻重不同的刑罚。⑤ 国子：齐国上卿。⑥ 高子：齐国上卿。

桓公曰：“吾欲从事于诸侯，其可乎？”管子对曰：“未可，国未安。”桓公曰：“安国若何？”管子对曰：“修旧法，择其善者而业用之；遂滋民，与无财，而敬百姓，则国安矣。”桓公曰：“诺。”遂修旧法，择其善者而业用之；遂滋民，与无财，而敬百姓。国既安矣，桓公曰：“国安矣，其可乎？”管子对曰：“未可。君若正卒伍，修甲兵，则大国亦将正卒伍，修甲兵，则难以速得志矣。君有攻伐之器，小国诸侯有守御之备，则难以速得志矣。君若欲速得志于天下诸侯，则事可以隐，令可以寄政。”桓公曰：“为之若何？”管子对曰：“作内政而寄军令焉。”桓公曰：“善。”

管子于是制国：“五家为轨，轨为之长；十轨为里，里有司；四里为连，连为之长；十连为乡，乡有良人焉。以为军令：五家为轨，故五人为伍，轨长帅之；十轨为里，故五十人为小戎，里有司帅之；四里为连，故二百人为卒，连长帅之；十连为乡，故二千人为旅，乡良人帅之；五乡一帅，故万人为一军，五乡之帅帅之。三军，故有中军之鼓，有国子之鼓，有高子之鼓。春以蒐振旅，秋以狝治兵。是故卒伍整于里，军旅整于郊。内教既成，令勿使迁徙。伍之人祭祀同福，死丧同恤，祸灾共之。人与人相畴，家与家相畴，世同居，少同游。故夜战声相闻，足以不乖；昼战目相见，足以相识。其欢欣足以相死。居同乐，行同和，死同哀。是故守则同固，战则同强。君有此士也三万人，以方行于天下，以诛无道，以屏周室，天下大国之君莫之能御。”

【导读】

本文比较全面地记载了管仲相齐后，向齐桓公提出的一系列治国安民的措施。其主要思想有：一、“分民定居”；二、“作内政而寄军令”。这两种思想都是根据齐国的实际情况总结出来的，实践证明，在齐国推行后，效果明显。文中记言记事语言流畅而不枝蔓，管仲作为政治家的形象刻画得很成功。本文与《管子》一样，都是我们研究管仲及管仲思想不可或缺的材料。

管仲佐桓公为政

正月之朝[①]，乡长复事。君亲问焉，曰：“于子之乡，有居处好学、慈孝于父母、聪慧质仁、发闻于乡里者，有则以告。有而不以告，谓之蔽明，其罪五[②]。”有司已于事而竣。桓公又问焉，曰：“于子之乡，有拳勇股肱之力秀出于众者，有则以告。有而不以告，谓之蔽贤，其罪五。”有司已于事而竣。桓公又问焉，曰：“于子之乡，有不慈孝于父母、不长悌于乡里、骄躁淫暴、不用上令者，有则以告。有而不以告，谓之下比，其罪五。”有司已于事而竣。是故乡长退而修德进贤，桓公亲见之，遂使役官。

桓公令官长期而书伐，以告且选，选其官之贤者而复用之，曰：“有人居我官，有功休德，惟慎端悫以待时，使民以劝，绥谤言，足以补官之不善政。”桓公召而与之语，訾相其质，足以比成事，诚可立而授之。设之以国家之患而不疚，退问之其乡，以观其所能而无大厉，升以为上卿之赞。谓之三选③。国子、高子退而修乡，乡退而修连，连退而修里，里退而修轨，轨退而修伍，伍退而修家。是故匹夫有善，可得而举也；匹夫有不善，可得而诛也。政既成，乡不越长，朝不越爵，疲士无伍，疲女无家。夫是，故民皆勉为善。与其为善于乡也，不如为善于里；与其为善于里也，不如为善于家。是故士莫敢言一朝之便，皆有终岁之计；莫敢以终岁之议，皆有终身之功。

桓公曰：“伍鄙若何？”管子对曰：“相地而衰征，则民不移；政不旅旧，则民不偷；山泽各致其时，则民不苟；陆、阜、陵、墐、井、田、畴均，则民不憾；无夺民时，则百姓富；牺牲不略，则牛羊遂。”

桓公曰：“定民之居若何？”管子对曰：“制鄙。三十家为邑，邑有司；十邑为卒，卒有卒帅；十卒为乡，乡有乡帅；三乡为县，县有县帅；十县为属，属有大夫。五属，故立五大夫，各使治一属焉；立五正，各使听一属焉。是故正之政听属，牧政听县，下政听乡。”桓公曰：“各保治尔所，无或淫怠而不听治者！”

【注 释】

① 朝：正月初一朝见君王。② 罪五：五种刑罚。③ 三选：春秋时期的一种选官制度。三层选拔，即乡长推荐，官长选拔，王公亲自口试。

【导 读】

本文记载了管仲辅佐桓公为政的史实。通过对管仲言行的记录，展现了其雄才大略和治国有方的一代贤相的风采。本文语言流畅，层次分明，读来引人入胜。也是研究管仲及管仲思想的重要文献。

桓公为政既成

正月之朝，五属大夫复事[①]。桓公择是寡功者而谪之[②]，曰："制地、分民如一，何故独寡功？教不善则政不治，一再则宥，三则不赦。"桓公又亲问焉，曰："于子之属，有居处为义好学、慈孝于父母、聪慧质仁、发闻于乡里者，有则以告。有而不以告，谓之蔽明，其罪五。"有司已于事而竣。桓公又问焉，曰："于子之属，有拳勇股肱之力秀出于众者，有则以告。有而不以告，谓之蔽贤，其罪五。"有司已于事而竣。桓公又问焉，曰："于子之属，有不慈孝于父母、不长悌于乡里、骄躁淫暴、不用上令者，有则以告。有而不以告，谓之下比，其罪五。"有司已于事而竣。五属大夫于是退而修属，属退而修县，县退而修乡，乡退而修卒，卒退而修邑，邑退而修家。是故匹夫有善，可得而举也；匹夫有不善，可得而诛也。政既成矣[③]，以守则固，以征则强。

【注释】

① 五属大夫：也叫五大夫。齐国将边鄙分成五部分后，设立的五个长官。② 谪：谴责。③ 政：指边鄙地区的治理。

【导读】

齐桓公十分重视边鄙地区的治理。他要求五属大夫要勤于政事的治理，如果怠慢失职，将会受到批评、处罚乃至降职。桓公的治边方法有进步和积极意义。本文文字与前篇多有雷同，阅读时可相互参考。

管仲教桓公亲邻国

桓公曰："吾欲从事于诸侯，其可乎？"管子对曰："未可。邻国未吾亲也。君欲从事于天下诸侯，则亲邻国。"桓公曰："若何？"管子对曰："审吾疆埸，而反其侵地；正其封疆，无受其资；而重为之皮币[①]，以骤聘覜于诸侯[②]，以安四邻，则四邻之国亲我矣。为游士八十人，奉之以车马、衣裘，多其资币，使周游于四方，以号召天下之贤士。皮币玩好，使民鬻之四方，以监其上下之所好，择其淫乱者而先征之。”

【注 释】

① 皮币：毛皮和缯帛。为诸侯交往时彼此馈赠的贵重礼物。② 覜：诸侯国间派遣大夫互相聘问，人数少的称聘，人数多的叫覜。

【导 读】

本篇记载了齐国的外交方略。管仲主张亲邻国、和友邦，对外交往应以和平共处为总方针，不侵犯邻国利益，并多派使者进行亲善访问，以加深友谊。同时，还要加强贸易联系。管仲的外交思想，值得我们研究和借鉴。

管仲教桓公足甲兵

桓公问曰：“夫军令则寄诸内政矣，齐国寡甲兵，为之若何？”管子对曰：“轻过而移诸甲兵。”桓公曰：“为之若何？”管子对曰：“制重罪赎以犀甲一戟①，轻罪赎以鞼盾一戟②，小罪谪以金分③，宥间罪。索讼者三禁而不可上下，坐成以束矢。美金以铸剑戟，试诸狗马；恶金以铸锄、夷、斤、斸④，试诸壤土。”甲兵大足。

【注 释】

① 犀甲：犀牛皮制作的铠甲。② 鞼(guì)盾：饰以绣革的盾牌。③ 金分：金钱。④ 恶金：指铁。夷：类似于锄头的农具。斤：斧。斸(zhú)：大锄。

【导 读】

齐国的武器不足，管仲提出了“轻过而移诸甲兵”的主张。本文记载了“轻过而移诸甲兵”的具体措施。文中以“恶金”为农具的记载，说明春秋时期已较为普遍地使用铁制农具了。

桓公帅诸侯而朝天子

桓公曰："吾欲南伐，何主？"管子对曰："以鲁为主。反其侵地棠、潜[①]，使海于有蔽，渠弭于有渚，环山于有牢。"桓公曰："吾欲西伐，何主？"管子对曰："以卫为主，反其侵地台、原、姑与漆里[②]，使海于有蔽，渠弭于有渚，环山于有牢。"桓公曰："吾欲北伐，何主？"管子对曰："以燕为主。反其侵地柴夫、吠狗[③]，使海于有蔽，渠弭于有渚，环山于有牢。"四邻大亲。既反侵地，正封疆，地南至于饴阴[④]，西至于济[⑤]，北至于河，东至于纪酅[⑥]，有革车八百乘。择天下之甚淫乱者而先征之。

【注 释】

① 棠：鲁国城名，在今山东金乡东。潜：鲁国城名，其地今不详。② 台：卫国城名，在今山东费县南。原、姑、漆里：均为卫国城名，其地今不详。③ 柴夫、吠狗：燕国城名，其地今不详。④ 饴阴：在齐国南方边界。⑤ 济：济水。⑥ 纪：国名，姜姓。酅(xī)：纪国城名，其地今不详。

即位数年，东南多有淫乱者，莱、莒、徐夷、吴、越，一战帅服三十一国。遂南征伐楚，济汝[①]，逾方城、望汶山[②]，使贡丝于周而反。荆州诸侯莫敢不来服。遂北伐山戎，刜令支[③]，斩孤竹而南归[④]。海滨诸侯莫敢不来服。与诸侯饰牲为载，以约誓于上下庶神，与诸侯戮力同心。西征攘白狄之地[⑤]，至于西河[⑥]，方舟设泭，乘桴济河，至于石枕[⑦]。悬车束马，逾太行与辟耳之溪拘夏[⑧]，西服流沙、西吴。南城于周，反胙于绛[⑨]。岳滨诸侯莫敢不来服[⑩]，而大朝诸侯于阳谷[⑪]。兵车之属六，乘车之会三，诸侯甲不解累，兵不解翳，弢无弓，服无矢。隐武事，行文道，帅诸侯而朝天子。

【注 释】

① 汝：汝水。② 方城：山名，在今河南叶县南。汶山：楚国山名，在方城山南。③ 令支：国名。④ 孤竹：古国名。⑤ 白狄：狄人的一支。⑥ 西河：河名，在今河南汤阴县。⑦ 石枕：晋国地名，其地今不详。

⑧ 辟耳：山名，在今山西平陆西北。拘夏：辟耳山之下的溪谷。⑨ 绛：晋国都城，在今山西翼城东南。⑩ 岳：北岳恒山。⑪ 阳谷：即今山东阳谷。

【导读】

本文记载桓公在管仲辅佐下，发动了所谓征伐天下"淫乱者"的战争，进而镇服诸侯的史事。本文对研究我国古地理、古民族有比较重要的参考价值。

葵丘之会天子致胙于桓公

葵丘之会[①]，天子使宰孔致胙于桓公[②]，曰："余一人之命有事于文、武，使孔致胙。"且有后命曰："以尔自卑劳，实谓尔伯舅[③]，无下拜。"桓公召管子而谋，管子对曰："为君不君，为臣不臣，乱之本也。"桓公惧，出见客曰："天威不违颜咫尺，小白余敢承天子之命曰'尔无下拜'，恐陨越于下，以为天子羞。"遂下拜，升，受命。赏服大辂[④]，龙旗九旒[⑤]，渠门赤旗，诸侯称顺焉。

【注释】

① 葵丘：古地名，在今河南兰考。齐桓公三十五年（前 651），齐桓公在此举行诸侯盟会。② 天子：周襄王。宰孔：周朝大臣。胙（zuò）：胙肉，祭祀用肉。③ 伯舅：周与齐异姓，而姬、姜世有联姻，故称伯舅。④ 大辂（lù）：大车。⑤ 龙旗九旒（liú）：缀有九条流苏的大旗。

【导读】

本文写齐桓公接受天子胙肉的故事。桓公虽为诸侯霸主，但却能敬事天子，遵守礼仪，所以受到了诸侯的称赞。桓公的头脑是清醒的。

桓公霸诸侯

桓公忧天下诸侯。鲁有夫人、庆父之乱[①]，二君弑死[②]，国绝无嗣。桓公闻之，使高子存之③。

【注释】

① 夫人：鲁庄公夫人哀姜。庆父：庄公之弟。乱：指哀姜与庆父私通。庄公死后，庆父先杀死太子般，再杀死闵公，造成鲁国的动乱。② 二君：太子般和鲁闵公。③ 高子：齐国上卿高奚敬仲。

狄人攻邢①，桓公筑夷仪以封之②，男女不淫，牛马选具。狄人攻卫③，卫人出庐于曹④，桓公城楚丘以封之⑤。其畜散而无育，桓公与之系马三百。天下诸侯称仁焉。于是天下诸侯知桓公之非为己动也，是故诸侯归之。

【注释】

① 邢：古国名，与周同姓，周公之后。② 夷仪：邢国城名，在今山东聊城。③ 卫：古国名，与周同姓，武王弟康叔所建。④ 曹：卫国邑名，在今河南滑县。⑤ 楚丘：卫地，在今河南滑县。

桓公知诸侯之归己也，故使轻其币而重其礼。故天下诸侯罢马以为币，缕綦以为奉，鹿皮四个；诸侯之使垂橐而入，稛载而归。故拘之以利，结之以信，示之以武，故天下小国诸侯既许桓公，莫之敢背，就其利而信其仁、畏其武。桓公知天下诸侯多与己也，故又大施忠焉。可为动者为之动，可为谋者为之谋，军谭、遂而不有也①，诸侯称宽焉。通齐国之鱼盐于东莱②，使关市几而不征，以为诸侯利，诸侯称广焉。筑葵兹、晏、负夏、领釜丘③，以御戎、狄之地，所以禁暴于诸侯也；筑五鹿、中牟、盖与、牡丘④，以卫诸夏之地，所以示权于中国也。教大成，定三革⑤，隐五刃⑥，朝服以济河而无怵惕焉，文事胜矣。是故大国惭愧，小国附协。唯能用管夷吾、宁戚、隰朋、宾胥无、鲍叔牙之属而伯功立⑦。

【注释】

① 谭：古国名。遂：古国名。② 东莱：齐地。③ 葵兹、晏、负夏、领

釜丘：要塞名。④ 五鹿、中牟、盖与、牡丘：要塞名。⑤ 三革：甲、胄、盾的统称。⑥ 五刃：刀、剑、矛、戟、矢的统称。⑦ 管夷吾、宁戚、隰朋、宾胥无、鲍叔牙：齐国的五位大臣。

【导读】

本文主要记述齐桓公称霸的原因，是因为有了一批贤才的辅助。《国语》中的《齐语》，自桓公任用管仲起笔，直至本文，桓公已是闻名天下的诸侯霸主了，所以，可视本文为桓公称霸的总结性文字。而《齐语》，也大约可以算作是一部简明的桓公称霸史专著了。

卷七 晋语 一

武公伐翼止栾共子无死

武公伐翼[1]，杀哀侯[2]，止栾共子曰[3]："苟无死，吾以子见天子，令子为上卿，制晋国之政。"辞曰："成闻之：'民生于三[4]，事之如一。'父生之，师教之，君食之。非父不生，非食不长，非教不知生之族也，故壹事之。唯其所在，则致死焉。报生以死，报赐以力，人之道也。臣敢以私利废人之道，君何以训矣？且君知成之从也，未知其待于曲沃也[5]。从君而贰，君焉用之？"遂斗而死。

【注 释】

① 武公：晋武公，名称。公元前 678 年至前 677 年为晋侯。② 哀侯：晋哀侯，名光。公元前 717 年至前 710 年在位。③ 栾共子：又称共叔成，哀侯大夫。④ 三：君、师、父。⑤ 曲沃：晋武公封地，在今山西闻喜。

【导 读】

本文记载栾共子为国君殉难的故事。表现了栾共子慷慨赴死的勇士气节。

史苏论献公伐骊戎

献公卜伐骊戎[1]，史苏占之[2]，曰："胜而不吉。"公曰："何谓也？"对曰：

"遇兆,挟以衔骨,齿牙为猾,戎、夏交捽。交捽,是交胜也,臣故云。且惧有口,携民,国移心焉。"公曰:"何口之有!口在寡人,寡人弗受,谁敢兴之?"对曰:"苟可以携,其入也必甘受,逞而不知,胡可壅也?"公弗听,遂伐骊戎,克之。获骊姬以归[3],有宠,立以为夫人。公饮大夫酒,令司正实爵与史苏[4],曰:"饮而无肴。夫骊戎之役,女曰'胜而不吉',故赏女以爵,罚女以无肴。克国得妃,其有吉孰大焉!"史苏卒爵,再拜稽首曰:"兆有之,臣不敢蔽。蔽兆之纪,失臣之官,有二罪焉,何以事君?大罚将及,不唯无肴。抑君亦乐其吉而备其凶,凶之无有,备之何害?若其有凶,备之为瘳。臣之不信,国之福也,何敢惮罚。"

【注 释】

① 献公:晋献公,名诡诸。武公之子。公元前676年至前651年在位。骊戎:西戎的一支,活动于骊山一带。② 史苏:晋大夫,掌管占卜。③ 骊姬:骊戎首领之女。④ 司正:掌管宾主之礼的官员。

饮酒出,史苏告大夫曰:"有男戎必有女戎。若晋以男戎胜戎,而戎亦必以女戎胜晋,其若之何!"里克曰[1]:"何如?"史苏曰:"昔夏桀伐有施[2],有施人以妹喜女焉,妹喜有宠,于是乎与伊尹比而亡夏[3]。殷辛伐有苏[4],有苏氏以妲己女焉[5],妲己有宠,于是乎与胶鬲比而亡殷[6]。周幽王伐有褒[7],褒人以褒姒女焉[8],褒姒有宠,生伯服,于是乎与虢石甫比[9],逐太子宜臼而立伯服[10]。太子出奔申[11],申人、鄫人召西戎以伐周[12],周于是乎亡。今晋寡德而安俘女,又增其宠,虽当三季之王[13],不亦可乎?且其兆云:'挟以衔骨,齿牙为猾。'我卜伐骊,龟往离散以应我。夫若是,贼之兆也,非吾宅也,离则有之。不跨其国,可谓挟乎?不得其君,能衔骨乎?若跨其国而得其君,虽逢齿牙,以猾其中,谁云不从?诸夏从戎,非败而何?从政者不可以不戒,亡无日矣!"

【注 释】

① 里克:又称里季子,晋大夫。② 有施:古国名,喜姓。③ 伊尹:名挚,商汤的国相,助汤灭夏。④ 殷辛:即帝辛,商纣王。有苏:古国名,

己姓。⑤ 妲己：纣王之妃。姓己名妲。有苏氏女。⑥ 胶鬲：商代贤臣，后弃商事周，助武王灭商。⑦ 周幽王：西周最后一位天子，名宫涅。公元前 781 年至前 771 年在位。有褒：古国名，姒姓。⑧ 褒姒：幽王之妃。姓姒。有褒氏女。⑨ 石甫：亦作石父。虢国国君。⑩ 宜臼：周平王的名字。⑪ 申：古国名，姜姓。⑫ 鄫：古国名，姒姓。⑬ 三季之王：三位末代之王，即夏桀、商纣王和周幽王。

郭偃曰[①]："夫三季王之亡也宜。民之主也，纵惑不疚，肆侈不违，流志而行，无所不疚，是以及亡而不获追鉴。今晋国之方，偏侯也。其土又小，大国在侧，虽欲纵惑，未获专也。大家、邻国将师保之，多而骤立，不其集亡。虽骤立，不过五矣。且夫口，三五之门也。是以谗口之乱，不过三五。且夫挟，小鲠也。可以小戕，而不能丧国。当之者戕焉，于晋何害？虽谓之挟，而猾以齿牙，口弗堪也，其与几何？晋国惧则甚矣，亡犹未也。商之衰也，其铭有之曰：'嗛嗛之德，不足就也，不可以矜，而只取忧也。嗛嗛之食，不足狃也，不能为膏，而只罹咎也。'虽骊之乱，其罹咎而已，其何能服？吾闻以乱得聚者，非谋不卒时，非人不免难，非礼不终年，非义不尽齿，非德不及世，非天不离数。今不据其安，不可谓能谋；行之以齿牙，不可谓得人；废国而向己，不可谓礼；不度而迂求，不可谓义；以宠贾怨，不可谓德；少族而多敌，不可谓天。德义不行，礼义不则，弃人失谋，天亦不赞。吾观君夫人也，若为乱，其犹隶农也。虽获沃田而勤易之，将不克飨，为人而已。"

士蒍曰[②]："戒莫如豫，豫而后给。夫子戒之[③]，抑二大夫之言其皆有焉[④]。"

既，骊姬不克，晋正于秦，五立而后平[⑤]。

【注 释】

① 郭偃：晋大夫。② 士蒍（wěi）：晋大夫。③ 夫子：指郭偃。④ 二大夫：郭偃和史苏。⑤ 五立而后平：献公死后，晋国先后立了五位国君，即奚齐、卓子、惠公、怀公、重耳，才开始太平。

【导 读】

本文记述了献公讨伐骊戎前的占卜，以及二大夫对卦象的分析。通过这一事件，刻画了史苏认真谨慎、忧国忧民和郭偃豁达乐观、视野开阔的性格。史苏是在就卦象规谏献公；而郭偃则是在总结三位末代天子之所以亡国的原因，以及晋国不会因此而灭亡的理由。二人所论都旁征博引，有史有论，极富文采。文中以占卜预言历史的发展，末段以“五立而后平”来应验史苏的所谓“胜而不吉”论，显然是牵强附会之谈，也是历史唯心论的表现。这是时代局限使然。

史苏论骊姬必乱晋

献公伐骊戎，克之，灭骊子①，获骊姬以归，立以为夫人，生奚齐。其娣生卓子。骊姬请使申生主曲沃以速悬②，重耳处蒲城③，夷吾处屈④，奚齐处绛⑤，以儆无辱之故。公许之。

史苏朝，告大夫曰：“二三大夫其戒之乎，乱本生矣！日⑥，君以骊姬为夫人，民之疾心固皆至矣。昔者之伐也，兴百姓以为百姓也，是以民能欣之，故莫不尽忠极劳以致死也。今君起百姓以自封也，民外不得其利，而内恶其贪，则上下既有判矣；然而又生男，其天道也？天强其毒，民疾其态，其乱生哉！吾闻君之好好而恶恶，乐乐而安安，是以能有常。伐木不自其本，必复生；塞水不自其源，必复流；灭祸不自其基，必复乱。今君灭其父而畜其子，祸之基也。畜其子，又从其欲，子思报父之耻而信其欲，虽好色，必恶心，不可谓好。好其色，必授之情。彼得其情以厚其欲，从其恶心，必败国且深乱。乱必自女戎，三代皆然。”骊姬果作难，杀太子而逐二公子。君子曰：“知难本矣。”

【注 释】

① 骊子：骊戎首领。② 申生：晋献公的太子。③ 重耳：即晋文公。申生异母弟。蒲城：晋地，在今山西隰县西北。④ 夷吾：申生异母弟。屈：晋地，在今山西乡宁北。⑤ 奚齐：骊姬之子。⑥ 日：昔日。

【导 读】

本文借史苏之口，记述了晋国将要发生的骊姬之乱。骊姬之乱的导火索是骊姬欲立其子奚齐为太子，乃谮杀太子申生，并逐公子重耳和夷吾。献公死，奚齐继位，骊姬的愿望得以实现。后奚齐被里克所杀，骊姬亦死之。这次动乱的主要原因是统治阶级内部的争权夺利，史苏看不到这一点，却将动乱的全部责任都推到骊姬一个人的身上，并引经据典以证明其说不谬，其实这并不公平。史苏所论是在为其他的当事者开脱责任，是女人亡国论的翻版，是将复杂的历史问题简单化了。史苏的识见有高度，但并不完全正确。

献公将黜太子申生而立奚齐

骊姬生奚齐，其娣生卓子。公将黜太子申生而立奚齐。里克、丕郑、荀息相见[①]，里克曰："夫史苏之言将及矣，其若之何？"荀息曰："吾闻事君者，竭力以役事，不闻违命。君立臣从，何贰之有？"丕郑曰："吾闻事君者，从其义，不阿其惑。惑则误民，民误失德，是弃民也。民之有君，以治义也。义以生利，利以丰民，若之何其民之与处而弃之也？必立太子。"里克曰："我不佞，虽不识义，亦不阿惑，吾其静也。"三大夫乃别。

蒸于武公[②]，公称疾不与，使奚齐莅事。猛足乃言于太子曰[③]："伯氏不出[④]，奚齐在庙，子盍图乎！"太子曰："吾闻之羊舌大夫曰[⑤]：'事君以敬，事父以孝。'受命不迁为敬，敬顺所安为孝。弃命不敬，作令不孝，又何图焉？且夫间父之爱而嘉其贶，有不忠焉；废人以自成，有不贞焉。孝、敬、忠、贞，君父之所安也。弃安而图，远于孝矣，吾其止也。"

【注 释】

① 里克、丕郑、荀息：三人均为晋大夫。② 蒸：冬祭。武公：即位于曲沃的献公祖庙。③ 猛足：申生家臣。④ 伯氏：长子。⑤ 羊舌大夫：羊舌职之父。

【导 读】

本文记述了献公欲废黜太子申生而改立奚齐，里克、丕郑、荀息三人对此事的态度，以及申生的表现。申生的遵礼守孝、无所作为，导致最终被废。三位大夫的不同反应，为骊姬之乱的结局埋下了伏笔。

献公伐翟柤

献公田，见翟柤之氛[①]，归寝不寐。郤叔虎朝[②]，公语之。对曰："床笫之不安邪？抑骊姬之不存侧邪？"公辞焉。出遇士芳，曰："今夕君寝不寐，必为翟柤也。夫翟柤之君，好专利而不忌，其臣竞谄以求媚，其进者壅塞，其退者拒违。其上贪以忍，其下偷以幸，有纵君而无谏臣，有冒上而无忠下。君臣上下各餍其私，以纵其回，民各有心而无所据依。以是处国，不亦难乎！君若伐之，可克也。吾不言，子必言之。"士芳以告，公悦，乃伐翟柤。郤叔虎将乘城，其徒曰："弃政而役，非其任也。"郤叔虎曰："既无老谋，而又无壮事，何以事君？"被羽先升，遂克之。

【注 释】

① 翟柤(zhā)：古国名。② 郤叔虎：名豹。晋大夫。

【导 读】

本文记载郤叔虎帮助献公征伐翟柤国并取得胜利的故事。郤叔虎有勇有谋的形象塑造得很成功。

优施教骊姬远太子

公之优曰施[①]，通于骊姬。骊姬问焉，曰："吾欲作大事，而难三公子之徒[②]，如何？"对曰："早处之，使知其极。夫人知极，鲜有慢心；虽其慢，乃易残也。"骊姬曰："吾欲为难，安始而可？"优施曰："必于申生。其为人也，小心精洁，而大志重，又不忍人。精洁易辱，重偾可疾，不忍人，必自忍也。辱之近行。"骊姬曰："重，无乃难迁乎？"优施曰："知辱可辱，可辱迁重；若不知辱，亦必不知固秉常矣。今子内固而外宠，且善否莫不信。若外殚善而内辱之，无不迁矣。且吾闻之：'甚精必愚。'精为易辱，愚不知避难。

虽欲无迁，其得之乎？”是故先施谗于申生。

骊姬赂二五[3]，使言于公曰：“夫曲沃，君之宗也，蒲与二屈[4]，君之疆也，不可以无主。宗邑无主，则民不威；疆埸无主，则启戎心。戎之生心，民慢其政，国之患也。若使太子主曲沃，而二公子主蒲与屈，乃可以威民而惧戎，且旌君伐。”使俱曰：“狄之广莫，于晋为都。晋之启土，不亦宜乎？”公说，乃城曲沃，太子处焉；又城蒲，公子重耳处焉；又城二屈，公子夷吾处焉。骊姬既远太子，乃生之言，太子由是得罪。

【注 释】

① 施：献公之优伶。② 三公子：申生、重耳、夷吾。③ 二五：晋下大夫梁五和东关五的合称。④ 二屈：晋地，因其地有南屈与北屈之分，故名。

【导 读】

本文记载了优伶施为骊姬迫害申生出谋划策的故事。作者用简洁流畅的语言刻画了施的阴险和狡诈。骊姬迫不及待的心情描写得也很成功。

献公作二军以伐霍

十六年[1]，公作二军，公将上军、太子申生将下军以伐霍[2]。师未出，士蒍言于诸大夫曰：“夫太子，君之贰也，恭以俟嗣，何官之有？今君分之土而官之，是左之也。吾将谏以观之。”乃言于公曰：“夫太子，君之贰也，而帅下军，无乃不可乎？”公曰：“下军，上军之贰也。寡人在上，申生在下，不亦可乎？”士蒍对曰：“下不可以贰上。”公曰：“何故？”对曰：“贰若体焉，上下左右，以相心目，用而不倦，身之利也。上贰代举，下贰代履，周旋变动，以役心目，故能治事，以制百物。若下摄上，与上摄下，周旋不动，以违心目，其反为物用也，何事能治？故古之为军也，军有左右，阙从补之，成而不知，是以寡败。若以下贰上，阙而不变，败弗能补也。变非声章，弗能移也。声章过数则有衅，有衅则敌入，敌入而凶，救则不暇，谁能退敌？敌之如志，国之忧也。可以陵小，难以征国。君其图之！”公曰：“寡人有子而制焉，非子之忧也。”对曰：“太子，国之栋也。栋成乃制之，不亦危乎？”公曰：“轻其所任，虽危何害？”

士蒍出语人曰：“太子不得立矣。改其制而不患其难，轻其任而不忧其危，君有异心，又焉得立？行之克也，将以害之；若其不克，其因以罪之。虽克与否，无以避罪。与其勤而不入，不如逃之。君得其欲，太子远死，且有令名，为吴太伯[3]，不亦可乎？”太子闻之，曰：“子舆之为我谋[4]，忠矣。然吾闻之，为人子者，患不从，不患无名；为人臣者，患不勤，不患无禄。今我不才而得勤与从，又何求焉？焉能及吴太伯乎？”太子遂行，克霍而反，谗言弥兴。

【注释】

① 十六年：晋献公十六年（前661）。② 霍：古国名，周武王弟叔武的封国。③ 吴太伯：周文王叔父。本为太子，为了让位给弟弟，出走至吴地。后来周武王追封其为吴伯，亦称吴太伯。④ 子舆：士蒍的字。

【导读】

献公为了废黜太子，编制二军，自己率上军，命申生率下军，以伐霍国。申生遵礼守孝，唯命是听，无所作为，最终面临的却是谗言攻击。本文即是对这段史实的完整记录。文中的用语极富个性，并运用形象的比喻来阐明深奥的道理，格调清新，文字活泼，可读性强。

优施教骊姬谮申生

优施教骊姬夜半而泣谓公曰：“吾闻申生甚好仁而强，甚宽惠而慈于民，皆有所行之。今谓君惑于我，必乱国，无乃以国故而行强于君。君未终命而不殁，君其若之何？盍杀我，无以一妾乱百姓。”公曰：“夫岂惠其民而不惠于其父乎？”骊姬曰：“妾亦惧矣。吾闻之外人之言曰：‘为仁与为国不同。为仁者，爱亲之谓仁；为国者，利国之谓仁。故长民者无亲，众以为亲。’苟利众而百姓和，岂能惮君？以众故不敢爱亲，众况厚之，彼将恶始而美终，以晚盖者也。凡民利是生，杀君而厚利众，众孰沮之？杀亲无恶于人，人孰去之？苟交利而得宠，志行而众悦，欲其甚矣，孰不惑焉？虽欲爱君，惑不释也，今夫以君为纣，若纣有良子，而先丧纣，无章其恶而厚其败。钧之死也，无必假手于武王，而其世不废，祀至于今，吾岂知纣之善否哉？君欲勿恤，其可乎？若大难至而恤之，其何及矣！”公惧曰：“若何而可？”骊姬曰：“君盍老而授之政。彼得政而行其欲，得其所索，乃其释君。且君其图之，自桓叔以来[①]，孰能爱亲？唯无亲，故能兼翼。”公曰：“不可与政。我以武与威，是以临诸侯。未殁而亡政，不可谓武；有子而弗胜，不可谓威。我授之政，诸侯必绝；能绝于我，必能害我。失政而害国，不可忍也。尔勿忧，吾将图之。”

骊姬曰：“以皋落狄之朝夕苛我边鄙[②]，使无日以牧田野，君之仓廪固不实，又恐削封疆。君盍使之伐狄，以观其果于众也，与众之信辑睦焉。若不胜狄，虽济其罪，可也。若胜狄，则善用众矣，求必益广，乃可厚图也。且夫胜狄，诸侯惊惧，吾边鄙不儆，仓廪盈，四邻服，封疆信，君得其赖，又知可否，其利多矣。君其图之！”公悦，是故使申生伐东山[③]，衣之偏裻之衣，佩之以金玦。仆人赞闻之[④]，曰：“太子殆哉！君赐之奇，奇生怪，怪生无常，无常不立。使之出征，先以观之，故告之以离心，而示之以坚忍之权，则必恶其心而害其身矣。恶其心，必内险之；害其身，必外危之。危自中起，难哉！且是衣也，狂夫阻之衣也[⑤]。其言曰：‘尽敌而反。’虽尽敌，其若内谗何！”申生胜狄而反，谗言作于中。君子曰：“知微。”

【注释】

① 桓叔：晋献公曾祖。② 皋落狄：又称东山皋落氏。赤狄的一支。③ 东山：皋落氏的活动地区，在今山西垣曲。④ 赞：申生的仆人。⑤ 狂夫：方相氏，掌管驱疫和驱鬼。

【导读】

优施向骊姬献计，骊姬便在床第之上向献公进谗言，献公听信骊姬的挑拨，派申生征讨皋落狄。出征之前，又在申生的服饰上做文章，离间他和民众的关系。申生虽然获胜返国，但谗言也流行开来。文中用细腻的笔触描写了这段史实。此文可与《优施教骊姬远太子》参互阅读。

申生伐东山

十七年冬[①]，公使太子伐东山。里克谏曰："臣闻皋落氏将战，君其释申生也！"公曰："行也！"里克对曰："非故也。君行，太子居，以监国也；君行，太子从，以抚军也。今君居，太子行，未有此也。"公曰："非子之所知也。寡人闻之，立太子之道三：身钧以年，年同以爱，爱疑决之以卜、筮[②]。子无谋吾父子之间，吾以此观之。"公不说。里克退，见太子。太子曰："君赐我以偏衣、金玦，何也？"里克曰："孺子惧乎？衣躬之偏，而握金玦，令不偷矣。孺子何惧？夫为人子者，惧不孝，不惧不得。且吾闻之曰：'敬贤于请。'孺子勉之乎！"君子曰："善处父子之间矣。"

太子遂行，狐突御戎[③]，先友为右[④]，衣偏衣而佩金玦。出而告先友曰："君与我此，何也？"先友曰："中分而金玦之权，在此行也。孺子勉之乎！"狐突叹曰："以尨衣纯，而玦之以金铣者，寒之甚矣，胡可恃也？虽勉之，狄可尽乎？"先友曰："衣躬之偏，握兵之要，在此行也，勉之而已矣。偏躬无慝，兵要远灾，亲以无灾，又何患焉？"至于稷桑[⑤]，狄人出逆，申生欲战。狐突谏曰："不可。突闻之：'国君好艾，大夫殆；好内，嫡子殆，社稷危。'若惠于父而远于死，惠于众而利社稷，其可以图之乎？况其危身于狄以起谗于内也？"申生曰："不可。君之使我，非欢也，抑欲测吾心也。是故赐我奇服，而告我权。又有甘言焉。言之大甘，其中必苦。谮在中矣，君故生心。虽蝎谮，焉避之？不若战也。不战而反，我罪滋厚；我战死，犹有令名焉。"果败狄于稷桑而反。谗言益起，狐突杜门不出。君子曰："善深谋也。"

【注释】

① 十七年：晋献公十七年（前 660）。② 卜：占卜。筮：用蓍草占卜。③ 狐突：字伯行，狐偃之父。④ 先友：晋国大夫。⑤ 稷桑：皋氏地，其地今不详。

【导读】

上篇记载献公听信骊姬谗言，准备派遣申生征讨皋落狄，本篇接续上篇而写，前段记述里克的劝谏，后段记申生的出征及战果。申生虽然贵为太子，但其命运已完全不掌握在自己手里了。他就像一只任人摆布的木偶，一点点地钻进了献公、骊姬、优施等人为之精心设计的圈套之中，一步步地走向了深渊。本文对晋国统治阶级内部尖锐而又复杂的矛盾揭露得很深刻。

卷八　晋语　二

骊姬谮杀太子申生

反自稷桑，处五年，骊姬谓公曰："吾闻申生之谋愈深。日，吾固告君曰得众，众弗利，焉能胜狄？今矜狄之善，其志益广。狐突不顺，故不出。吾闻之，申生甚好信而强，又失言于众矣，虽欲有退，众将责焉。言不可食，众不可弭，是以深谋。君若不图，难将至矣！"公曰："吾不忘也，抑未有以致罪焉。"

骊姬告优施曰："君既许我杀太子而立奚齐矣，吾难里克，奈何？"优施曰："吾来里克，一日而已。子为我具特羊之飨，吾以从之饮酒。我优也，言无邮。"骊姬许诺，乃具，使优施饮里克酒。中饮，优施起舞，谓里克妻曰："主孟啖我①，我教兹暇豫事君。"乃歌曰："暇豫之吾吾，不如鸟乌。人皆集于苑，己独集于枯。"里克笑曰："何谓苑，何谓枯？"优施曰："其母为夫人，其子为君，可不谓苑乎？其母既死，其子又有谤，可不谓枯乎？枯且有伤。"

优施出，里克辟奠，不飧而寝。夜半，召优施，曰："曩而言戏乎？抑有所闻之乎？"曰："然。君既许骊姬杀太子而立奚齐，谋既成矣。"里克曰："吾秉君以杀太子，吾不忍。通复故交，吾不敢。中立其免乎？"优施曰："免。"

旦而里克见丕郑②，曰："夫史苏之言将及矣！优施告我，君谋成矣，将立奚齐。"丕郑曰："子谓何？"曰："吾对以中立。"丕郑曰："惜也！不如曰不信以疏之，亦固太子以携之，多为之故，以变其志，志少疏，乃可间也。今子曰中立，况固其谋也，彼有成矣，难以得间。"里克曰："往言不可及也，且人中心唯无忌之，何可败也！子将何如？”丕郑曰：“我无心。是故事君者，君为我心，制不在我。”里克曰：“弑君以为廉，长廉以骄心，因骄以制人家，吾不敢。抑挠志以从君，为废人以自利也，利方以求成人，吾不能。将伏也！”明日，称疾不朝。三旬，难乃成。

骊姬以君命命申生曰：“今夕君梦齐姜③，必速祠而归福。”申生许诺，乃祭于曲沃，归福于绛。公田，骊姬受福，乃置鸩于酒④，寘堇于肉⑤。公至，召申生献，公祭之地，地坟。申生恐而出。骊姬与犬肉，犬毙；饮小臣酒，亦毙。公命杀杜原款⑥。申生奔新城⑦。

【注 释】

① 主：古代称大夫之妻为“主”。孟：里克妻之名。② 丕郑：晋大夫。③ 齐姜：申生生母。④ 鸩：鸟名，羽毛有毒。相传以其羽毛擦洒，饮之立死。⑤ 堇：又称乌头。茎、叶均有毒。⑥ 杜原款：申生的师傅。⑦ 新城：即曲沃。

杜原款将死，使小臣圉告于申生①，曰：“款也不才，寡智不敏，不能教导，以至于死。不能深知君之心度，弃宠求广土而窜伏焉；小心狷介，不敢行也。是以言至而无所讼之也，故陷于大难，乃逮于谗。然款也不敢爱死，唯与谗人钧是恶也。吾闻君子不去情，不反谗，谗行身死可也，犹有令名焉。死不迁情，强也。守情说父，孝也。杀身以成志，仁也。死不忘君，敬也。孺子勉之！死必遗爱，死民之思，不亦可乎？”申生许诺。

人谓申生曰：“非子之罪，何不去乎？”申生曰：“不可。去而罪释，必归于君，是怨君也。章父之恶，取笑诸侯，吾谁乡而入？内困于父母，外困于诸侯，是重困也。弃君去罪，是逃死也。吾闻之：‘仁不怨君，智不重困，勇不逃死。’若罪不释，去而必重。去而罪重，不智。逃死而怨君，不仁。有罪不死，无勇。去而厚怨，恶不可重，死不可避，吾将伏以俟命。”

骊姬见申生而哭之，曰：“有父忍之，况国人乎？忍父而求好人，人孰好之？杀父以求利人，人孰利之？皆民之所恶也，难以长生！”骊姬退，申生乃雉经于新城之庙。将死，乃使猛足言于狐突曰②：“申生有罪，不听伯氏③，以至于死。申生不敢爱其死，虽然，吾君老矣，国家多难，伯氏不出，奈吾君何？伯氏苟出而图吾君，申生受赐以至于死，虽死何悔！”是以谥为共君[④]。

骊姬既杀太子申生，又谮二公子曰：“重耳、夷吾与知共君之事。”公令阉楚刺重耳[⑤]，重耳逃于狄；令贾华刺夷吾[⑥]，夷吾逃于梁[⑦]。尽逐群公子[⑧]，乃立奚齐焉。始为令，国无公族焉。

【注 释】

① 圉：申生身边的小臣。② 猛足：申生家臣。③ 伯氏：狐突字伯行，伯氏是其尊称。④ 谥：谥号。古代人死后按其生前事迹所定的以示褒贬的称号。⑤ 阉楚：阉人伯楚，亦名寺人披。⑥ 贾华：晋大夫。⑦ 梁：古国名，嬴姓。⑧ 群公子：指申生、重耳、夷吾之外献公的另外六个儿子。

【导 读】

本文主要记载申生之死，以及重耳、夷吾及群公子的被逐。文章对相关人物和相关场景的描述细致周详，情节环环相扣，读之有如临其境之感。骊姬的狠毒，优施的阴险，里克的游移，申生的懦弱跃然于纸上，读之令人感叹。《国语》备载申生被谮杀的始末，每一种阴谋，每一个细节，每一位当事人都交待得清清楚楚，除了说明作者对这段史实的熟稔，对太子申生的遭遇表示同情外，似乎还在向人们暗示一种思想，向统治者提供一种警示。这种思想和警示，简单地说，就是女人干政必有祸乱，人君好色必有灾殃。虽然其中不免有偏颇之处，有为献公一类统治者开脱责任的嫌疑（参见《史苏论骊姬必乱晋》之导读），但这种历史现象又确实值得我们后来人深思。“以史为鉴，可以知兴替”，诚哉斯言！

公子重耳夷吾出奔

二十二年[①]，公子重耳出亡，及柏谷[②]，卜适齐、楚。狐偃曰[③]：“无卜焉。夫齐、楚道远而望大，不可以困往。道远难通，望大难走，困往多悔。困且多悔，不可以走望。若以偃之虑，其狄乎！夫狄近晋而不通，愚陋而多怨，走之易达。不通可以窜恶，多怨可与共忧。今若休忧于狄，以观晋国，且以监诸侯之为，其无不成。”乃遂之狄。

处一年，公子夷吾亦出奔，曰：“盍从吾兄窜于狄乎？”冀芮曰[4]：“不可。后出同走，不免于罪。且夫偕出偕入难，聚居异情恶，不若走梁。梁近于秦，秦亲吾君。吾君老矣，子往，骊姬惧，必援于秦。以吾存也，且必告悔，是吾免也。”乃遂之梁。居二年，骊姬使阉楚以环释言。四年，复为君。

【注 释】

① 二十二年：晋献公二十二年（前655）。② 柏谷：晋地。在今河南灵宝朱阳镇。③ 狐偃：又名子犯。狐突之子，重耳的舅舅。④ 冀芮：晋大夫。夷吾的师傅。

【导 读】

本文记载重耳和夷吾的出逃，重耳落脚于狄国，夷吾避难于梁国，二公子脱离了险境。

虢将亡舟之侨以其族适晋

虢公梦在庙[1]，有神人面白毛虎爪，执钺立于西阿，公惧而走。神曰：“无走！帝命曰：‘使晋袭于尔门。’”公拜稽首，觉，召史嚚占之[2]，对曰：“如君之言，则蓐收也[3]，天之刑神也，天事官成。”公使囚之，且使国人贺梦。舟之侨告诸其族曰[4]：“众谓虢亡不久，吾乃今知之。君不度而贺大国之袭，于己也何瘳？吾闻之曰：‘大国道，小国袭焉曰服。小国傲，大国袭焉曰诛。’民疾君之侈也，是以遂于逆命。今嘉其梦，侈必展，是天夺之鉴而益其疾也。民疾其态，天又诳之；大国来诛，出令而逆；宗国既卑，诸侯远己。内外无亲，其谁云救之？吾不忍俟也！”将行，以其族适晋。六年，虢乃亡[5]。

【注 释】

① 虢公：姓姬，名丑。周文王弟虢仲的后代。② 史嚚（yín）：虢国太

史。③ 蓐(rù)收：西方神名，司秋。④ 舟之侨：虢国大夫。⑤ 虢乃亡：指公元前 655 年虢国为晋所灭。

【导读】

本文记述了虢公贺梦的史事。舟之侨由梦而联想到现实虢国政治的衰败，预见虢国国祚不会久长，于是率领家族迁至晋国。舟之侨的一番分析，充分暴露了虢国存在的问题。虢国的灭亡原因是人祸而非其他。

宫之奇知虞将亡

伐虢之役，师出于虞[①]。宫之奇谏而不听[②]，出，谓其子曰："虞将亡矣！唯忠信者能留外寇而不害[③]。除暗以应外谓之忠，定身以行事谓之信。今君施其所恶于人，暗不除矣；以贿灭亲，身不定矣。夫国非忠不立，非信不固。既不忠信，而留外寇，寇知其衅而归图焉。已自拔其本矣，何以能久？吾不去，惧及焉。"以其孥适西山，三月，虞乃亡。

【注释】

① 虞：古国名，姬姓。周古公亶父之子虞仲的后代。② 宫之奇：虞国大夫。③ 外寇：指借道虞的晋国军队。

【导读】

本文是宫之奇针对虞借道给晋后所发的议论，表现了宫之奇的政治远见。

献公问卜偃攻虢何月

献公问于卜偃曰[①]："攻虢何月也？"对曰："童谣有之曰：'丙之晨，龙尾伏辰[②]，均服振振，取虢之旗。鹑之贲贲[③]，天策焞焞[④]，火中成军，虢公其奔！'火中而旦，其九月、十月之交乎？"

【注 释】

① 卜偃：即郭偃，因其职掌占卜，故名。② 龙尾：二十八宿中的尾宿。③ 鹑：鹑火星，二十八宿中的柳宿。贲贲：光耀状。④ 天策：天策星。传说其属尾宿中的一颗。焞焞：暗淡状。

【导 读】

本文记载晋献公卜问征伐虢国的时间，卜偃以《童谣》作答。

宰周公论齐侯好示

葵丘之会[①]，献公将如会，遇宰周公[②]，曰："君可无会也。夫齐侯好示务施，与力而不务德，故轻致诸侯而重遣之，使至者劝而叛者慕。怀之以典言，薄其要结而厚德之，以示之信。三属诸侯，存亡国三，以示之施。是以北伐山戎[③]，南伐楚，西为此会也。譬之如室，既镇其甍矣，又何加焉？吾闻之，惠难遍也，施难报也。不遍不报，卒于怨仇。夫齐侯将施惠如出责，是之不果奉，而暇晋是皇，虽后之会，将在东矣。君无惧矣，其有勤也！"公乃还。

【注 释】

① 葵丘之会：参见《齐语·葵丘之会天子致胙于桓公》注。② 宰周公：名孔。周朝太宰，食邑在周，故称。③ 山戎：我国古代华北及东北的少数民族，居于今河北、辽宁间。

【导 读】

宰周公劝晋献公不要赴齐桓公的葵丘盟会，他对齐桓公的所作所为提出了批评。本文的语言很有特点，概括性较强，如宰周公所说的"惠难遍也，施难报也。不遍不报，卒于怨仇"之类，含义深刻。

宰周公论晋侯将死

宰孔谓其御曰[①]："晋侯将死矣！景霍以为城[②]，而汾、河、涑、浍以为渠[③]，戎、狄之民实环之。汪是土也，苟违其违，谁能惧之！今晋侯不量齐德之丰否，不度诸侯之势，释其闭修，而轻于行道，失其心矣。君子失心，鲜不夭昏。”是岁也[④]，献公卒。八年，为淮之会[⑤]。桓公在殡，宋人伐之。

【注释】

① 宰孔：即宰周公。② 景霍：晋之霍太山，在今山西中部。③ 汾：汾河。河：黄河。涑：涑水。浍：浍水。④ 是岁也：晋献公二十六年（前651）。⑤ 八年：葵丘之会后的第八年。淮之会：齐桓公主持的诸侯盟会，地点在淮（今江苏盱眙），故称。

【导读】

本文借宰孔之口，记述了晋献公将死时人们对他的评价。

里克杀奚齐而秦立惠公

二十六年[①]，献公卒。里克将杀奚齐，先告荀息曰[②]：“三公子之徒将杀孺子[③]，子将如何？”荀息曰：“死吾君而杀其孤，吾有死而已，吾蔑从之矣！”里克曰：“子死，孺子立，不亦可乎？子死，孺子废，焉用死？”荀息曰：“昔君问臣事君于我，我对以忠贞。君曰：‘何谓也？’我对曰：‘可以利公室，力有所能，无不为，忠也。葬死者，养生者，死人复生不悔，生人不愧，贞也。’吾言既往矣，岂能欲行吾言而又爱吾身乎？虽死，焉避之？”

里克告丕郑曰[④]：“三公子之徒将杀孺子，子将何如？”丕郑曰：“荀息谓何？”对曰：“荀息曰‘死之’。”丕郑曰：“子勉之。夫二国士之所图，无不遂也。我为子行之。子帅七舆大夫以待我[⑤]。我使狄以动之，援秦以摇之。立其薄者可以得重赂，厚者可使无入。国，谁之国也！”里克曰：“不可，克闻之：‘夫义者，利之足也；贪者，怨之本也。’废义则利不立，厚贪则怨生。夫孺子岂获罪于民？将以骊姬之惑蛊君而诬国人，谗群公子而夺之利，使君迷乱，信而亡之，杀无罪以为诸侯笑，使百姓莫不有藏恶于其心中，恐其如壅大川，溃而不可救御也。是故将杀奚齐而立公子之在外者，以定民弭忧，于诸侯且为援，庶几曰诸侯义而抚之，百姓欣而奉之，国可以固。今杀君而赖其富，贪且反义。贪则民怨，反义则富不为赖。赖富而民怨，乱国而身殆，惧为诸侯载，不可常也。”丕郑许诺。于是杀奚齐、卓子及骊姬，而请君于秦。

【注释】

① 二十六年：晋献公二十六年(前651)。② 荀息：晋大夫。奚齐的师傅。③ 三公子之徒：重耳、夷吾、申生的党羽。④ 丕郑：晋大夫。⑤ 七舆大夫：申生的七位下军大夫共华、贾华、叔坚、骓歂、累虎、特宫、山祁。

既杀奚齐，荀息将死之。人曰：“不如立其弟而辅之。”荀息立卓子。里克又杀卓子，荀息死之。君子曰：“不食其言矣。”

既杀奚齐、卓子，里克及丕郑使屠岸夷告公子重耳于狄[①]，曰：“国乱民扰，得国在乱，治民在扰，子盍入乎？吾请为子钬。”重耳告舅犯曰[②]：“里克欲纳我。”舅犯曰：“不可。夫坚树在始，始不固本，终必槁落。夫长国者，唯知哀乐喜怒之节，是以导民。不哀丧而求国，难；因乱以入，殆。以丧得国，则必乐丧，乐丧必哀生。因乱以入，则必喜乱，喜乱必怠德。是哀乐喜怒之节易也，何以导民？民不我导，谁长？”重耳曰：“非丧谁代？非乱谁纳我？”舅犯曰：“偃也闻之，丧乱有小大。大丧大乱之剡也，不可犯也。父母死为大丧，谗在兄弟为大乱。今适当之，是故难。”公子重耳出见使者，曰：“子惠顾亡人重耳，父生不得供备洒扫之臣，死又不敢莅丧以重其罪，且辱大夫，敢辞。夫固国者，在亲众而善邻，在因民而顺之。苟众所利，邻国所立，大夫其从之。重耳不敢违。”

吕甥及郤称亦使蒲城午告公子夷吾于梁[③]，曰：“子厚赂秦人以求入，吾主子。”夷吾告冀芮曰[④]：“吕甥欲纳我。”冀芮曰：“子勉之。国乱民扰，大夫无常，不可失也。非乱何入？非危何安？幸苟君之子，唯其索之也。方乱以扰，孰适御我？大夫无常，苟众所置，孰能勿从？子盍尽国以赂外内，无爱虚以求入，既入而后图聚。”公子夷吾出见使者，再拜稽首许诺。

吕甥出告大夫曰：“君死自立则不敢，久则恐诸侯之谋，径召君于外也，则民各有心，恐厚乱，盍请君于秦乎？”大夫许诺。乃使梁由靡告于秦穆公曰[⑤]:“天降祸于晋国,谗言繁兴,延及寡君之绍续昆裔,隐悼播越,托在草莽,未有所依。又重之以寡君之不禄,丧乱并臻。以君之灵,鬼神降衷,罪人克伏其辜,群臣莫敢宁处,将待君命。君若惠顾社稷,不忘先君之好,辱收其逋迁裔胄而建立之,以主其祭祀,且镇抚其国家及其民人,虽四邻诸侯之闻之也,其谁不儆惧于君之威,而欣喜于君之德?终君之重爱,受君之重贶,而群臣受其大德,晋国其谁非君之群隶臣也?”

秦穆公许诺。反使者,乃召大夫子明及公孙枝[⑥],曰:“夫晋国之乱,吾谁使先,若夫二公子而立之?以为朝夕之急。”大夫子明曰:“君使絷也[⑦]。絷敏且知礼,敬以知微。敏能窜谋,知礼可使;敬不坠命,微知可否。君其使之。”

【注 释】

① 屠岸夷:晋大夫。② 舅犯:即狐偃。③ 吕甥、郤称:二人均为夷吾的党羽。蒲城午:晋大夫。④ 冀芮:姓郤,名芮。晋大夫。因其食邑在冀,故称。夷吾的师傅。⑤ 梁由靡:晋大夫。秦穆公:名任好,秦国国君。公元前659年至前621年在位。⑥ 子明:孟明视的字。秦大夫。公孙枝:字子桑。秦大夫。⑦ 絷:字子显。秦穆公之子。

乃使公子絷吊公子重耳于狄,曰:“寡君使絷吊公子之忧,又重之以丧。寡人闻之,得国常于丧,失国常于丧。时不可失,丧不可久,公子其图之!”重耳告舅犯。舅犯曰:“不可。亡人无亲,信仁以为亲,是故置之者不殆。父死在堂而求利,人孰仁我?人实有之,我以侥幸,人孰信我?不仁不信,将何以长利?”公子重耳出见使者,曰:“君惠吊亡臣,又重有命。重耳身亡,父死不得与于哭泣之位,又何敢有他志以辱君义?”再拜不稽首,起而哭,退而不私。

公子絷退,吊公子夷吾于梁,如吊公子重耳之命。夷吾告冀芮曰:“秦人勤我矣!”冀芮曰:“公子勉之。亡人无狷洁,狷洁不行。重赂配德,公子尽之,无爱财!人实有之,我以侥幸,不亦可乎?”公子夷吾出见使者,再拜稽首,起而不哭,退而私于公子絷曰:“中大夫里克与我矣,吾命之以汾阳之田百万[①]。丕郑与我矣,吾命之以负蔡之田七十万[②]。君苟辅我，蔑天命矣！亡人苟入扫宗庙，定社稷，亡人何国之与有？君实有郡县，且入河外列城五[3]。岂谓君无有，亦为君之东游津梁之上，无有难急也。亡人之所怀挟缨纕，以望君之尘垢者。黄金四十镒，白玉之珩六双，不敢当公子，请纳之左右。”

公子縶反，致命穆公。穆公曰：“吾与公子重耳，重耳仁。再拜不稽首，不没为后也。起而哭，爱其父也。退而不私，不没于利也。”公子縶曰：“君之言过矣。君若求置晋君而载之，置仁不亦可乎？君若求置晋君以成名于天下，则不如置不仁以猾其中，且可以进退。臣闻之曰：‘仁有置，武有置。仁置德，武置服。’”是故先置公子夷吾，寔为惠公[4]。

【注 释】

① 汾阳：晋地。在今山西阳曲。② 负蔡：又作负葵，晋地。在今山西万荣汾河以南。③ 河外：指晋国黄河以西地区。④ 惠公：即晋惠公夷吾。公元前650年至前637年在位。

【导 读】

本篇主要记载了献公死后，里克杀奚齐、骊姬和卓子的经过，以及立谁为国君的问题。前一个问题交待得简洁清楚，后一个问题则不惜笔墨，详细载录。由于本文篇幅较长，涉及的人物众多，为了反映出各位人物的思想和行为特征，作者多用对比的方法来描写各色人物的对话和活动，既增加了文章的可读性，又使得人物形象更为鲜明、生动和饱满，从而将春秋时期风云际会的时代特征基本勾勒了出来，史料价值很高。

冀芮答秦穆公问

穆公问冀芮曰：“公子谁恃于晋[1]？”对曰：“臣闻之，亡人无党，有党必有仇。夷吾之少也，不好弄戏，不过所复，怒不及色，及其长也弗改。故出亡无怨于国，而众安之。不然，夷吾不佞，其谁能恃乎？”君子曰：“善以微劝也。”

【注释】

① 公子：指公子夷吾。

【导读】

本文记述了冀芮巧妙地劝谏秦穆公应立夷吾为晋君的史事。寥寥数语，就使读者充分领略了冀芮的老谋深算。

卷九　晋语　三

惠公入而背外内之赂

惠公入而背外内之赂。舆人诵之曰："佞之见佞，果丧其田。诈之见诈，果丧其赂。得国而狃，终逢其咎。丧田不惩，祸乱其兴。"既里、丕死[1]，祸，公陨于韩[2]。郭偃曰："善哉！夫众口祸福之门。是以君子省众而动，监戒而谋，谋度而行，故无不济。内谋外度，考省不倦，日考而习，戒备毕矣。"

【注 释】

① 里、丕：里克、丕郑。② 公陨于韩：晋惠公率军在韩（今陕西韩城）与秦军交战，战败被俘。

【导 读】

本文借众人之口，谴责了晋惠公背信弃义的行为。说明了惠公不具备为君的素质。

惠公改葬共世子

惠公即位，出共世子而改葬之[1]，臭达于外。国人诵之曰："贞之无报也。孰是人斯，而有是臭也？贞为不听，信为不诚。国斯无刑，偷居幸生。不更厥贞，大命其倾。威兮怀兮，各聚尔有，以待所归兮。猗兮违兮，心之哀兮。岁之二七，其靡有微兮[2]。若狄公子[3]，吾是之依兮。镇抚国家，为王妃兮。”郭偃曰：“甚哉，善之难也！君改葬共君以为荣也，而恶滋章。夫人美于中，必播于外，而越于民，民实戴之；恶亦如之。故行不可不慎也。必或知之，十四年，君之冢嗣其替乎？其数告于民矣。公子重耳其入乎？其魄兆于民矣。若入，必伯诸侯以见天子，其光耿于民矣。数，言之纪也。魄，意之术也。光，明之曜也。纪言以叙之，述意以导之，明曜以昭之。不至何待？欲先导者行乎？将至矣！”

【注 释】

① 共世子：指申生。申生谥号共，故称其为共世子。也写作“恭世子”。② 靡有微：没有后代。此处针对惠公所言。③ 狄公子：指重耳。重耳避难于狄国，故称。

【导 读】

本文记述晋惠公不得民心，民众怀念重耳，并盼其早日回国执政的故事。篇中文字散韵相间，笔墨间饱含着爱憎分明的情感。

惠公悔杀里克

惠公既杀里克而悔之，曰：“芮也[①]，使寡人过杀我社稷之镇。”郭偃闻之，曰：“不谋而谏者，冀芮也。不图而杀者，君也。不谋而谏，不忠。不图而杀，不祥。不忠，受君之罚。不祥，罹天之祸。受君之罚，死戮。罹天之祸，无后。志道者勿忘，将及矣！”及文公入[②]，秦人杀冀芮而施之[③]。

【注 释】

① 芮：冀芮。② 文公：晋文公重耳。公元前 636 年至前 628 年在位。③ 施：陈尸示众。

【导 读】

本文用辛辣的语言诅咒、嘲骂了晋惠公及其谋臣冀芮。后来冀芮被陈尸示众，是他罪有应得。

惠公杀丕郑

惠公既即位，乃背秦赂[①]。使丕郑聘于秦，且谢之。而杀里克，曰："子杀二君与一大夫[②]，为子君者，不亦难乎？"

丕郑如秦谢缓赂，乃谓穆公曰："君厚问以召吕甥、郤称、冀芮而止之，以师奉公子重耳，臣之属内作，晋君必出。"穆公使泠至报问[③]，且召三大夫。郑也与客将行事，冀芮曰："郑之使薄而报厚，其言我于秦也，必使诱我。弗杀，必作难。"是故杀丕郑及七舆大夫共华、贾华、叔坚、骓歂、累虎、特宫、山祁，皆里、丕之党也。丕豹出奔秦[④]。

丕郑之自秦反也，闻里克死，见共华曰："可以入乎？"共华曰："二三子皆在而不及，子使于秦，可哉！"丕郑入，君杀之。共赐谓共华曰[⑤]："子行乎？其及也！"共华曰："夫子之入，吾谋也，将待也。"赐曰："孰知之？"共华曰："不可。知而背之不信，谋而困人不智，困而不死无勇。任大恶三，行将安入？子其行矣，我姑待死。"

丕郑之子曰豹，出奔秦，谓穆公曰："晋君大失其众，背君赂，杀里克，而忌处者，众固不说。今又杀臣之父及七舆大夫，此其党半国矣。君若伐之，其君必出。"穆公曰："失众安能杀人？且夫祸唯无毙，足者不处，处者不足，胜败若化。以祸为违，孰能出君？尔俟我！"

【注释】

① 秦赂：夷吾回国前，用黄河以东的五座城贿赂秦国，求秦助其返国。但即位后就违背了约定。② 二君：奚齐、卓（悼）子。一大夫：荀息。③ 泠至：秦大夫。④ 丕豹：丕郑之子。⑤ 共赐：晋大夫。共华同族。

【导读】

晋惠公即位后，大开杀戒。本文通过丕郑被杀、丕豹逃秦的史实，充分反映了惠公的残暴，以及统治阶级内部互相倾轧的尖锐矛盾。

秦荐晋饥晋不予秦籴

晋饥，乞籴于秦。丕豹曰："晋君无礼于君，众莫不知。往年有难，今又荐饥。已失人，又失天，其有殃也多矣。君其伐之，勿予籴！"公曰："寡人其君是恶，其民何罪？天殃流行，国家代有。补乏荐饥，道也，不可以废道于天下。"谓公孙枝曰："予之乎？"公孙枝曰："君有施于晋君，晋君无施于其众。今旱而听于君，其天道也。君若弗予，而天予之。苟众不说其君之不报也，则有辞矣。不若予之，以说其众。众说，必咎于其君。其君不听，然后诛焉。虽欲御我，谁与？"是故泛舟于河，归籴于晋。

秦饥，公令河上输之粟[①]。虢射曰[②]："弗予赂地而予之籴，无损于怨而厚于寇，不若勿予。"公曰："然。"庆郑曰[③]："不可。已赖其地，而又爱其实，忘善而背德，虽我必击之。弗予，必击我。"公曰："非郑之所知也。"遂不予。

【注 释】

① 河上：指惠公曾经答应送给秦国的黄河以东的五城所在。② 虢射：晋大夫。③ 庆郑：晋大夫。

【导 读】

本文描写了秦国君臣不计较惠公的背信弃义，而救助晋国饥荒；当秦国发生饥荒，晋国君臣却不予救助的故事。文中用对比的方法，褒扬了秦的大度和晋的自私。

秦侵晋止惠公于秦

六年[①]，秦岁定，帅师侵晋，至于韩。公谓庆郑曰："秦寇深矣，奈何？"庆郑曰："君深其怨，能浅其寇乎？非郑之所知也，君其讯射也[②]。"公曰："舅所病也？"卜右，庆郑吉。公曰："郑也不逊。"以家仆徒为右[③]，步扬御戎[④]；梁由靡御韩简[⑤]，虢射为右，以承公。

公御秦师，令韩简视师，曰："师少于我，斗士众。"公曰："何故？"简曰："以君之出也处己，入也烦己，饥食其籴，三施而无报，故来。今又击之，秦莫不愠，晋莫不怠，斗士是故众。"公曰："然。今我不击，归必狃。一夫不可狃，而况国乎！"公令韩简挑战，曰："昔君之惠也，寡人未之敢忘。寡人有众，能合之弗能离也。君若还，寡人之愿也。君若不还，寡人将无所避。"穆公衡雕戈出见使者，曰："昔君之未入，寡人之忧也。君入而列未成，寡人未敢忘。今君既定而列成，君其整列，寡人将亲见。"

客还，公孙枝进谏曰[⑥]："昔君之不纳公子重耳而纳晋君，是君之不置德而置服也。置而不遂，击而不胜，其若为诸侯笑何？君盍待之乎？"穆公曰："然。昔吾之不纳公子重耳而纳晋君，是吾不置德而置服也。然公子重耳实不肯，吾又奚言哉？杀其内主，背其外赂，彼塞我施，若无天乎？若有天，吾必胜之。"君辑大夫就车，君鼓而进之。晋师溃，戎马泞而止。公号庆郑曰："载我！"庆郑曰："忘善而背德，又废吉卜，何我之载？郑之车不足以辱君避也！"梁由靡御韩简，辂秦公，将止之，庆郑曰："释来救君！"亦不克救，遂止于秦。

穆公归，至于王城[⑦]，合大夫而谋曰："杀晋君与逐出之，与以归之，与复之，孰利？"公子絷曰："杀之利。逐之恐搆诸侯，以归则国家多慝，复之则君臣合作，恐为君忧，不若杀之。"公孙枝曰："不可。耻大国之士于中原，又杀其君以重之，子思报父之仇，臣思报君之仇。虽微秦国，天下孰弗患？"公子絷曰："吾岂将徒杀之？吾将以公子重耳代之。晋君之无道莫不闻，公子重耳之仁莫不知。战胜大国，武也。杀无道而立有道，仁也。胜无后害，智也。"公孙枝曰："耻一国之士，又曰余纳有道以临女，无乃不可乎？若不可，必为诸侯笑。战而取笑诸侯，不可谓武。杀其弟而立其兄，兄德我而忘其亲，不可谓仁。若弗忘，是再施不遂也，不可谓智。"君曰："然则若何？"公孙枝曰："不若以归，以要晋国之成，复其君而质其嫡子，使子父代处秦，国可以无害。"是故归惠公而质子圉[⑧]，秦始知河东之政[⑨]。

【注 释】

① 六年：晋惠公六年（前645）。② 射：指虢射。③ 家仆徒：晋大夫。④ 步扬：姓姬，名扬。晋大夫。因其食邑在步，故名。⑤ 梁由靡：

晋大夫。韩简：晋卿韩万之孙。⑥ 公孙枝：字子桑。秦大夫。⑦ 王城：秦地，在今陕西大荔。⑧ 子圉：惠公之子。惠公死被立为怀公，不久被杀。⑨ 河东：黄河以东之晋地，为秦所占，后还归于晋。

【导 读】

本文是晋、秦韩原之战的全景式描述。韩原之战的结局为秦胜晋败，惠公被俘。这样的结果说明了正义者必胜、负心者必败的深刻道理。文中对相关人物的塑造非常成功，充分反映了《国语》长于写人、短于记事的特点。

吕甥逆惠公于秦

公在秦三月，闻秦将成，乃使郤乞告吕甥[①]。吕甥教之言，令国人于朝曰："君使乞告二三子曰：'秦将归寡人，寡人不足以辱社稷，二三子其改置以代圉也。'"且赏以说众，众皆哭焉，作辕田[②]。

吕甥致众而告之曰："吾君惭焉其亡之不恤，而群臣是忧，不亦惠乎？君犹在外，若何？"众曰："何为而可？"吕甥曰："以韩之病，兵甲尽矣。若征缮以辅孺子[③]，以为君援，虽四邻之闻之也，丧君有君，群臣辑睦，兵甲益多，好我者劝，恶我者惧，庶有益乎？"众皆说焉，作州兵[④]。

吕甥逆君于秦，穆公讯之曰："晋国和乎？"对曰："不和。"公曰："何故？"对曰："其小人不念其君之罪，而悼其父兄子弟之死丧者，不惮征缮以立孺子，曰：'必报仇，吾宁事齐、楚，齐、楚又交辅之。'其君子思其君，且知其罪，曰：'必事秦，有死无他。'故不和。比其和之而来，故久。"公曰："而无来，吾固将归君，国谓君何？"对曰："小人曰不免，君子则否。"公曰："何故？"对曰："小人忌而不思，愿从其君而与报秦，是故云。其君子则否，曰：'吾君之入也，君之惠也。能纳之，能执之，则能释之。德莫厚焉，惠莫大焉。纳而不遂，废而不起，以德为怨，君其不然？'"秦君曰："然。"乃改馆晋君，馈七牢焉[⑤]。

【注 释】

① 郤乞：晋大夫。吕甥：晋大夫。② 辕田：亦作"爰田"。古代一种

轮流休耕的土地分配法。这里是说惠公变更以前的土地所有制，开阡陌，把大量土地分赏给众人。③ 孺子：指惠公的儿子圉。④ 州兵：古代二千五百家为一州，州有州长，率领本州民众缮治甲兵。⑤ 牢：即太牢。

【导读】

晋惠公被俘后，被拘三月，秦穆公乃释其囚。本文所记，即是吕甥至秦国迎接惠公返国的史实。吕甥至秦后巧言令色，极尽逢迎之能事，终于打动了穆公，改善了惠公的待遇。

惠公斩庆郑

惠公未至，蛾析谓庆郑曰[①]："君之止，子之罪也。今君将来，子何俟？"庆郑曰："郑也闻之曰：'军败，死之；将止，死之。'二者不行，又重之以误人，而丧其君，有大罪三，将安适？君若来，将待刑以快君志；君若不来，将独伐秦。不得君，必死之。此所以待也。臣得其志，而使君瞢，是犯也。君行犯，犹失其国，而况臣乎？"

公至于绛郊[②]，闻庆郑止，使家仆徒召之，曰："郑也有罪，犹在乎？"庆郑曰："臣怨君始入而报德，不降；降而听谏，不战；战而用良，不败。既败而诛，又失有罪，不可以封国。臣是以待即刑，以成君政。"君曰："刑之！"庆郑曰："下有直言，臣之行也；上有直刑，君之明也。臣行君明，国之利也。君虽弗刑，必自杀也！"蛾析谏曰："臣闻之，奔刑之臣，不若赦之以报仇。君盍赦之，以报于秦？"梁由靡曰："不可。我能行之，秦岂不能？且战不胜，而报之以贼，不武；出战不克，入处不安，不智；成而反之，不信；失刑乱政，不威。出不能用，入不能治，败国且杀孺子，不若刑之。"君曰："斩郑，无使自杀。"家仆徒曰："有君不忌，有臣死刑，其闻贤于刑之。"梁由靡曰："夫君政刑，是以治民。不闻命而擅进退，犯政也；快意而丧君，犯刑也。郑也贼而乱国，不可失也！且战而自退，退而自杀；臣得其志，君失其刑，后不可用也。"君令司马说刑之[③]。司马说进三军之士而数庆郑曰："夫韩之誓曰：'失次犯令，死；将止不面夷，死；伪言误众，死。'今郑失次犯令，而罪一也；郑擅进退，而罪二也；女误梁由靡，使失秦公，而罪三也；君亲止，女不面夷，而罪四也。郑也就刑！”庆郑曰：“说！三军之士皆在，有人能坐待刑，而不能面夷，趣行事乎？”丁丑，斩庆郑，乃入绛。

十五年，惠公卒，怀公立④，秦乃召重耳于楚而纳之。晋人杀怀公于高梁⑤，而授重耳，实为文公。

【注 释】

① 蛾析：晋大夫。② 绛：晋都，在今山西翼城东南。③ 说：人名。官至司马，故称。④ 怀公：晋怀公，名圉。⑤ 高梁：晋地，在今山西临汾东北。

【导 读】

本文记载了庆郑被杀的经过。庆郑是一位直臣，对晋惠公一伙的所作所为一直不以为然，深为国家的前途担忧。此时面对屠刀，仍然表现出了大义凛然、视死如归的英雄气概。文末叙述了惠公病死，怀公被杀，以及重耳返国为君的史实，晋国的历史翻开了新的一页。

卷十 晋语 四

重耳自狄适齐

文公在狄十二年①，狐偃曰②："日，吾来此也，非以狄为荣，可以成事也。吾曰：'奔而易达，困而有资，休以择利，可以戾也。'今戾久矣，戾久将底。底著滞淫，谁能兴之？盍速行乎！吾不适齐、楚，避其远也。蓄力一纪③，可以远矣。齐侯长矣④，而欲亲晋。管仲殁矣，多谗在侧。谋而无正，衷而思始。夫必追择前言，求善以终，餍迩逐远，远人入服，不为邮矣。会其季年可也，兹可以亲。"皆以为然。

乃行，过五鹿⑤，乞食于野人。野人举块以与之，公子怒，将鞭之。子犯曰："天赐也。民以土服，又何求焉！天事必象，十有二年，必获此土。二三子志之。岁在寿星及鹑尾⑥，其有此土乎！天以命矣，复于寿星，必获诸侯。天之道也，由是始之。有此，其以戊申乎⑦！所以申土也⑧。"再拜稽首，受而载之。遂适齐。

【注释】

① 文公：晋文公重耳。狄：狄国。重耳曾在此国避难。② 狐偃：字子犯。重耳的舅舅。③ 纪：十二年为一纪。④ 齐侯：齐桓公。⑤ 五鹿：卫地，在今河南濮阳。⑥ 岁：岁星，即木星。寿星、鹑尾：星次名。⑦ 戊申：记日的干支。⑧ 申土：扩展土地。申，同"伸"。

【导读】

本文记载重耳自狄国去齐国的路上，于卫地五鹿接受农夫所赠土块的故事。狐偃为了鼓励重耳，对土块的含义做了引申发挥，体现了一位长辈和老臣对重耳的一片殷殷之情。

齐姜劝重耳勿怀安

齐侯妻之，甚善焉。有马二十乘[①]，将死于齐而已矣。曰："民生安乐，谁知其他？"

桓公卒，孝公即位[②]，诸侯叛齐。子犯知齐之不可以动，而知文公之安齐而有终焉之志也，欲行，而患之，与从者谋于桑下。蚕妾在焉，莫知其在也。妾告姜氏[③]，姜氏杀之，而言于公子曰："从者将以子行，其闻之者吾已除之矣。子必从之，不可以贰，贰无成命。《诗》云[④]：'上帝临女，无贰尔心。'先王其知之矣，贰将可乎？子去晋难而极于此。自子之行，晋无宁岁，民无成君。天未丧晋，无异公子，有晋国者，非子而谁？子其勉之！上帝临子，贰必有咎。"

公子曰："吾不动矣，必死于此。"姜曰："不然。《周诗》曰[⑤]：'莘莘征夫，每怀靡及。'夙夜征行，不遑启处，犹惧无及。况其顺身纵欲怀安，将何及矣？人不求及，其能及乎？日月不处，人谁获安？西方之书有之曰：'怀与安，实疚大事。'《郑诗》云[⑥]：'仲可怀也，人之多言，亦可畏也。'昔管敬仲有言[⑦]，小妾闻之，曰：'畏威如疾，民之上也。从怀如流，民之下也。见怀思威，民之中也。畏威如疾，乃能威民。威在民上，弗畏有刑。从怀如流，去威远矣，故谓之下。其在辟也，吾从中也。《郑诗》之言，吾其从之。'此大夫管仲之所以纪纲齐国，裨辅先君而成霸者也。子而弃之，不亦难乎？齐国之政败矣，晋之无道久矣，从者之谋忠矣，时日及矣，公子几矣。君国可以济百姓，而释之者，非人也。败不可处，时不可失，忠不可弃，怀不可从，子必速行。吾闻晋之始封也，岁在大火[⑧]，阏伯之星也[⑨]，实纪商人。商之飨国三十一王。瞽史之纪曰[⑩]：'唐叔之世[⑪]，将如商数。'今未半也。乱不长世，公子唯子，子必有晋。若何怀安？"公子弗听。

【注 释】

① 乘（shèng）：一车四马为一乘。② 孝公：即齐孝公，名昭，桓公之

子。公元前642年至前633年在位。③ 姜氏：桓公之女，齐以姜为姓，故称。④《诗》：《诗经·大雅·大明》。⑤《周诗》：《诗经·小雅·皇皇者华》。⑥《郑诗》：《诗经·郑风·将仲子》。⑦ 管敬仲：即管仲。⑧ 大火：星名，即心宿，十二星次之一。⑨ 阏(è)伯：星名。⑩ 瞽史：指乐官和太史。⑪ 唐叔：晋始祖。周武王之子，成王之弟，名虞。封于唐，又称唐叔虞。

【导读】

重耳来到齐国后，娶了齐姜，有了家室，生活安逸，因此便不想返国了。齐姜深明大义，劝谏重耳不可纵欲怀安，而要励精图治，归国建功立业。文中对齐姜的远见卓识有很深入的描写，而对重耳的贪恋安乐的心态揭露得也很充分。

齐姜与子犯谋遣重耳

姜与子犯谋[①]，醉而载之以行。醒，以戈逐子犯，曰："若无所济，吾食舅氏之肉，其知餍乎！"舅犯走[②]，且对曰："若无所济，余未知死所，谁能与豺狼争食？若克有成，公子无亦晋之柔嘉，是以甘食。偃之肉腥臊，将焉用之？"遂行。

【注释】

① 姜：齐姜。子犯：狐偃。② 舅犯：狐偃。

【导读】

本文系接续前文而写，进一步突出了齐姜远见卓识、深明大义的形象。齐姜称得上是当时的巾帼女杰了。

卫文公不礼重耳

过卫，卫文公有邢、狄之虞[①]，不能礼焉。宁庄子言于公曰[②]："夫礼，国之纪也；亲，民之结也；善，德之建也。国无纪不可以终，民无结不可以固，德无建不可以立。此三者，君之所慎也。今君弃之，无乃不可乎！晋公子善人也，而卫亲也，君不礼焉，弃三德矣。臣故云君其图之。康叔[3]，文之昭也[4]。唐叔，武之穆也。周之大功在武，天祚将在武族。苟姬未绝周室，而俾守天聚者，必武族也。武族唯晋实昌，晋胤公子实德。晋仍无道，天祚有德，晋之守祀，必公子也。若复而修其德，镇抚其民，必获诸侯，以讨无礼。君弗蚤图，卫而在讨。小人是惧，敢不尽心。"公弗听。

【注释】

①卫文公：卫国国君，名辟疆。公元前659年至前635年在位。邢、狄：诸侯国名。②宁庄子：名速。卫正卿。③康叔：名封。周武王弟，卫之始祖，初封康，故称。④文之昭：指康叔乃周文王之子。

【导读】

本文记载了重耳流亡期间在卫国的遭遇。宁庄子虽然预见了重耳的将来，可惜短视的卫文公不听从他的劝谏，所以最后遭到了重耳的报复，所谓"三十年河东，三十年河西"也。人无远虑，必有近忧。

曹共公不礼重耳

自卫过曹，曹共公亦不礼焉[1]，闻其骿胁[2]，欲观其状，止其舍，谍其将浴，设微薄而观之。僖负羁之妻言于负羁曰[3]："吾观晋公子贤人也，其从者皆国相也，以相一人，必得晋国。得晋国而讨无礼，曹其首诛也。子盍蚤自贰焉？"僖负羁馈飧，置璧焉。公子受飧反璧。

负羁言于曹伯曰："夫晋公子在此，君之匹也，不亦礼焉？"曹伯曰："诸侯之亡公子其多矣，谁不过此！亡者皆无礼者也，余焉能尽礼焉！"对曰："臣闻之：'爱亲明贤，政之干也。礼宾矜穷，礼之宗也。礼以纪政，国之常也。'失常不立，君所知也。国君无亲，以国为亲。先君叔振[4]，出自文王，晋祖唐叔，出自武王，文、武之功，实建诸姬。故二王之嗣，世不废亲。今君弃之，不爱亲也。晋公子生十七年而亡，卿材三人从之[5]，可谓贤矣，而君蔑之，是不明贤也。谓晋公子之亡，不可不怜也。比之宾客，不可不礼也。失此二者，是不礼宾，不怜穷也。守天之聚，将施于宜。宜而不施，聚必有阙。玉帛酒食，犹粪土也，爱粪土以毁三常[⑥]，失位而阙聚，是之不难，无乃不可乎？君其图之。”公弗听。

【注 释】

① 曹共公：曹国国君，名襄。公元前652年至前618年在位。② 骈(pián)胁：肋骨相连。③ 僖负羁：曹大夫。④ 叔振：名振铎。曹国始祖，周文王第六子。⑤ 三人：狐偃、赵衰、贾佗。⑥ 三常：三种立国的常法，即政之干、礼之宗、国之常。

【导 读】

本文记载重耳流亡期间在曹国的遭遇。曹共公不仅怠慢重耳，而且还偷看他的骈胁，这与他的国君身份很不相称。通过这一细节，就把曹共公的庸俗和无聊淋漓尽致地表现了出来。曹共公不听僖负羁的劝谏，失礼失亲，显然是一位昏君。

宋襄公赠重耳以马二十乘

公子过宋，与司马公孙固相善[①]，公孙固言于襄公曰[②]：“晋公子亡，长幼矣[③]，而好善不厌，父事狐偃，师事赵衰[④]，而长事贾佗[⑤]。狐偃其舅也，而惠以有谋。赵衰其先君之戎御，赵夙之弟也，而文以忠贞。贾佗公族也，而多识以恭敬。此三人者，实左右之。公子居则下之，动则谘焉，成幼而不倦，殆有礼矣。树于有礼，必有艾。《商颂》曰[⑥]：‘汤降不迟，圣敬日跻。’降，有礼之谓也。君其图之。”襄公从之，赠以马二十乘。

【注 释】

① 公孙固：宋庄公之孙。时任宋国大司马。② 襄公：即宋襄公，名兹父。公元前650年至前637年在位。③ 长幼：从幼至长。④ 赵衰：字子余，亦称赵成子、成季、孟子余。随重耳在外流亡十九年，返国后为大臣，帮助文公成就霸业。⑤ 贾佗：狐偃之子。⑥《商颂》：指《诗经·商颂·长发》。

【导 读】

本文记载了重耳流亡期间在宋国受到的礼遇。宋襄公听从了公孙固的建议,赏给重耳“马二十乘”。襄公能救人于危难之际,这是一位有善心的国君。

郑文公不礼重耳

公子过郑,郑文公亦不礼焉[①]。叔詹谏曰[②]:“臣闻之:‘亲有天,用前训,礼兄弟,资穷困,天所福也。’今晋公子有三祚焉,天将启之。同姓不婚,恶不殖也。狐氏出自唐叔[③]。狐姬,伯行之子也[④],实生重耳。成而隽才,离违而得所,久约而无衅,一也。同出九人,唯重耳在,离外之患,而晋国不靖,二也。晋侯日载其怨,外内弃之;重耳日载其德,狐、赵谋之,三也。在《周颂》曰[⑤]:‘天作高山,大王荒之[⑥]。’荒,大之也。大天所作,可谓亲有天矣。晋、郑兄弟也,吾先君武公与晋文侯戮力一心[⑦],股肱周室,夹辅平王[⑧],平王劳而德之,而赐之盟质,曰:‘世相起也。’若亲有天,获三祚者,可谓大天。若用前训,文侯之功,武公之业,可谓前训。若礼兄弟,晋、郑之亲,王之遗命,可谓兄弟。若资穷困,亡在长幼,还轸诸侯,可谓穷困。弃此四者,以徼天祸,无乃不可乎?君其图之。”弗听。

叔詹曰:“若不礼焉,则请杀之。谚曰:‘黍稷无成,不能为荣。黍不为黍,不能蕃庑。稷不为稷,不能蕃殖。所生不疑,唯德之基。’”公弗听。

【注 释】

① 郑文公:郑国国君,名捷。公元前672年至前628年在位。② 叔詹:郑大夫。③ 狐氏:重耳的外祖父。④ 伯行:狐氏之字。⑤《周颂》:《诗经·周颂·天作》。⑥ 大王:指古公亶公。⑦ 武公:即郑武公,郑国国君,名滑突。公元前770年至前744年在位。晋文侯:晋国国君,名仇。公元前780年至前746年在位。⑧ 平王:即周平王。

【导 读】

本文记载了重耳流亡期间在郑国的遭遇。郑文公不理会叔詹的劝谏，不以礼来接待重耳。叔詹的劝谏主要包括两点：一是要团结兄弟之国，二是要扶助贫困者。这两点主张反映了叔詹富有政治家的远见，在今天仍有一定的现实意义。

楚成王以周礼享重耳

遂如楚，楚成王以周礼享之①，九献②，庭实旅百③。公子欲辞，子犯曰："天命也，君其飨之。亡人而国荐之，非敌而君设之，非天，谁启之心！"既飨，楚子问于公子曰④："子若克复晋国，何以报我？"公子再拜稽首对曰："子女玉帛，则君有之。羽旄齿革，则君地生焉。其波及晋国者，君之余也，又何以报？"王曰："虽然，不穀愿闻之⑤。"对曰："若以君之灵，得复晋国，晋、楚治兵，会于中原，其避君三舍⑥。若不获命，其左执鞭弭，右属櫜鞬⑦，以与君周旋。"

【注释】

① 楚成王：楚国国君。名熊頵(jūn)。公元前671年至前626年在位。② 九献：古代宴请上公的礼节，献酒九次。③ 庭实：周代诸侯国之间相互访问，把携带的礼物陈列在中庭，称庭实。④ 楚子：楚成王。⑤ 不穀：古代君王的谦称。⑥ 三舍：古代行军三十里为一舍。三舍即九十里，形容远。⑦ 弭：一种弓。櫜(gāo)：箭袋。鞬：藏弓的袋子。

令尹子玉曰①："请杀晋公子。弗杀，而反晋国，必惧楚师。"王曰："不可。楚师之惧，我不修也。我之不德，杀之何为？天之祚楚，谁能惧之？楚不可祚，冀州之土②，其无令君乎？且晋公子敏而有文，约而不谄，三材侍之，天祚之矣。天之所兴，谁能御之？"子玉曰："然则请止狐偃。"王曰："不可。《曹诗》曰③：'彼已之子，不遂其媾。'邮之也。夫邮而效之，邮又甚焉。效邮，非礼也。"于是怀公自秦逃归④。秦伯召公子于楚⑤，楚子厚币以送公子于秦。

【注释】

① 令尹：春秋时楚国最高官职，主掌军政大权。子玉：名成得臣。

楚若敖曾孙。② 冀州：古代九州之一，包括今山西、河北一带。晋在九州之冀州境内。③《曹诗》：指《诗经·曹风·候人》。④ 怀公：即晋怀公。⑤ 秦伯：秦穆公。

【导读】

重耳流亡到楚国，楚成王看出了重耳的潜力，所以用招待国君的礼节宴请他。酒后楚成王向重耳提出了回报的要求，重耳的回答则不卑不亢，既有理，又有节，更有力。子玉劝成王杀掉重耳，成王未允。本文记述的就是这样一段史实。本文的语言凝练干脆，富有特色，特别是重耳所说的"避君三舍"一词，更成为广为流传的成语。通过此文，可以看到各诸侯国间愈演愈烈的相互倾轧和钩心斗角。"春秋无义战"，其时"义人"也不多矣。

重耳婚媾怀嬴

秦伯归女五人，怀嬴与焉[①]。公子使奉匜沃盥[②]，既而挥之。嬴怒曰："秦、晋匹也，何以卑我？"公子惧，降服囚命。秦伯见公子曰："寡人之嫡，此为才。子圉之辱，备嫔嫱焉[③]，欲以成婚，而惧离其恶名。非此，则无故。不敢以礼致之，欢之故也。公子有辱，寡人之罪也。唯命是听。"

公子欲辞，司空季子曰[④]："同姓为兄弟。黄帝之子二十五人[⑤]，其同姓者二人而已，唯青阳与夷鼓皆为己姓[⑥]。青阳，方雷氏之甥也[⑦]。夷鼓，彤鱼氏之甥也[⑧]。其同生而异姓者，四母之子别为十二姓。凡黄帝之子，二十五宗，其得姓者十四人为十二姓。姬、酉、祁、已、滕、葴、任、荀、僖、姞、儇、依是也。唯青阳与苍林氏同于黄帝，故皆为姬姓。同德之难也如是。昔少典娶于有蟜氏[⑨]，生黄帝、炎帝[⑩]。黄帝以姬水成，炎帝以姜水成。成而异德，故黄帝为姬，炎帝为姜，二帝用师以相济也，异德之故也。异姓则异德，异德则异类。异类虽近，男女相及，以生民也。同姓则同德，同德则同心，同心则同志。同志虽远，男女不相及，畏黩敬也。黩则生怨，怨乱毓灾，灾毓灭姓。是故娶妻避其同姓，畏乱灾也。故异德合姓，同德合义。义以导利，利以阜姓。姓利相更，成而不迁，乃能摄固，保其土房。

今子于子圉，道路之人也，取其所弃，以济大事，不亦可乎？”

公子谓子犯曰：“何如？”对曰：“将夺其国，何有于妻，唯秦所命从也。”谓子余曰[11]：“何如？”对曰：“《礼志》有之曰：‘将有请于人，必先有入焉。欲人之爱己也，必先爱人。欲人之从己也，必先从人。无德于人，而求用于人，罪也。’今将婚媾以从秦，受好以爱之，听从以德之，惧其未可也，又何疑焉？”乃归女而纳币[12]，且逆之。

【注释】

① 怀嬴：秦穆公之女，子圉之妻，姓嬴。子圉返国后，立为怀公，故称。② 匜(yí)：盥洗用具，形制如瓢。③ 嫔嫱：宫中女官。④ 司空：六卿之一，掌管工程器物制造。季子：又称胥臣臼季，晋大夫。⑤ 黄帝：姬姓，号轩辕，有熊氏。中华民族的先祖。⑥ 青阳：黄帝之子，号金天氏。夷鼓：黄帝之子。⑦ 方雷：黄帝时西陵氏之姓。⑧ 彤鱼：黄帝时国名。⑨ 少典：传为黄帝、炎帝之父。有蟜氏：传为黄帝、炎帝之母。⑩ 炎帝：姜姓，号神农氏、烈山氏、厉山氏等。中华民族的先祖。⑪ 子余：赵衰的字。⑫ 纳币：古时婚礼中“六礼”之一。男女双方缔结婚约后，男家把聘礼送往女家。

【导读】

秦、晋两国世代结亲，因此后人称两姓联姻为“秦晋之好”。本文记载了晋重耳与怀嬴成婚这一史实。怀嬴最初嫁给了子圉，鲁僖公二十二年(前638)，子圉归国被立为怀公后，抛弃了怀嬴。重耳流亡到秦国后，穆公决定将其女再嫁给他。重耳本意并不愿意娶怀嬴，但又惧怕穆公，加之季子、舅犯和赵衰等人的劝说，为了达到回国执政的目的，才勉强同意了这桩婚事。这是一场政治联姻，反映了封建婚姻的实质，乃是为某种政治目的服务的，爱情则退居到了次要的位置。通过本文，可以管窥当时诸侯国间上层人物的婚姻特点。

秦伯享重耳以国君之礼

他日，秦伯将享公子，公子使子犯从。子犯曰：“吾不如衰之文也[1]，请使衰从。”乃使子余从。秦伯享公子如享国君之礼，子余相如宾。卒事，秦伯谓其大夫曰：“为礼而不终，耻也。中不胜貌，耻也。华而不实，耻也。不度而施，耻也。施而不济，耻也。耻门不闭，不可以封。非此，用师则无所矣。二三子敬乎！”

明日宴，秦伯赋《采菽》[2]，子余使公子降拜。秦伯降辞。子余曰：“君以天子之命服命重耳[3]，重耳敢有安志，敢不降拜？”成拜卒登，子余使公子赋《黍苗》[4]。子余曰：“重耳之仰君也，若黍苗之仰阴雨也。若君实庇荫膏泽之，使能成嘉谷，荐在宗庙，君之力也。君若昭先君之荣，东行济河[5]，整师以复强周室，重耳之望也。重耳若获集德而归载，使主晋民，成封国，其何实不从。君若恣志以用重耳，四方诸侯，其谁不惕惕以从命！”秦伯叹曰：“是子将有焉，岂专在寡人乎！”秦伯赋《鸠飞》[6]，公子赋《河水》[7]。秦伯赋《六月》[8]，子余使公子降拜。秦伯降辞。子余曰：“君称所以佐天子匡王国者以命重耳，重耳敢有惰心，敢不从德？”

【注 释】

① 衰：赵衰。②《采菽》：指《诗经·小雅·采菽》。原为天子赐诸侯命服时演奏的乐歌。秦穆公赋此诗，表示愿助重耳回国为国君。③ 命服：古代不同爵位等级者所穿的官服。④《黍苗》：指《诗经·小雅·黍苗》。⑤ 河：黄河。⑥《鸠飞》：指《诗经·小雅·小宛》之首章。⑦《河水》：河为“沔”误。指《诗经·小雅·沔水》。⑧《六月》：指《诗经·小雅·六月》。

【导 读】

本文记载了秦穆公以国君之礼宴请重耳的故事。在宴席上，穆公与重耳以《诗》言志，富有情趣。本文的写法，反映了当时“赋诗言志”的世情风貌。这是《诗经》功用的真实写照。

重耳亲筮得晋国

公子亲筮之[1]，曰：“尚有晋国。”得贞《屯》悔《豫》[2]，皆八也。筮史占之[3]，皆曰：“不吉。闭而不通，爻无为也[4]。”司空季子曰[5]：“吉。是在《周易》[6]，皆利建侯。不有晋国，以辅王室，安能建侯？我命筮曰'尚有晋国'，筮告我曰'利建侯'，得国之务也，吉孰大焉！震[7]，车也。坎[8]，水也。坤[9]，土也。《屯》，厚也。《豫》，乐也。车班外内，顺以训之，泉原以资之，土厚而乐其实。不有晋国，何以当之？震，雷也，车也。坎，劳也，水也，众也。主雷与车，而尚水与众。车有震，武也。众而顺，文也。文武具，厚之至也。故曰《屯》。其繇曰[10]：'元亨利贞，勿用有攸往，利建侯。'主震雷，长也，故曰元。众而顺，嘉也，故曰亨。内有震雷，故曰利贞。车上水下，必伯[11]。小事不济，壅也。故曰勿用有攸往，一夫之行也。众顺而有武威，故曰'利建侯'。坤，母也。震，长男也。母老子强，故曰《豫》。其繇曰：'利建侯行师。'居乐、出威之谓也。是二者[12]，得国之卦也。"

【注 释】

① 筮：用蓍草占卦。② 贞：内卦。《屯》：六十四卦之一。悔：外卦。《豫》：六十四卦之一。③ 筮史：占卦之人。④ 爻(yáo)：组成卦的符号称爻。"—"为阳爻，"- -"为阴爻。含有交错和变化之意。每三爻合成一卦，共得八卦。每两卦相重，共得六十四卦。⑤ 季子：晋大夫。⑥《周易》：亦称《易》、《易经》，本为我国古代具有一定哲学思想的占卜书，后列入儒家经典之中。十三经之一。⑦ 震：八卦之一，象征雷。⑧ 坎：八卦之一，象征水。⑨ 坤：八卦之一，象征地。⑩ 繇：卦辞。⑪ 伯：通"霸"。⑫ 二者：内卦和外卦。

【导 读】

本文记载重耳占卜，卜问能否返国为君的史实。卜问的结果，是能够得到晋国。以占卜来预测自己的行动和未来，本身并不科学，但这在当时，却是非常流行的一项活动。本文记载的筮事，有助于研究和考证《周易》的筮法。特别是"得贞《屯》悔《豫》，皆八也"的记载，对探索《周易》的变卦之法具有重要参考价值。

秦伯纳重耳于晋

十月[1]，惠公卒[2]。十二月，秦伯纳公子。及河，子犯授公子载璧[3]，曰："臣从君还轸，巡于天下，怨其多矣！臣犹知之，而况君乎？不忍其死，请由此亡。"公子曰："所不与舅氏同心者，有如河水。"沉璧以质。

董因迎公于河④，公问焉，曰："吾其济乎？"对曰："岁在大梁⑤，将集天行。元年始受⑥，实沈之星也⑦。实沈之墟，晋人是居，所以兴也。今君当之，无不济矣。君之行也，岁在大火。大火，阏伯之星也，是谓大辰⑧。辰以成善，后稷⑨是相，唐叔以封。瞽史记曰：'嗣续其祖，如谷之滋，必有晋国。'臣筮之，得《泰》之八⑩。曰：'是谓天地配亨，小往大来。'今及之矣，何不济之有？且以辰出而以参入⑪，皆晋祥也，而天之大纪也。济且秉成，必霸诸侯。子孙赖之，君无惧矣。"

【注释】

① 十月：晋惠公十四年（前637）的十月。② 惠公：即晋惠公。③ 载璧：祭祀用的璧。④ 董因：晋大夫。⑤ 大梁：星次名。⑥ 元年：重耳即位的第一年（前636）。⑦ 实沈：十二星次之一。⑧ 大辰：即大火星。⑨ 后稷：名弃。周族始祖。⑩《泰》：六十四卦之一。⑪ 辰：辰星。即水星。参：参星。

公子济河，召令狐、臼衰、桑泉①，皆降。晋人惧，怀公奔高梁②。吕甥、冀芮帅师③，甲午，军于庐柳④。秦伯使公子絷如师⑤，师退，次于郇⑥。辛丑，狐偃及秦、晋大夫盟于郇。壬寅，公入于晋师。甲辰，秦伯还。丙午，入于曲沃⑦。丁未，入绛⑧，即位于武宫⑨。戊申，刺怀公于高梁。

【注释】

① 令狐、臼衰、桑泉：晋邑。均在今山西临猗。② 高梁：晋邑。在今山西临汾。③ 吕甥：名饴甥，晋大夫。封于阴，又称阴饴甥。④ 庐柳：晋邑。在今山西临猗。⑤ 公子絷：秦大夫。⑥ 郇：晋邑。在今山西临猗。⑦ 曲沃：晋城。在今山西闻喜。⑧ 绛：晋都。在今山西翼城东。⑨ 武宫：晋武公庙。

【导读】

本文记载秦穆公护送重耳返国即位的史事。重耳在国外流浪了十九年，寄人篱下，屡遭困厄，受人歧视，备尝艰辛，至此终于回到了故乡。虽然其间受到了旧臣吕甥、冀芮的阻挠，但终归即位为君。晋国也随之进入到了一个新的发展阶段。

寺人勃鞮求见文公

初，献公使寺人勃鞮伐公于蒲城①，文公逾垣，勃鞮斩其袪。及入，勃鞮求见，公辞焉，曰："骊姬之谗，尔射余于屏内，困余于蒲城，斩余衣袪。又为惠公从余于渭滨②，命曰三日，若宿而至。若干二命，以求杀余。余于伯楚屡困③，何旧怨也？退而思之，异日见我。"对曰："吾以君为已知之矣，故入；犹未知之也，又将出矣。事君不贰是谓臣，好恶不易是谓君。君君臣臣，是谓明训。明训能终，民之主也。二君之世，蒲人、狄人，余何有焉？除君之恶，唯力所及，何贰之有？今君即位，其无蒲、狄乎？伊尹放太甲而卒以为明王④，管仲贼桓公而卒以为侯伯⑤。乾时之役⑥，申孙之矢集于桓钩⑦，钩近于袪，而无怨言，佐相以终，克成令名。今君之德宇，何不宽裕也？恶其所好，其能久矣？君实不能明训，而弃民主。余，罪戾之人也，又何患焉？且不见我，君其无悔乎！"

于是吕甥、冀芮畏逼，悔纳文公，谋作乱，将以己丑焚公宫，公出救火而遂杀之。伯楚知之，故求见公。公遽出见之，曰："岂不如女言，然是吾恶心也，吾请去之。"伯楚以吕、郤之谋告公⑧。公惧，乘驲自下⑨，脱会秦伯于王城⑩，告之乱故。及己丑，公宫火，二子求公不获，遂如河上，秦伯诱而杀之。

【注释】

① 寺人：宫中小臣，即后世之宦官。勃鞮(dī)：又称寺人披。蒲城：晋地。在今山西隰县。② 惠公：晋惠公。渭：渭水。③ 伯楚：勃鞮的字。④ 伊尹：商朝大臣。太甲：商王，汤的孙子。在位时不理国政，被伊尹放逐。三年后悔过复位。⑤ 桓公：齐桓公。⑥ 乾时：齐地。在今山

东临淄。⑦ 申孙：箭名。桓钩：齐桓公衣带钩。管仲曾为公子纠射杀过齐桓公，射中了衣带钩。⑧ 吕、郤：吕甥、郤芮。⑨ 驲(rì)：驿站专用车。⑩ 秦伯：秦穆公。王城：秦邑。在今陕西大荔。

【导 读】

寺人勃鞮曾追杀过晋文公，文公即位后他主动求见，申明“奴忠一主”的为臣之道。文公没有为难他。后惠公旧臣谋反，勃鞮告发，又救了文公，演出了一幕仇人变恩人的喜剧。文公确为有远见之人。

文公遽见竖头须

文公之出也，竖头须①，守藏者也，不从。公入，乃求见，公辞焉以沐。谓谒者曰②：“沐则心覆，心覆则图反，宜吾不得见也。从者为羁绁之仆，居者为社稷之守，何必罪居者！国君而仇匹夫，惧者众矣。”谒者以告，公遽见之。

【注 释】

① 竖头须：名叫黑凫须。文公小臣。② 谒者：掌管传达通报的官员。

文公修内政纳襄王

元年春①，公及夫人嬴氏至自王城②。秦伯纳卫三千人，实纪纲之仆。公属百官，赋职任功。弃责薄敛，施舍分寡。救乏振滞，匡困资无。轻关易道，通商宽农。懋穑劝分，省用足财。利器明德，以厚民性。举善援能，官方定物，正名育类。昭旧族，爱亲戚，明贤良，尊贵宠，赏功劳，事耇老，礼宾旅，友故旧。胥、籍、狐、箕、栾、郤、柏、先、羊舌、董、韩，实掌近官。诸姬之良，掌其中官。异姓之能，掌其远官。公食贡③，大夫食邑，士食田，庶人食力，工商食官，皂隶食职④，官宰食加⑤。政平民阜，财用不匮。

冬，襄王避昭叔之难[6]，居于郑地氾[7]。使来告难，亦使告于秦。子犯曰："民亲而未知义也，君盍纳王以教之义。若不纳，秦将纳之，则失周矣，何以求诸侯？不能修身而又不能宗人，人将焉依？继文之业[8]，定武之功[9]，启土安疆，于此乎在矣！君其务之。"公说，乃行赂于草中之戎与丽土之狄[10]，以启东道。

【注 释】

①元年：晋文公元年。②嬴氏：文公夫人，秦穆公之女。③贡：贡赋。④皂隶：奴隶。⑤官宰：家臣。加：大夫的加田。⑥襄王：周襄王。昭叔：襄王弟太叔带，曾封为甘昭公，故称。昭叔之难，昭叔和襄王后狄隗私通，襄王废狄后，狄人伐周，襄王避难于郑。⑦氾：郑地。在今河南襄城。⑧文：晋文侯。⑨武：晋武公。⑩草中之戎、丽土之狄：晋国东部的两个戎族和狄族小国。

【导读】

周襄王因为废狄后，招致灾祸。晋文公即位元年(前636)，襄王避难于郑。第二年，文公采纳子犯勤王的建议，派兵送襄王返周。本文记叙了这一史实。至此，文公迈出了称霸的第一步。

文公出阳人

二年春[1]，公以二军下，次于阳樊[2]。右师取昭叔于温[3]，杀之于隰城[4]。左师迎王于郑。王入于成周[5]，遂定之于郏[6]。王飨礼，命公胙侑[7]。公请隧[8]，弗许。曰："王章也，不可以二王，无若政何。"赐公南阳阳樊、温、原、州、陉、絺、组、欑茅之田[9]。阳人不服，公围之，将残其民，仓葛呼曰[10]："君补王阙，以顺礼也。阳人未狎君德，而未敢承命。君将残之，无乃非礼乎！阳人有夏、商之嗣典，有周室之师旅，樊仲之官守焉[11]，其非官守，则皆王之父兄甥舅也。君定王室而残其姻族，民将焉放？敢私布于吏，唯君图之！"公曰："是君子之言也。"乃出阳人。

【注释】

① 二年：晋文公二年（前635）。② 阳樊：周地。在今河南济源东南。③ 温：周地。在今河南温县。④ 隰城：周地。在今河南武陟。⑤ 成周：周朝国都，今河南洛阳。⑥ 郏：周朝王城，在今河南洛阳西北。⑦ 胙：赐祭肉。⑧ 隧：隧地。见卷二《周语中》注。⑨ 南阳：周地。在今河南沁阳一带。原、州、陉、絺、钽、攒茅：均为周地，在今河南南阳一带。⑩ 仓葛：阳樊人。⑪ 樊仲：即仲山甫，周朝大臣。封于樊，故称樊仲或樊穆仲。

【导读】

本文与卷二《周语》中《襄王拒晋文公请隧》和《阳人不服晋侯》两文记载的为同一史实。可参阅前两文的导读。

文公伐原

文公伐原[①]，令以三日之粮。三日而原不降，公令疏军而去之。谍出曰："原不过一二日矣！"军吏以告，公曰："得原而失信，何以使人？夫信，民之所庇也，不可失。"乃去之，及盟门[②]，而原请降。

【注释】

① 原：周地。在今河南南阳一带。② 盟门：原地。

【导读】

文公即位后，先勤王，后请隧，此又伐原。其争霸的雄心已显露无遗。

文公救宋败楚于城濮

文公立四年，楚成王伐宋[①]，公率齐、秦伐曹、卫以救宋。宋人使门尹班告急于晋[②]，公告大夫曰："宋人告急，舍之则宋绝，告楚则不许我。我欲击楚，齐、秦不欲，其若之何？"先轸曰[③]："不若使齐、秦主楚怨。"公曰：

“可乎？”先轸曰：“使宋舍我而赂齐、秦，藉之告楚，我分曹、卫之地以赐宋人。楚爱曹、卫，必不许齐、秦。齐、秦不得其请，必属怨焉，然后用之，蔑不欲矣。”公说，是故以曹田、卫田赐宋人。

令尹子玉使宛春来告曰[4]：“请复卫侯而封曹，臣亦释宋之围。”舅犯愠曰：“子玉无礼哉！君取一，臣取二，必击之。”先轸曰：“子与之。我不许曹、卫之请，是不许释宋也。宋众无乃强乎！是楚一言而有三施，子一言而有三怨。怨已多矣，难以击人。不若私许复曹、卫以携之，执宛春以怒楚，既战而后图之。”公说，是故拘宛春于卫。

子玉释宋围，从晋师。楚既陈，晋师退舍，军吏请曰：“以君避臣，辱也。且楚师老矣，必败。何故退？”子犯曰：“二三子忘在楚乎？偃也闻之：‘战斗，直为壮，曲为老。’未报楚惠而抗宋，我曲楚直，其众莫不生气，不可谓老。若我以君避臣，而不去，彼亦曲矣。”退三舍避楚。楚众欲止，子玉不肯，至于城濮[5]，果战，楚众大败。君子曰：“善以德劝。”

【注释】

① 楚成王：楚国国君，名熊頵(jūn)。公元前 671 年至前 626 年在位。② 门尹班：宋大夫。③ 先轸：又称原轸。晋中军统帅。④ 令尹：楚国最高官职，掌握军政大权。子玉：名成得臣，楚令尹。宛春：楚大夫。⑤ 城濮：卫地。在今山东鄄城西南。一说在今河南陈留。

【导读】

本文记叙的是城濮之战。与《左传》不同的是，本文不以写战争经过为主，而着重记述晋国君臣的谋划和争论。本文还突出了晋文公对宋、楚两国的报恩举措，用以说明文公的仗义品行。

郑叔詹据鼎耳而疾号

文公诛观状以伐郑[1]，反其陴[2]。郑人以名宝行成，公弗许，曰：“予我詹而师还。[3]”詹请往，郑伯弗许[4]，詹固请曰：“一臣可以赦百姓而定社稷，君何爱于臣也？”郑人以詹予晋，晋人将烹之。詹曰：“臣愿获尽辞而死，固所愿也。”公听其辞。詹曰：“天降郑祸，使淫观状，弃礼违亲。臣曰：‘不可。夫晋公子贤明，其左右皆卿才，若复其国，而得志于诸侯，祸无赦矣。’今祸及矣。尊明胜患，智也。杀身赎国，忠也。”乃就烹，据鼎耳而疾号曰：“自今以往，知忠以事君者，与詹同。”乃命弗杀，厚为之礼而归之。郑人以詹伯为将军。

【注 释】

① 观状：文公流亡到曹国时，曾被曹共公偷看骈胁。② 陴(pí)：女墙。即古代城墙上的矮墙。③ 詹：叔詹。郑卿。④ 郑伯：郑文公。

【导 读】

本文记载晋文公讨伐郑国，叔詹为了国家和百姓，与文公针锋相对斗争的故事。塑造了叔詹这位爱国者的英勇形象。

箕郑对文公问

晋饥，公问于箕郑曰[1]：“救饥何以？”对曰：“信。”公曰：“安信？”对曰：“信于君心，信于名，信于令，信于事。”公曰：“然则若何？”对曰：“信于君心，则美恶不逾。信于名，则上下不干。信于令，则时无废功。信于事，则民从事有业。于是乎民知君心，贫而不惧，藏出如入，何匮之有？”公使为箕[2]。及清原之蒐[3]，使佐新上军。

【注 释】

① 箕郑：即箕郑父。晋大夫。② 箕：晋地。在今山西太谷。③ 清原：晋地。在今山西稷山。蒐：阅兵。

【导 读】

箕郑以“诚信”作为应对饥荒的措施，可谓匠心独具，富有哲理，令人深思。

文公任贤与赵衰举贤

文公问元帅于赵衰①，对曰："郤縠可②，行年五十矣，守学弥惇。夫先王之法志，德义之府也。夫德义，生民之本也。能惇笃者，不忘百姓也。请使郤縠。"公从之。公使赵衰为卿，辞曰："栾枝贞慎③，先轸有谋，胥臣多闻④，皆可以为辅佐，臣弗若也。"乃使栾枝将下军，先轸佐之。取五鹿，先轸之谋也。郤縠卒，使先轸代之。胥臣佐下军。

公使原季为卿⑤，辞曰："夫三德者，偃之出也。以德纪民，其章大矣，不可废也。"使狐偃为卿，辞曰："毛之智⑥，贤于臣，其齿又长。毛也不在位，不敢闻命。"乃使狐毛将上军，狐偃佐之。狐毛卒，使赵衰代之，辞曰："城濮之役，先且居之佐军也善⑦，军伐有赏，善君有赏，能其官有赏。且居有三赏，不可废也。且臣之伦，箕郑、胥婴、先都在⑧。"乃使先且居将上军。公曰："赵衰三让。其所让，皆社稷之卫也。废让，是废德也。"以赵衰之故，蒐于清原，作五军⑨。使赵衰将新上军，箕郑佐之；胥婴将新下军，先都佐之。子犯卒，蒲城伯请佐⑩，公曰："夫赵衰三让不失义。让，推贤也。义，广德也。德广贤至，又何患矣。请令衰也从子。"乃使赵衰佐新上军⑪。

【注 释】

① 元帅：军队统帅，位至上卿。② 郤縠：晋大夫。③ 栾枝：晋大夫，谥贞子。栾共子之子。④ 胥臣：又名白季、司空季子。晋大夫。⑤ 原季：即赵衰。⑥ 毛：狐毛，晋大夫，狐偃之兄。⑦ 先且居：先轸之子。⑧ 胥婴、先都：均为晋大夫。⑨ 五军：指中军、上军、下军、新上军、新下军。⑩ 蒲城伯：先且居。⑪ 新：衍文。

【导 读】

举贤任贤，人人心向往之。本文记载了晋国君臣的举贤、让贤、任贤的盛事。晋国能够成为春秋霸主，就得益于国内良好的政治环境和任用贤才的正确举措。贤才兴国，庸才误国，深刻的道理无人不知，但真正落实到行动上的统治者,古今中外又有几人?

文公学读书于臼季

文公学读书于臼季[①],三日,曰:“吾不能行也咫,闻则多矣。”对曰:“然而多闻以待能者,不犹愈也?”

【注 释】

① 臼季:即胥臣。

【导 读】

臼季言简意赅地阐明了读书的意义。

郭偃论治国之难易

文公问于郭偃曰[①]:“始也,吾以治国为易,今也难。”对曰:“君以为易,其难也将至矣。君以为难,其易也将至焉。”

【注 释】

① 郭偃:亦称卜偃。晋大夫。

【导 读】

郭偃以朴素的辩证观点说明了难与易的关系。

胥臣论教诲之力

文公问于胥臣曰:“我欲使阳处父傅讙也而教诲之[①],其能善之乎?”对曰:“是在讙也。蘧蒢不可使俯,戚施不可使仰,僬侥不可使举,侏儒不可使援,矇瞍不可使视,嚚瘖不可使言,聋聩不可使听,童昏不可使谋。质将善而贤良赞之,则济可俟。若有违质,教将不入,其何善之为!臣闻昔者大任娠文王不变[②]，少溲于豕牢，而得文王不加疾焉。文王在母不忧，在傅弗勤，处师弗烦，事王不怒[③]，孝友二虢[④]，而惠慈二蔡[⑤]，刑于大姒[⑥]，比于诸弟。《诗》云[⑦]：'刑于寡妻，至于兄弟，以御于家邦。'于是乎用四方之贤良。及其即位也，询于八虞[⑧]，而谘于二虢，度于闳夭而谋于南宫[⑨]，诹于蔡、原而访于辛、尹[⑩]，重之以周、邵、毕、荣[⑪]，亿宁百神，而柔和万民。故《诗》云：'惠于宗公，神罔时恫。'若是，则文王非专教诲之力也。"公曰："然则教无益乎？"对曰："胡为文，益其质。故人生而学，非学不入。"公曰："奈夫八疾何？"对曰："官师之所材也，戚施直镈[⑫]，蘧蒢蒙璆[⑬]，侏儒扶卢[⑭]，矇瞍修声，聋聩司火。童昏、嚚瘖、僬侥，官师之所不材也，以实裔土。夫教者，因体能质而利之者也。若川然有原，以卬浦而后大。"

【注 释】

① 阳处父：亦称阳子，晋大夫。谨：文公之子。② 大任：周文王之母。文王：周文王。③ 王：周文王之父王季。④ 二虢：周文王之弟虢仲和虢叔。⑤ 二蔡：周文王两子。⑥ 大姒：周文王之妻。⑦《诗》：指《诗经·大雅·思齐》。⑧ 八虞：又称八士。周朝掌管山泽的八位官员。⑨ 闳夭：周朝贤臣。南宫：南宫括。周朝贤臣。⑩ 蔡：蔡公。原：原公。辛：辛甲。尹：尹佚。四人皆为周朝太史。⑪ 周：周文公。邵：邵康公。毕：毕公。荣：荣公。四人皆为周朝大臣。⑫ 镈（bó）：青铜乐器，似钟略小。⑬ 璆（qiú）：玉磬。⑭ 扶卢：古代杂技，以攀援矛、戟的柄为戏。

【导 读】

本文通过晋文公与胥臣的对话，记叙了周文王的成长历程及其为人，用以说明教育与自我修养的重要性。并强调了因材施教、因人施教的教育方法。文中多用韵语论事，含义深刻，体现了古人的教育观念和教育方法。这是一篇有关教育史的文献。

文公称霸

文公即位二年，欲用其民，子犯曰："民未知义，盍纳天子以示之义？"

乃纳襄王于周[①]。公曰："可矣乎?"对曰："民未知信，盍伐原以示之信?"乃伐原。曰："可矣乎?"对曰："民未知礼，盍大蒐，备师尚礼以示之?"乃大蒐于被庐[②]，作三军。使郤縠将中军，以为大政。郤溱佐之[③]。子犯曰："可矣。"遂伐曹、卫，出谷戍[④]，释宋围，败楚师于城濮，于是乎遂伯。

【注 释】

① 襄王：周襄王。② 被庐：晋地。③ 郤溱(zhēn)：晋中军副将。④ 谷：齐地。在今山东东阿。

【导 读】

本文是对晋文公霸业的简明总结。

卷十一　晋语　五

臼季举冀缺

臼季使[①],舍于冀野[②]。冀缺耨[③],其妻馌之。敬,相待如宾。从而问之,冀芮之子也,与之归。既复命,而进之曰:“臣得贤人,当以告。”文公曰:“其父有罪,可乎?”对曰:“国之良也,灭其前恶,是故舜之刑也殛鲧[④],其举也兴禹。今君之所闻也:齐桓亲举管敬子[⑤],其贼也。”公曰:“子何以知其贤也?”对曰:“臣见其不忘敬也。夫敬,德之恪也。恪于德以临事,其何不济?”公见之,使为下军大夫。

【注 释】

① 臼季:即胥臣。② 冀:晋地。在今山西河津。③ 冀缺:即郤成子。郤芮之子。④ 鲧:禹之父。⑤ 管敬子:管仲。

【导 读】

本文记叙晋文公任贤不避仇的史事,用以说明文公胸怀的宽广。

宁嬴氏论貌与言

阳处父如卫,反,过宁[①],舍于逆旅宁嬴氏[②]。嬴谓其妻曰:“吾求君子久矣,今乃得之。”举而从之,阳子道与之语,及山而还[③]。其妻曰:“子得所求而不从之,何其怀也!”曰:“吾见其貌而欲之,闻其言而恶之。夫貌,情之华也;言,貌之机也。身为情,成于中。言,身之文也。言文而发之,合而后行，离则有衅。今阳子之貌济，其言匮，非其实也。若中不济，而外强之，其卒将复，中外易矣。若外内类，而言反之，渎其信也。夫言以昭信，奉之如机，历时而发之，胡可渎也！今阳子之情譓矣，以济盖也，且刚而主能，不本而犯，怨之所聚也。吾惧未获其利而及其难，是故去之。”期年，乃有贾季之难[④]，阳子死之[⑤]。

【注 释】

① 宁：晋地。在今河南修武。② 宁嬴氏：旅馆主人。③ 山：温山。在今河南修武。④ 贾季：狐射姑之字，晋大夫。贾季之难：晋襄公七年(前 621)，晋在夷地阅兵，贾季任中军元帅，赵盾为副。阳处父向晋襄公建议，改于董地阅兵，以赵盾任元帅，贾季为副。贾季因此怨恨阳处父，派人杀死阳处父。⑤ 阳子：即阳处父。

【导 读】

本文中，宁嬴子谈到了言与行的关系问题。《左传·文公五年》亦载此事。《国语》全书对平民言行记载无多，此为其中的一篇。藉此可管窥当时普通民众的精神风貌。

赵宣子论比与党

赵宣子言韩献子于灵公[①]，以为司马。河曲之役[②]，赵孟使人以其乘车干行，献子执而戮之。众咸曰：“韩厥必不没矣。其主朝升之，而暮戮其车，其谁安之！”宣子召而礼之，曰：“吾闻事君者比而不党。夫周以举义，比也；举以其私，党也。夫军事无犯，犯而不隐，义也。吾言汝于君，惧汝不能也。举而不能，党孰大焉！事君而党，吾何以从政？吾故以是观汝。汝勉之。苟从是行也，临长晋国者，非汝其谁？”皆告诸大夫曰：“二三子可以贺我矣！吾举厥也而中，吾乃今知免于罪矣。”

【注 释】

① 赵宣子：名盾，又称赵孟，谥宣子，晋正卿。赵衰之子。韩献子：

名厥,谥献子。灵公:即晋灵公,名夷皋,文公之孙。公元前620年至前607年在位。② 河曲:晋地。在今山西永济。河曲之役:晋灵公六年(前615),秦、晋在河曲交战。

【导读】

本文记载了赵宣子对韩献子的推荐和考验,而韩献子经受住了考验的史实。表现了赵宣子的知人善任、公而无私和韩献子的严肃认真、不徇私情。二人以实际行动做到了比而不党。本文内容对今天仍有启发借鉴意义。

赵宣子请师伐宋

宋人杀昭公①,赵宣子请师于灵公以伐宋②。公曰:"非晋国之急也。"对曰:"大者天地,其次君臣,所以为明训也。今宋人杀其君,是反天地而逆民则也,天必诛焉。晋为盟主,而不修天罚,将惧及焉。"公许之。乃发令于太庙③,召军吏而戒乐正④,令三军之钟鼓必备。赵同曰⑤:"国有大役,不镇抚民而备钟鼓,何也?"宣子曰:"大罪伐之,小罪惮之。侵袭之事,陵也。是故伐备钟鼓,声其罪也;战以錞于、丁宁⑥,儆其民也。袭侵密声,为蹔事也。今宋人弑其君,罪莫大焉!明声之,犹恐其不闻也。吾备钟鼓,为君故也。"乃使旁告于诸侯,治兵振旅,鸣钟鼓,以至于宋。

【注释】

① 昭公:即宋昭公,名杵臼,宋国国君。公元前619年至前611年在位。② 灵公:即晋灵公。③ 太庙:诸侯的祖庙。④ 乐正:掌管钟鼓的官员。⑤ 赵同:晋大夫,赵盾之弟。⑥ 錞(chún)于:青铜军乐器。丁宁:古代行军时所用的一种乐器,又称铜钲。

【导读】

晋灵公十年(前611),宋人杀昭公,立公子鲍为君。臣弑君,大逆不道。作为诸侯盟主的晋国遂发兵讨伐。本文记载了这次战事。文中强调了钟鼓在行军作战中的作用，为经传中“有钟鼓曰伐”做了完美的诠释。

灵公使钽麑杀赵宣子

灵公虐①，赵宣子骤谏，公患之，使钽麑贼之②。晨往，则寝门辟矣，盛服将朝，早而假寐。麑退，叹而言曰：“赵孟敬哉！夫不忘恭敬，社稷之镇也。贼国之镇不忠，受命而废之不信，享一名于此，不若死。”触廷之槐而死。灵公将杀赵盾，不克。赵穿攻公于桃园③，逆公子黑臀而立之④，实为成公。

【注 释】

① 灵公：即晋灵公。② 钽麑(chú ní)：晋国大力士。③ 赵穿：晋大夫。桃园：灵公园囿。④ 黑臀：晋文公之子，晋襄公之弟。

【导 读】

本文记载了晋灵公派钽麑刺杀忠臣赵宣子的故事。钽麑违命自杀而终不肯杀宣子，说明忠奸自在人心，塑造了钽麑的义士形象。

范武子退朝告老

郤献子聘于齐①，齐顷公使妇人观而笑之②。郤献子怒，归，请伐齐。范武子退自朝③，曰：“燮乎④，吾闻之：干人之怒，必获毒焉。夫郤子之怒甚矣，不逞于齐，必发诸晋国。不得政，何以逞怒？余将致政焉，以成其怒，无以内易外也。尔勉从二三子，以承君命，唯敬。”乃老。

【注 释】

① 郤献子：即郤克，又称郤子，晋卿。腿跛。② 齐顷公：名无野，齐国国君。公元前 598 年至前 582 年在位。③ 范武子：名士会。晋正卿。④ 燮：即范燮，又称范文子。范武子之子。

【导读】

范武子为了明哲保身主动要求告老还乡，反映了晋国统治阶级内部的矛盾和斗争是十分尖锐的。

范武子杖文子

范文子暮退于朝①。武子曰②："何暮也？"对曰："有秦客廋辞于朝，大夫莫之能对也，吾知三焉。"武子怒曰："大夫非不能也，让父兄也。尔童子，而三掩人于朝。吾不在晋国，亡无日矣。"击之以杖，折委笄③。

【注释】

① 范文子：即范燮。② 武子：范武子。③ 委：即委貌，又称委貌冠。周代的一种礼帽。笄(jī)：簪子。

【导读】

本文记载范武子教子的故事。武子主张年青人应以谦让为先，敬老为尚。这是中华民族的传统美德之一。

郤献子分谤

靡笄之役①，韩献子将斩人②。郤献子驾③，将救之，至，则既斩之矣。郤献子请以徇，其仆曰："子不将救之乎？"献子曰："敢不分谤乎！"

【注释】

① 靡笄：齐国山名。晋景公十一年(前589)，齐、晋交战于鞌，齐军大败，晋军追至靡笄山下，史称靡笄之役。② 韩献子：即韩厥。③ 郤献子：即郤克。

【导读】

本文记载了作为晋军主帅的郤献子勇于替下级承担责任的故事。

张侯御郤献子

靡笄之役，郤献子伤，曰："余病喙。"张侯御[①]，曰："三军之心，在此车也。其耳目在于旗鼓。车无退表，鼓无退声，军事集焉。吾子忍之，不可以言病。受命于庙，受脤于社[②]，甲胄而效死，戎之政也。病未若死，祗以解志。"乃左并辔，右援桴而鼓之[③]，马逸不能止，三军从之。齐师大败，逐之，三周华不注之山[④]。

【注释】

① 张侯：又称解张，晋大夫。② 脤（shèn）：古代祭祀用的生肉。③ 桴（fú）：鼓槌。④ 华不注：华不注山。在今山东济南东北。

【导读】

晋、齐靡笄之役，晋军大胜，取胜的原因之一，就是主帅车指挥得当。本文记载了在此战中，主帅车御手张侯的英勇表现。此文对研究我国古代的车战有参考价值。《左传·成公二年》亦载有此事。

师胜而范文子后入

靡笄之役，郤献子师胜而返，范文子后入。武子曰[①]："燮乎，女亦知吾望尔也乎？"对曰："夫师，郤子之师也，其事臧。若先，则恐国人之属耳目于我也，故不敢。"武子曰："吾知免矣。"

【注释】

① 武子：即范武子。

【导读】

本文记载范文子谦虚礼让的故事。其父武子的教诲文子是牢记在心了。

郤献子等各推功于上

靡笄之役，郤献子见，公曰[①]："子之力也夫！"对曰："克也以君命命三军之士[②]，三军之士用命，克也何力之有焉？"范文子见，公曰："子之力也夫！"对曰："燮也受命于中军[③]，以命上军之士，上军之士用命，燮也何力之有焉？"栾武子见[④]，公曰："子之力也夫！"对曰："书也受命于上军，以命下军之士，下军之士用命，书也何力之有焉？"

【注 释】

① 公：即晋景公，名獳。公元前599年至前581年在位。② 克：郤克。③ 燮：范燮。④ 栾武子：名书。靡笄战役中任晋军下军元帅。

【导 读】

战胜归国，晋军将帅却在相互推让功劳。有这样的将帅领军，晋军想不胜都难。

苗棼皇谓郤献子不知礼

靡笄之役也，郤献子伐齐。齐侯来[①]，献之以得殒命之礼，曰："寡君使克也[②]，不腆敝邑之礼，为君之辱，敢归诸下执政，以慭御人[③]。"苗棼皇曰[④]："郤子勇而不知礼，矜其伐而耻国君，其与几何！"

【注 释】

① 齐侯：齐顷公。② 克：郤克。③ 御人：宫中妇人。④ 苗棼(fén)皇：亦作苗贲皇。晋大夫。

【导 读】

本文记载了郤献子羞辱齐国君臣，苗棼皇指责献子的无礼言行的史实。苗棼皇是一位有正义感的人。

车者论梁山崩

梁山崩[1]，以传召伯宗[2]，遇大车当道而覆，立而避之，曰："避传。"对曰："传为速也，若俟吾避，则加迟矣，不如捷而行。"伯宗喜，问其居，曰："绛人也。"伯宗曰："何闻？"曰："梁山崩而以传召伯宗。"伯宗问曰："将若何？"对曰："山有朽壤而崩，将若何？夫国主山川，故川涸山崩，君为之降服、出次，乘缦、不举[3]，策于上帝，国三日哭，以礼焉。虽伯宗亦如是而已，其若之何？"问其名，不告；请以见，弗许。伯宗及绛，以告，而从之。

【注 释】

① 梁山：在今陕西韩城。② 传：传车。驿站专用车。伯宗：晋大夫，孙伯纠之子。③ 缦：无彩绘之帛。此处指没有彩饰的车子。

【导 读】

本文是《国语》对又一位小人物言行的记录。梁山崩了，车夫认为"山有朽壤而崩"，讲出了山崩的道理。但他又主张应"告天帝，祭山川"，这是时代的局限使然，并非车夫迷信、愚昧。

伯宗妻谓民不戴其上难必及

伯宗朝，以喜归。其妻曰："子貌有喜，何也？"曰："吾言于朝，诸大夫皆谓我智似阳子[1]。"对曰："阳子华而不实，主言而无谋，是以难及其身。子何喜焉？"伯宗曰："吾饮诸大夫酒，而与之语，尔试听之。"曰："诺。"既饮，其妻曰："诸大夫莫子若也。然而民不能戴其上久矣，难必及子！子盍亟索士慭庇州犁焉[2]。"得毕阳[3]。

及栾弗忌之难[4]，诸大夫害伯宗，将谋而杀之。毕阳实送州犁于荆[5]。

【注 释】

① 阳子：即阳处父。② 州犁：即伯州犁。伯宗之子。③ 毕阳：晋

国贤士。④ 栾弗忌：晋大夫。栾弗忌之难：指晋厉公五年(前576)，晋之三郤(郤锜、郤犨和郤至)谋害栾弗忌而殃及伯宗。⑤ 荆：楚国。

【导读】

本文通过伯宗妻和伯宗的对话，揭露了统治阶级内部由来已久的嫉贤妒能的丑恶习气。若不是伯宗妻的远见卓识，栾弗忌之难中被杀的恐怕就不仅是伯宗自己了。

卷十二　晋语　六

赵文子冠

赵文子冠[①]，见栾武子，武子曰："美哉！昔吾逮事庄主[②]，华则荣矣，实之不知，请务实乎。"

见中行宣子[③]，宣子曰："美哉！惜也，吾老矣。"

见范文子，文子曰："而今可以戒矣。夫贤者宠至而益戒，不足者为宠骄。故兴王赏谏臣，逸王罚之。吾闻古之王者，政德既成，又听于民，于是乎使工诵谏于朝[④]，在列者献诗使勿兜，风听胪言于市，辨祆祥于谣，考百事于朝，问谤誉于路，有邪而正之，尽戒之术也。先王疾是骄也。"

见郤驹伯[⑤]，驹伯曰："美哉！然而壮不若老者多矣。"

【注释】

① 赵文子：即赵武，赵盾之孙。冠：古代男子二十岁举行成人礼，结发戴冠，称冠礼。② 庄：赵文子之父赵朔的谥号。③ 中行宣子：即荀庚，晋大夫。④ 工：乐师。⑤ 郤驹伯：即郤锜。晋卿。

见韩献子，献子曰："戒之，此谓成人。成人在始与善。始与善，善进善，不善蔑由至矣；始与不善，不善进不善，善亦蔑由至矣。如草木之产也，各以其物。人之有冠，犹宫室之有墙屋也，粪除而已，又何加焉。"

见知武子[①]，武子曰："吾子勉之，成、宣之后而老为大夫[②]，非耻乎！成子之文，宣子之忠，其可忘乎！夫成子道前志以佐先君，道法而卒以政，可不谓文乎？夫宣子尽谏于襄、灵[③]，以谏取恶，不惮死进，可不谓忠乎？吾子勉之！有宣子之忠，而纳之以成子之文，事君必济。”

见苦成叔子[4]，叔子曰：“抑年少而执官者众，吾安容子。”

见温季子[5]，季子曰：“谁之不如，可以求之。”

见张老而语之[6]，张老曰：“善矣，从栾伯之言[7]，可以滋；范叔之教[8]，可以大；韩子之戒[9]，可以成。物备矣，志在子。若夫三郤[10]，亡人之言也，何称述焉！知子之道善矣[11]，是先主覆露子也。”

【注释】

① 知武子：即知罃(yīng)。晋卿。② 成：即赵武的曾祖赵衰。宣：赵武的祖父赵盾。③ 襄：即晋襄公。灵：即晋灵公。④ 苦成叔子：即郤犨。⑤ 温季子：即郤至。⑥ 张老：即张孟，晋大夫。⑦ 栾伯：即栾武子。⑧ 范叔：即范文子。⑨ 韩子：即韩献子。⑩ 三郤：即郤锜、郤犨、郤至。⑪ 知子：即知罃。

【导读】

本文记载赵文子行完冠礼拜谒众卿时，各位长者对他的训导和告诫。文中用较为细腻的笔触描绘了各位长辈的风貌，有的谆谆教诲，有的简洁明快，反映了他们不同的品格和修养。说本文为一幅描绘得栩栩如生的晋国群官图，确实如此。

范文子不欲伐郑

厉公将伐郑[1]，范文子不欲，曰：“若以吾意，诸侯皆叛，则晋可为也。唯有诸侯，故扰扰焉。凡诸侯，难之本也。得郑，忧滋长，焉用郑？”郤至曰：“然则王者多忧乎？”文子曰：“我王者也乎哉？夫王者成其德，而远人以其方贿归之，故无忧。今我寡德而求王者之功，故多忧。子见无土而欲富者，乐乎哉？”

【注释】

① 厉公：即晋厉公，名州蒲，景公子。公元前580年至前573年在位。

晋厉公六年(前575),郑国背叛晋国,与楚国交好,故晋厉公要征伐郑国。

【导 读】

本文主要记述范文子的王道思想。范文子主张应以德政招抚诸侯,反对用武力征服诸侯。这也是中国古代王道思想的核心内容,后世所谓的"务广德者昌,务广地者亡",是对这一思想的又一种表述形式。

晋败楚师于鄢陵

厉公六年①,伐郑,且使苦成叔及栾黡兴齐、鲁之师②。楚恭王帅东夷救郑③。楚半陈,公使击之。栾书曰:"君使黡也兴齐、鲁之师,请俟之。"郤至曰:"不可。楚师将退,我击之,必以胜归。夫陈不违忌,一间也;夫南夷与楚来而弗与陈④,二间也;夫楚与郑陈而不与整,三间也;且其士卒在陈而哗,四间也;夫众闻哗则必惧,五间也。郑将顾楚,楚将顾夷,莫有斗心,不可失也。"公说。于是败楚师于鄢陵⑤,栾书是以怨郤至。

【注 释】

① 六年:即公元前575年。② 栾黡(yǎn):即栾桓子,栾书之子。③ 楚恭王:又称共王,名审。公元前590年至前560年在位。④ 南夷:南方少数民族的统称。⑤ 鄢陵:郑地。在今河南鄢陵。

【导 读】

本文记载了春秋时期有名的晋、楚两国鄢陵大战的经过。突出地表现了郤至卓越的军事才能。

郤至勇而知礼

鄢之战①,郤至以韎韦之跗注②,三逐楚平王卒③,见王必下奔退战。王使工尹襄问之以弓④,曰:"方事之殷也,有韎韦之跗注,君子也,属见不穀而下,无乃伤乎?"郤至甲胄而见客,免胄而听命,曰:"君之外臣至,以寡君之灵，间蒙甲胄，不敢当拜君命之辱，为使者故，敢三肃之[5]。”君子曰：“勇以知礼。”

【注 释】

① 鄢：鄢陵。② 韎(mèi)韦：赤黄色的牛皮。跗注：衣裤相连的军服，裤长至脚背。③ 楚平王：当为“楚恭王”之误。④ 工尹：楚掌管百工和手工业制造的官员。⑤ 肃：肃拜之礼。身体站立，略微前倾，两手合拢。

【导 读】

鄢陵之战中，郤至杀敌勇猛，但对楚恭王却尊敬有加，反映了他强烈的等级观念。

范文子论内睦而后图外

鄢陵之役，晋人欲争郑[1]，范文子不欲，曰：“吾闻，人臣者，能内睦而后图外，不睦内而图外，必有内争，盍姑谋睦乎？考讯其阜以出，则怨靖。”

【注 释】

① 争郑：争取郑国归附自己。

【导 读】

本文仍是对鄢陵之战经过的记载，反映了范文子“内睦而后图外”的思想。

范文子论外患与内忧

鄢陵之役，晋伐郑，荆救之[1]。大夫欲战，范文子不欲，曰：“吾闻，君人者刑其民，成而后振武于外，是以内和而外威。今吾司寇之刀锯日弊[2]，而斧钺不行[3]。内犹有不刑，而况外乎？夫战，刑也，刑之过也。过由大，而怨由细，故以惠诛怨，以忍去过。细无怨而大不过，而后可以武，刑外之不服者。今吾刑外乎大人，而忍于小民，将谁行武？武不行而胜，幸也。幸以为政，必有内忧。且唯圣人能无外患，又无内忧，距非圣人，必偏而后可。偏而在外，犹可救也。疾自中起，是难。盍姑释荆与郑以为外患乎？”

【注 释】

① 荆：楚国。② 司寇：掌管刑狱的官员。③ 斧钺：大刑具。此处代指大刑。

【导 读】

本文记载范文子对当时刑罚不涉及大臣，亦即“刑不上大夫”的忧虑，认为这是国之内患。文子认为国之外患“好救”，内患难医。问题是提出来了，可惜没有好的办法来解决。

范文子论胜楚必有内忧

鄢陵之役，晋伐郑，荆救之。栾武子将上军，范文子将下军。栾武子欲战，范文子不欲，曰：“吾闻之，唯厚德者能受多福，无德而服者众，必自伤也。称晋之德，诸侯皆叛，国可以少安。唯有诸侯，故扰扰焉，凡诸侯，难之本也。且唯圣人能无外患又无内忧，距非圣人，不有外患，必有内忧，盍姑释荆与郑以为外患乎？诸臣之内相与，必将辑睦。今我战又胜荆与郑，吾君将伐智而多力，怠教而重敛，大其私昵而益妇人田。不夺诸大夫田，则焉取以益此？诸臣之委室而徒退者，将与几人？战若不胜，则晋国之福也；战若胜，乱地之秩者也，其产将害大，盍姑无战乎？”

栾武子曰：“昔韩之役[①]，惠公不复舍[②]；邲之役[③]，三军不振旅；箕之役[④]，先轸不复命[⑤]：晋国固有大耻三。今我任晋国之政，不毁晋耻，又以违蛮夷以重之[⑥]，虽有后患，非吾所知也。”

范文子曰：“择福莫若重，择祸莫若轻，福无所用轻，祸无所用重。晋国故有大耻，与其君臣不相听以为诸侯笑也，盍姑以违蛮夷为耻乎？”

栾武子不听，遂与荆人战于鄢陵，大胜之。于是乎君伐智而多力，怠教而重敛，大其私昵，杀三郤而尸诸朝[7]，纳其室以分妇人，于是乎国人弗蠲，遂杀诸翼[8]，葬之翼东门之外，以车一乘。厉公之所以死者[9]，唯无德而功烈多，服者众也。

【注 释】

① 韩之役：即秦、晋两国的韩原之战。② 惠公：即晋惠公。③ 邲：郑地。在今河南荥阳。邲之役：鲁宣公十二年(前597)，晋、楚大战于邲，晋军大败。为春秋时期著名战役之一。④ 箕：晋地。在今山西蒲城。箕之役：鲁僖公三十三年(前627)，晋、狄两国交战于箕。⑤ 先轸：即原轸。⑥ 蛮夷：指楚国。⑦ 三郤：郤锜、郤犨、郤至。⑧ 翼：晋国故都。在今山西翼城。⑨ 厉公：即晋厉公。

【导 读】

一场(或几场)战争的胜败对于一个国家来说是重要的，怎样面对或胜或败的局面，对统治者来说却是一个大问题。晋厉公就没有处理好这个大问题，鄢陵之战后，他与栾武子等人居功自傲，增加宠臣的俸禄，乱施杀罚。终于招致民众的不满，晋国也开始走下坡路。范文子看出了晋胜楚后国内必有内忧，这是一个有远见的人。

范文子论德为福之基

鄢陵之役，荆压晋军，军吏患之，将谋。范匄自公族趋过之[1]，曰："夷灶堙井，非退而何？"范文子执戈逐之，曰："国之存亡，天命也，童子何知焉？且不及而言，奸也，必为戮。"苗棼皇曰："善逃难哉！"既退荆师于鄢陵，将谷，范文子立于戎马之前，曰："君幼弱，诸臣不佞，吾何福以及此！吾闻之：'天道无亲，唯德是授。'吾庸知天之不授晋且以劝荆乎，君与二三臣其戒之！夫德，福之基也，无德而福隆，犹无基而厚墉也，其坏也无日矣。"

【注 释】

① 范匄(gài):范文子的儿子。

【导 读】

范文子继承了他父亲范武子的品行,不仅教子有方,而且还积极为国为君分忧。文子不愧是一位有德之士。

范文子论私难必作

反自鄢,范文子谓其宗、祝曰①:"君骄泰而有烈,夫以德胜者犹惧失之,而况骄泰乎?君多私,今以胜归,私必昭。昭私,难必作,吾恐及焉。凡吾宗、祝,为我祈死,先难为免。"七年夏②,范文子卒。冬,难作,始于三郤,卒于公③。

【注 释】

① 宗:宗人,掌家祭之礼。祝:家祝,祭祀时司告鬼神的人。② 七年:晋厉公七年(前574)。③ 公:晋厉公。

【导 读】

本文接续前两篇而写。范文子是一位富有忧患意识的贤臣,最后亦为忧患而死。

栾书发郤至之罪

既战,获王子发钩①。栾书谓王子发钩曰:"子告君曰:'郤至使人劝王战,及齐、鲁之未至也。且夫战也,微郤至,王必不免。'吾归子。"发钩告公,公告栾书,栾书曰:"臣固闻之,郤至欲为难,使苦成叔缓齐、鲁之师②,己劝君战,战败,将纳孙周③,事不成,故免楚王。然战而擅舍国君,而受其问,不亦大罪乎?且今君若使之于周,必见孙周。"公曰:"诺。"栾书使人谓孙周曰:"郤至将往,必见之!"郤至聘于周，公使觇之，见孙周。是故使胥之昧与夷阳午刺郤至、苦成叔及郤锜[4]，郤锜谓郤至曰："君不道于我，我欲以吾宗与吾党夹而攻之，虽死必败国，国败，君必危，其可乎？"郤至曰："不可。至闻之，武人不乱，智人不诈，仁人不党。夫利君之富，富以聚党，利党以危君，君之杀我也后矣。且众何罪，钧之死？不若听君之命。"是故皆自杀。既刺三郤，栾书杀厉公，乃纳孙周而立之，是为悼公。

【注 释】

① 发钩：名茷。楚公子。② 苦成叔：即郤犨。③ 孙周：即晋悼公，名周。襄公曾孙。④ 胥之昧：即胥童。与夷阳午等均为厉公宠臣。

【导 读】

本文主要记载栾书害郤至，弑晋厉公，立晋悼公的系列史实。反映了晋国内部错综复杂的矛盾和斗争。

长鱼蟜胁栾中行

长鱼蟜既杀三郤[1]，乃胁栾、中行而言于公曰[2]："不杀此二子者，忧必及君。"公曰："一旦而尸三卿，不可益也。"对曰："臣闻之，乱在内为轨，在外为奸，御轨以德，御奸以刑。今治政而内乱，不可谓德。除鲠而避强，不可谓刑。德刑不立，奸轨并至，臣脆弱，弗能忍俟也。"乃奔狄。三月[3]，厉公杀。

【注 释】

① 长鱼蟜：晋大夫。② 栾：栾书。中行：中行偃。③ 三月：过了三个月。晋厉公七年（前 574）十二月长鱼蟜逃奔狄国，当年闰十二月。晋厉公八年正月，厉公被弑。

【导 读】

本文记载长鱼蟜胁迫栾书和中行偃，事败，逃奔狄国避难的史实。

韩献子不从栾中行召

栾武子、中行献子围公于匠丽氏[1]，乃召韩献子[2]，献子辞曰："杀君以求威，非吾所能为也。威行为不仁，事废为不智，享一利亦得一恶，非所务也。昔者吾畜于赵氏[3]，孟姬之谗[4]，吾能违兵。人有言曰：'杀老牛莫之敢尸。'而况君乎？二三子不能事君，安用厥也？"中行偃欲伐之，栾书曰："不可。其身果而辞顺。顺无不行，果无不彻，犯顺不祥，伐果不克，夫以果戾顺行，民不犯也，吾虽欲攻之，其能乎！"乃止。

【注释】

① 匠丽氏：晋厉公的嬖臣，下大夫。② 韩献子：即韩厥。③ 赵氏：赵盾。④ 孟姬：赵朔之妻，晋景公的姐姐。孟姬之谗：晋景公十七年(前583)，孟姬向晋景公进谗言，导致赵同和赵括被杀。

【导读】

本文记载韩献子拒绝参与栾书、中行偃一伙的弑君行动，中行偃欲讨伐韩献子，被栾书回绝的史实。

卷十三　晋语　七

栾武子立悼公

既弑厉公，栾武子使知武子、彘恭子如周迎悼公[①]。庚午，大夫逆于清原[②]。公言于诸大夫曰："孤始愿不及此，孤之及此，天也。抑人之有元君，将禀命焉。若禀而弃之，是焚谷也；其禀而不材，是谷不成也。谷之不成，孤之咎也；成而焚之，二三子之虐也。孤欲长处其愿，出令将不敢不成，二三子为令之不从，故求元君而访焉。孤之不元，废也，其谁怨？元而以虐奉之，二三子之制也。若欲奉元以济大义，将在今日；若欲暴虐以离百姓，反易民常，亦在今日。图之进退，愿由今日。"大夫对曰："君镇抚群臣而大庇荫之，无乃不堪君训而陷于大戮，以烦刑史[③]，辱君之允令，敢不承业。"乃盟而入。

辛巳，朝于武宫[④]。定百事，立百官，育门子，选贤良，兴旧族，出滞赏，毕故刑，赦囚系，宥间罪，荐积德，逮鳏寡，振废淹，养老幼，恤孤疾。年过七十者，公亲见之，称曰王父，王父不敢不承。

【注 释】

① 知武子：即知䓨。彘恭子：即士鲂，士会之子，食邑在彘，谥号为恭，故称。② 清原：晋地。在今山西稷山县南。③ 刑：掌管刑法的官员。史：史官。④ 武宫：晋武公庙。

【导读】

本文记载栾武子立晋悼公的史实。悼公即位时年仅十四岁，但文中所记他的一番训话，及即位后的一系列举措，可以看出这是一位少年老成、很有才干的国君。本文的语言很有特点，个性化突出。末段主要以三言记事，言简意赅，比较有气势。

悼公即位

二月乙西，公即位。使吕宣子佐下军[①]，曰："邲之役，吕锜佐知庄子于上军[②]，获楚公子谷臣与连尹襄老[③]，以免子羽[④]。鄢之役，亲射楚王而败楚师，以定晋国而无后，其子孙不可不崇也。"使彘恭子将新军，曰："武子之季，文子之母弟也[⑤]。武子宣法以定晋国，至于今是用。文子勤身以定诸侯，至于今是赖。夫二子之德，其可忘乎！"故以彘季屏其宗[⑥]。使令狐文子佐之[⑦]，曰："昔克潞之役[⑧]，秦来图败晋功，魏颗以其身却退秦师于辅氏[⑨]，亲止杜回[⑩]，其勋铭于景钟[⑪]。至于今不育，其子不可不兴也。"

【注 释】

① 吕宣子：吕相。谥号为宣，故称。② 吕锜：吕宣子之父。知庄子：即荀首。食邑在知，故称。③ 谷臣：楚庄王之子。连尹：楚主射官员。襄老：楚臣。④ 子羽：即知罃，字子羽。知庄子之子。晋、楚邲之战，子羽被俘，晋则俘获谷臣，射死连尹襄老。未久，晋以谷臣和襄老尸体换回子羽。⑤ 武子：即范武子。文子：即范文子。⑥ 彘季：即彘恭子。⑦ 令狐：晋地。在今山西临猗。文子：魏颗的儿子魏颉。食邑在令狐，谥号为文，故称"令狐文子"。⑧ 潞：潞子国，赤狄别种。⑨ 魏颗：令狐文子之父。辅氏：晋地。在今陕西大荔。⑩ 杜回：秦国武士。⑪ 景钟：景公钟。一说大钟。

君知士贞子之帅志博闻而宣惠于教也[①]，使为太傅[②]。知右行辛之能以数宣物定功也[③]，使为司空[④]。知栾纠之能御以和于政也[⑤]，使为戎御。知荀宾之有力而不暴也[⑥]，使为戎右。

【注 释】

① 士贞子：即士渥浊。士穆子之子。② 太傅：辅导王子读书的官员。③ 右行辛：贾辛，晋大夫。④ 司空：掌管工程建造的官员。⑤ 栾纠：即弁纠。晋大夫。⑥ 荀宾：晋大夫。

栾伯请公族大夫①，公曰："荀家惇惠②，荀会文敏③，黡也果敢④，无忌镇静⑤，使兹四人者为之。夫膏粱之性难正也，故使惇惠者教之，使文敏者导之，使果敢者谂之，使镇静者修之。惇惠者教之，则遍而不倦；文敏者导之，则婉而入；果敢者谂之，则过不隐；镇静者修之，则壹。"使兹四人者为公族大夫。

【注 释】

① 公族大夫：掌管教育公族世卿子弟的官员。② 荀家：晋大夫。③ 荀会：荀家族人。④ 黡：即栾黡。⑤ 无忌：韩厥之子。

公知祁奚之果而不淫也①，使为元尉②。知羊舌职之聪敏肃给也③，使佐之。知魏绛之勇而不乱也④，使为元司马⑤。知张老之智而不诈也⑥，使为元候⑦。知铎遏寇之恭敬而信强也⑧，使为舆尉⑨。知籍偃之惇帅旧职而恭给也⑩，使为舆司马⑪。知程郑端而不淫⑫，且好谏而不隐也，使为赞仆⑬。

【注 释】

① 祁奚：字黄羊。晋大夫。② 元尉：中军尉。③ 羊舌职：晋大夫。④ 魏绛：晋大夫。魏颗弟。⑤ 元司马：中军司马。⑥ 张老：即张孟。晋大夫。⑦ 元候：掌管军中侦察谍报的官员。⑧ 铎遏寇：晋大夫。⑨ 舆尉：上军尉。⑩ 籍偃：即籍游。晋大夫。⑪ 舆司马：上军司马。⑫ 程郑：晋大夫。⑬ 赞仆：韦昭注："乘马御也，六驺属焉。"

【导 读】

本文记述了晋悼公即位后所施行的一系列治国之策。其中最突出的一点，就是他对功臣后代的提拔和对贤才的任用。这些举措，为悼公的称霸诸侯，打下了良好的基础。

悼公始合诸侯

始合诸侯于虚朾以救宋[①]，使张老延君誉于四方，且观道逆者。吕宣子卒[②]，公以赵文子为文也[③]，而能恤大事，使佐新军。三年[④]，公始合诸侯。四年，诸侯会于鸡丘[⑤]，于是乎布令、结援、修好、申盟而还。令狐文子卒[⑥]，公以魏绛为不犯，使佐新军。使张老为司马，使范献子为候奄[⑦]。公誉达于戎[⑧]。五年，诸戎来请服，使魏庄子盟之[⑨]，于是乎始复霸。

四年，会诸侯于鸡丘，魏绛为中军司马，公子扬干乱行于曲梁[⑩]，魏绛斩其仆。公谓羊舌赤曰[⑪]："寡人属诸侯，魏绛戮寡人之弟，为我勿失。"赤对曰："臣闻绛之志，有事不避难，有罪不避刑，其将来辞。"言终，魏绛至，授仆人书而伏剑。士鲂、张老交止之。仆人授公，公读书曰："臣诛于扬干，不忘其死。日，君乏使，使臣狃中军之司马。臣闻师众以顺为武，军事有死无犯为敬，君合诸侯，臣敢不敬，君不说，请死之。"公跣而出，曰："寡人之言，兄弟之礼也。子之诛，军旅之事也，请无重寡人之过。"反役，与之礼食，令之佐新军。

【注 释】

① 虚朾(chéng)：宋地。② 吕宣子：吕相。③ 赵文子：即赵武。④ 三年：晋悼公三年(前570)。⑤ 鸡丘：晋地。在今河北邯郸。⑥ 令狐文子：即魏颉。⑦ 范献子：即士富。范文子族弟。候奄：即元候，也称候正。⑧ 戎：古代对西部少数民族的统称。此特指近晋的戎族部落。⑨ 魏庄子：即魏绛。⑩ 扬干：悼公之弟。曲梁：晋地。在今河北邯郸东南。⑪ 羊舌赤：又称铜鞮伯华。羊舌职之子。

【导 读】

本文主要记载了晋悼公重新称霸诸侯的事实和经过。悼公整齐了内政，之后便聚集力量向外拓展，显示了悼公的治国有术和外交有方。说明国内政治安定，国力强盛，是多边外交的有力保障。另外，文中对悼公从善如流、虚心纳谏的品德，魏绛守正不阿、坚持己见的性格，亦有描述和表现。

祁奚荐子以自代

祁奚辞于军尉，公问焉，曰："孰可？"对曰："臣之子午可[①]。人有言曰：'择臣莫若君，择子莫若父。'午之少也，婉以从令，游有乡，处有所，好学而不戏。其壮也，强志而用命，守业而不淫。其冠也[②]，和安而好敬，柔惠小物，而镇定大事，有直质而无流心，非义不变，非上不举。若临大事，其可以贤于臣。臣请荐所能择而君比义焉。"公使祁午为军尉，没平公[③]，军无秕政。

【注释】

① 午：祁午。祁奚之子。② 冠：古代男子二十岁举行冠礼。③ 平公：即晋平公，名彪。公元前557年至前532年在位。

【导读】

本文记载的是人所共知的祁奚荐子的故事。这个故事历来被传为佳话，用以表彰那种知人善举、举贤不避亲的精神。

魏绛谏悼公伐诸戎

五年[①]，无终子嘉父使孟乐因魏庄子纳虎豹之皮以和诸戎[②]。公曰："戎、狄无亲而好得，不若伐之。"魏绛曰："劳师于戎，而失诸华[③]，虽有功，犹得兽而失人也，安用之？且夫戎、狄荐处，贵货而易土。与之货而获其土，其利一也；边鄙耕农不儆，其利二也；戎、狄事晋，四邻莫不震动，其利三也。君其图之！"公说，故使魏绛抚诸戎，于是乎遂伯。

【注释】

① 五年：晋悼公五年（前568）。② 无终：无终国，为戎族所建。嘉

父：无终国国君。孟乐：无终国大臣。魏庄子：即魏绛。③ 华：华夏。这里指位于中原地区的各诸侯国。

【导读】

本文记悼公采纳魏绛的建议，以德政怀柔戎族的史实，为研究春秋时期民族观、民族关系史提供了资料。

悼公使韩穆子掌公族大夫

韩献子老，使公族穆子受事于朝[①]。辞曰："厉公之乱[②]，无忌备公族，不能死。臣闻之曰：'无功庸者，不敢居高位。'今无忌，智不能匡君，使至于难，仁不能救，勇不能死，敢辱君朝以忝韩宗，请退也。"固辞不立。悼公闻之，曰："难虽不能死君而能让，不可不赏也。"使掌公族大夫。

【注释】

① 穆子：名无忌，韩厥之子。晋公族大夫。② 厉公之乱：指晋厉公八年（前573）栾书、中行偃弑厉公事件。

【导读】

本文记载悼公坚持任用贤才，用韩穆子掌公族大夫的史实。

悼公使魏绛佐新军

悼公使张老为卿[①]，辞曰："臣不如魏绛。夫绛之智能治大官，其仁可以利公室不忘，其勇不疚于刑，其学不废其先人之职。若在卿位，外内必平。且鸡丘之会[②]，其官不犯而辞顺，不可不赏也。"公五命之，固辞，乃使为司马。使魏绛佐新军。

【注释】

① 张老：即张孟。② 鸡丘之会：晋悼公四年（前569）悼公在鸡丘会

盟诸侯。

【导 读】

这是一篇让贤故事。张老五次让贤于魏绛，其品格确实值得我们学习。

悼公赐魏绛女乐歌钟

十二年[①]，公伐郑，军于萧鱼[②]。郑伯嘉来纳女、工、妾三十人[③]，女乐二八，歌钟二肆，及宝镈，辂车十五乘。公赐魏绛女乐一八，歌钟一肆，曰："子教寡人和诸戎、狄而正诸华，于今八年，七合诸侯，寡人无不得志，请与子共乐之。"魏绛辞曰："夫和戎、狄，臣之幸也。八年七合诸侯，君之灵也。二三子之劳也，臣焉得之？"公曰："微子，寡人无以待戎，无以济河，二三子何劳焉！子其受之。"君子曰："能志善也。"

【注 释】

① 十二年：晋悼公十二年（前561）。② 萧鱼：郑地。在今河南许昌。③ 郑伯：即郑简公，名嘉。工：乐师。

【导 读】

本文记载悼公赏赐魏绛女乐、歌钟，被魏绛拒绝的故事。反映了魏绛的谦让精神。

司马侯荐叔向

悼公与司马侯升台而望曰[①]："乐夫！"对曰："临下之乐则乐矣，德义之乐则未也。"公曰："何谓德义？"对曰："诸侯之为，日在君侧，以其善行，以其恶戒，可谓德义矣。"公曰："孰能？"对曰："羊舌肸习于春秋[②]。"乃召叔向使傅太子彪[③]。

【注 释】

① 司马侯：即汝叔齐。晋大夫。② 羊舌肸：即叔向。③ 太子彪：晋悼公太子，后来继位为晋平公。

【导 读】

本文记载了司马侯举荐叔向的史实。参读前述诸篇，可见当时的晋国，举荐贤才已成常例。

卷十四　晋语　八

阳毕教平公灭栾氏

平公六年[①]，箕遗及黄渊、嘉父作乱[②]，不克而死。公遂逐群贼，谓阳毕曰[③]："自穆侯以至于今[④]，乱兵不辍，民志不厌，祸败无已。离民且速寇，恐及吾身，若之何？"阳毕对曰："本根犹树，枝叶益长，本根益茂，是以难已也。今若大其柯，去其枝叶，绝其本根，可以少闲。"

【注 释】

① 平公六年：晋平公六年(前552)。② 箕遗、黄渊、嘉父：三人均为晋大夫，为栾盈党羽。③ 阳毕：晋大夫。④ 穆侯：曲沃桓叔的父亲。

公曰："子实图之。"阳毕曰："图在明训，明训在威权，威权在君。君抡贤人之后有常位于国者而立之，亦抡逞志亏君以乱国者之后而去之，是遂威而远权。民畏其威，而怀其德，莫能勿从。若从，则民心皆可畜。畜其心而知其欲恶，民孰偷生？若不偷生，则莫思乱矣。且夫栾氏之诬晋国久也，栾书实覆宗，杀厉公以厚其家，若灭栾氏，则民威矣。今吾若起瑕、原、韩、魏之后而赏立之[①]，则民怀矣。威与怀各当其所，则国安矣，君治而国安，欲作乱者谁与？"

君曰："栾书立吾先君[②]，栾盈不获罪[③]，如何？"阳毕曰："夫正国者，不可以昵于权，行权不可以隐于私。昵于权，则民不导；行权隐于私，则政不行。政不行，何以导民？民之不导，亦无君矣，则其为昵与隐也，复产害矣，且勤君身。君其图之。若爱栾盈，则明逐群贼，而以国伦数而遣之，厚戒箴国以待之。彼若求逞志而报于君，罪孰大焉，灭之犹少。彼若不敢而远逃，乃厚其外交而勉之，以报其德，不亦可乎？”

公许诺，尽逐群贼而使祁午及阳毕适曲沃逐栾盈，栾盈出奔楚。遂令于国人曰：“自文公以来有力于先君而子孙不育者，将授立之，得之者赏。”居二年，栾盈昼入，为贼于绛[④]。范宣子以公入于襄公之宫[⑤]，栾盈不克，出奔曲沃，遂刺栾盈，灭栾氏。是以没平公之身无内乱也。

【注 释】

① 瑕：瑕嘉。原：原轸。韩：韩万。魏：毕万。四人皆有功于晋。② 先君：指悼公。③ 栾盈：即栾怀子。栾黡之子，栾书之孙。④ 绛：晋都。⑤ 范宣子：即范匄。

【导 读】

本文记叙了晋平公即位后铲除栾氏的经过。在铲除栾氏和安定国内局势的过程中，阳毕出谋划策，体现了一位政治家的成熟和老练，特别是他对平公的劝谏，比喻得当，道理深刻，令人折服。

辛俞从栾氏出奔

栾怀子之出[①]，执政使栾子之臣勿从[②]，从栾氏者为大戮施。栾氏之臣辛俞行[③]，吏执而献之公。公曰：“国有大令，何故犯之？”对曰：“臣顺之也，岂敢犯之？执政曰‘无从栾氏而从君’，是明令必从君也。臣闻之曰：‘三世仕家，君之；再世以下，主之。’事君以死，事主以勤，君之明令也。自臣之祖，以无大援于晋国，世隶栾氏，于今三世矣，臣故不敢不君。今执政曰‘不从君者为大戮’，臣敢忘其死而叛其君，以烦司寇。”公说，固止之，不可，厚赂之，辞曰：“臣尝陈辞矣，心以守志，辞以行之，所以事君也。若受君赐，是堕其前言。君问而陈辞，未退而逆之，何以事君？”君知其不可得也，乃遣之。

【注 释】

① 栾怀子：即栾盈。② 执政：指正卿范宣子。③ 辛俞：栾盈家臣。

【导 读】

辛俞随从栾氏逃往楚国，途中被捉。面对国君的审问，他应对自如，阐述了自我意识中的忠君概念，最后终于打动了国君，使自己得到了赦免。本文塑造了这位地位卑微的家臣的智慧和机警。

叔向母谓羊舌氏必灭

叔鱼生[①]，其母视之，曰："是虎目而豕喙，鸢肩而牛腹，溪壑可盈，是不可餍也，必以贿死。"遂弗视。扬食我生[②]，叔向之母闻之，往，及堂，闻其号也，乃还，曰："其声，豺狼之声，终灭羊舌氏之宗者，必是子也。"

【注 释】

① 叔鱼：即羊舌鲋，叔向之弟。晋大夫。② 扬食我：名伯石。叔向之子。叔向封邑在扬，故子孙以"扬"为氏。

【导 读】

本文记载了有关相面的两个小故事，为《国语》中的糟粕内容。

叔孙穆子论死而不朽

鲁襄公使叔孙穆子来聘[①]，范宣子问焉，曰："人有言曰'死而不朽'，何谓也？"穆子未对。宣子曰："昔匄之祖[②]，自虞以上为陶唐氏[③]，在夏为御龙氏[④]，在商为豕韦氏，在周为唐、杜氏[⑤]。周卑，晋继之，为范氏，其此之谓也？"对曰："以豹所闻，此之谓世禄，非不朽也。鲁先大夫臧文仲[⑥]，其身殁矣，其言立于后世，此之谓死而不朽。"

【注 释】

① 叔孙穆子：名豹，鲁卿。② 匄：即范匄。③ 虞：即虞舜。陶唐氏：即帝尧。④ 御龙氏：即刘累，陶唐氏之后。夏代时以豢龙事孔甲，孔甲赐其为"御龙氏"，亦称豢龙氏。⑤ 唐、杜：二国名。豕韦氏商末改国

号为唐。周成王灭唐，迁唐至杜，谓之杜伯。⑥ 臧文仲：鲁卿。

【导 读】

本文记述了成语“死而不朽”的来历，并对它的含义进行了解释，且有所引申。这是一篇很有价值的文献，无论就其内容，还是就其形式来说，都是如此。

范宣子与和大夫争田

范宣子与和大夫争田①，久而无成。宣子欲攻之，问于伯华②。伯华曰：“外有军，内有事。赤也，外事也，不敢侵官。且吾子之心有出焉，可征讯也。”问于孙林甫③，孙林甫曰：“旅人，所以事子也，唯事是待。”问于张老，张老曰：“老也以军事承子，非戎，则非吾所知也。”问于祁奚，祁奚曰：“公族之不恭，公室之有回，内事之邪，大夫之贪，是吾罪也。若以军官从子之私，惧子之应且憎也。”问于籍偃④，籍偃曰：“偃也以斧钺从于张孟，曰听命焉，若夫子之命也，何二之有？释夫子而举，是反吾子也。”问于叔鱼，叔鱼曰：“待吾为子戮之。”

叔向闻之，见宣子曰：“闻子与和未宁，遍问于大夫，又无决，盍访之訾祏⑤？訾祏实直而博，直能端辨之，博能上下比之，且吾子之家老也。吾闻国家有大事，必顺于典刑，而访谘于耇老，而后行之。”司马侯见⑥，曰：“吾闻子有和之怒，吾以为不信。诸侯皆有二心，是之不忧，而怒和大夫，非子之任也。”祁午见，曰：“晋为诸侯盟主，子为正卿，若能靖端诸侯，使服听命于晋，晋国其谁不为子从，何必和？盍密和，和大以平小乎！”

【注 释】

① 和：晋邑。和大夫，晋国和邑的大夫。② 伯华：即羊舌赤。③ 孙林甫：即孙文子。原为卫大夫，后逃至晋。④ 籍偃：即籍游。⑤ 訾祏（zī shí）：范宣子家臣。⑥ 司马侯：即汝叔齐。

宣子问于訾祏，訾祏对曰："昔隰叔子违周难于晋国[①]，生子舆为理[②]，以正于朝，朝无奸官；为司空，以正于国，国无败绩。世及武子[③]，佐文、襄为诸侯[④]，诸侯无二心。及为卿，以辅成、景[⑤]，军无败政。及为成师[⑥]，居太傅，端刑法，辑训典，国无奸民，后之人可则，是以受随、范[⑦]。及文子成晋、荆之盟[⑧]，丰兄弟之国，使无有间隙，是以受郇、栎[⑨]。今吾子嗣位，于朝无奸行，于国无邪民，于是无四方之患，而无外内之忧，赖三子之功而飨其禄位。今既无事矣，而非和，于是加宠，将何治为？"宣子说，乃益和田而与之和。

【注 释】

① 隰叔子：杜伯之子。周宣王杀杜伯，隰叔子避难至晋。② 子舆：即士蒍。③ 武子：即范武子。④ 文、襄：晋文公、晋襄公。⑤ 成、景：晋成公、晋景公。⑥ 成：当为"景"。⑦ 随、范：晋邑。士会的封邑。⑧ 文子：范文子。晋、荆之盟：晋厉公二年(前579)，晋遣范文子至宋西门之外与楚结盟。⑨ 郇、栎(lì)：晋邑。范文子封邑。

【导 读】

本文记载范宣子与和大夫争田界，后在家臣的劝谏下终于言归于好的史实。文中语言富有个性，人物描写精细，出场的各位人物都给人留下了深刻印象。本文对研究春秋时期贵族间的矛盾，及其对土地的争夺，有比较重要的参考价值。

訾祏死范宣子勉范献子

訾祏死，范宣子谓献子曰[①]："鞅乎！昔者吾有訾祏也，吾朝夕顾焉，以相晋国，且为吾家。今吾观女也，专则不能，谋则无与，将若之何？"对曰："鞅也，居处恭，不敢安易，敬学而好仁，和于政而好其道，谋于众不以贾好，私志虽衷，不敢谓是也，必长者之由。"宣子曰："可以免身。"

【注 释】

① 献子：姓范名鞅。范宣子之子。

【导读】

本文记载范宣子教子以谦恭的故事。这是其家族传统的教子内容。

师旷论乐

平公说新声[①],师旷曰[②]:"公室其将卑乎!君之明兆于衰矣。夫乐以开山川之风也,以耀德于广远也。风德以广之,风山川以远之,风物以听之,修诗以咏之,修礼以节之。夫德广远而有时节,是以远服而迩不迁。"

【注释】

① 平公:即晋平公。说:通"悦",喜欢。新声:指卫灵公的乐师涓为平公演奏的音乐。卫灵公将到晋国,路过濮水,听到一种很悲哀的琴声,便让乐师涓用琴学着弹奏。抵晋,为平公演奏,平公很喜欢。一说新声是不符合礼乐规范的音乐。② 师旷:名旷,字子野。晋乐师。

【导读】

师旷音乐素养颇高,为中国古代著名乐师,他能听音以知政。本文记载师旷听到晋平公欣赏的音乐后,便断定它是衰亡之音,并就此阐述了音乐的作用。

叔向谏杀竖襄

平公射鴳[①],不死,使竖襄搏之[②],失。公怒,拘将杀之。叔向闻之,夕,君告之。叔向曰:"君必杀之。昔吾先君唐叔射兕于徒林[③],殪,以为大甲,以封于晋。今君嗣吾先君唐叔,射鴳不死,搏之不得,是扬吾君之耻者也。君其必速杀之,勿令远闻。"君忸怩,乃趣赦之。

【注释】

① 鴳(yàn):一种小鸟。② 竖:宫中小臣。襄:小臣名。③ 兕(sì):犀牛。徒林:晋丛林名。

【导读】

晋平公让竖襄去抓一只受伤的小鸟，没有抓到，他便要杀死竖襄。叔向巧妙地用反语点明了杀害小臣的害处，平公才罢手。反映了叔向谏言的高明。

叔向论比而不别

叔向见司马侯之子[①]，抚而泣之，曰："自此其父之死，吾蔑与比而事君矣！昔者此其父始之，我终之；我始之，夫子终之，无不可。"籍偃在侧，曰："君子有比乎？"叔向曰："君子比而不别。比德以赞事，比也；引党以封己，利己而忘君，别也。"

【注释】

① 司马侯：即汝叔齐。

【导读】

此文系叔向对"比而不别"一词的解释。在叔向看来，真正有道德的人只讲团结，而不结党营私。

叔向与子朱不心竞而力争

秦景公使其弟鍼来求成[①]，叔向命召行人子员[②]。行人子朱曰[③]："朱也在此。"叔向曰："召子员。"子朱曰："朱也当御。"叔向曰："肸也欲子员之对客也[④]。"子朱怒曰："皆君之臣也，班爵同，何以黜朱也？"抚剑就之。叔向曰："秦、晋不和久矣，今日之事幸而集，子孙飨之。不集，三军之士暴骨。夫子员导宾主之言无私，子常易之。奸以事君者，吾所能御也。"拂衣从之，人救之。平公闻之曰[⑤]："晋其庶乎！吾臣之所争者大。"师旷侍，曰："公室惧卑，其臣不心竞而力争。"

【注释】

① 秦景公：秦国国君。公元前 576 年至前 537 年在位。鍼(qián)：

又称伯车，景公弟。② 行人：外交官员。子员：晋外交官员。③ 子朱：晋外交官员。④ 肸：叔向的名字。⑤ 平公：即晋平公。

【导读】

文章记载了叔向和子朱当庭武斗的故事，表面上反映的是二人争胜，实际上暗示的是固有礼仪制度的式微。只可惜平公没有师旷高明，没有看出问题的实质之所在。

叔向论忠信

诸侯之大夫盟于宋，楚令尹子木欲袭晋军[1]，曰："若尽晋师而杀赵武[2]，则晋可弱也。"文子闻之[3]，谓叔向曰："若之何？"叔向曰："子何患焉？忠不可暴，信不可犯，忠自中，而信自身，其为德也深矣，其为本也固矣，故不可捐也。今我以忠谋诸侯，而以信覆之，荆之逆诸侯也亦云，是以在此。若袭我，是自背其信而塞其忠也。信反必斃，忠塞无用，安能害我？且夫合诸侯以为不信，诸侯何望焉？为此行也，荆败我，诸侯必叛之，子何爱于死？死而可以固晋国之盟主，何惧焉？"是行也，以藩为军，攀辇即利而舍，候遮扞卫不行，楚人不敢谋，畏晋之信也。自是没平公无楚患。

【注释】

① 子木：名建。楚国执政大臣。② 赵武：即赵文子，晋国执政大臣。③ 文子：即赵武。

【导读】

晋平公十二年（前 546），诸侯国盟会于宋时，楚欲偷袭晋，晋老臣叔向主张以忠信应对，结果"楚人不敢谋"，晋终于去掉了"楚患"。这是当时诸侯国间斗智斗勇的一个缩影。

叔向论务德

宋之盟[1]，楚人固请先歃[2]。叔向谓赵文子曰："夫霸王之势，在德不在先歃，子若能以忠信赞君，而裨诸侯之阙，歃虽在后，诸侯将载之，何争于先？若违于德而以贿成事，今虽先歃，诸侯将弃之，何欲于先？昔成王盟诸侯于岐阳[3]，楚为荆蛮，置茅蕝[4]，设望表[5]，与鲜卑守燎[6]，故不与盟。今将与狎主诸侯之盟，唯有德也。子务德无争先，务德，所以服楚也。”乃先楚人。

【注释】

① 宋之盟：参见前篇导读。② 歃（shà）：歃血，古时会盟，双方口含牲畜之血或以血涂口旁，表示信誓。③ 成王：即周成王。岐阳：岐山南边。④ 茅蕝（jué）：滤酒用的茅束。⑤ 望表：祭祀山川时所立的木质牌位。⑥ 鲜卑：古代东北及北方地区的一个少数民族。燎：庭燎，庭院中点燃的薪柴。

【导读】

本文背景与前篇相同。在宋国的盟会上，叔向劝阻赵文子不必跟楚国争先歃血，而要以德来压服楚国。可见诸侯国间的明争暗斗无处不在。

赵文子请免叔孙穆子

虢之会[1]，鲁人食言[2]，楚令尹围将以鲁叔孙穆子为戮[3]，乐王鲋求货焉[4]，弗予。赵文子谓叔孙曰：“夫楚令尹有欲于楚，少懦于诸侯。诸侯之故，求治之，不求致也。其为人也，刚而尚宠，若及，必弗避也。子盍逃之？不幸，必及于子。”对曰：“豹也受命于君[5]，以从诸侯之盟，为社稷也。若鲁有罪，而受盟者逃，鲁必不免，是吾出而危之也。若为诸侯戮者，鲁诛尽矣，必不加师，请为戮也。夫戮出于身实难，自他及之何害？苟可以安君利国，美恶一也。”

文子将请之于楚，乐王鲋曰：“诸侯有盟未退，而鲁背之，安用齐盟？纵不能讨，又免其受盟者，晋何以为盟主矣？必杀叔孙豹。”文子曰：“有人不难以死安利其国，可无爱乎！若皆恤国如是，则大不丧威，而小不见陵矣。若是道也果，可以教训，何败国之有！吾闻之曰：‘善人在患，弗救不祥；恶人在位，弗去亦不祥。'必免叔孙。"固请于楚而免之。

【注释】

① 虢之会：晋平公十七年(前541)，诸侯国会盟于虢，重温宋之盟，再次提出应停止战争。② 鲁人食言：指鲁违背盟约，会未及散，季武子便攻伐莒，莒向盟会告状。③ 令尹围：楚恭王之子。叔孙穆子：即叔孙豹。④ 乐王鲋：即乐桓子，晋大夫。⑤ 豹：即叔孙豹。

【导读】

晋平公十七年，正当诸侯盟会于虢时，鲁却违背誓约，公然征伐小国。楚国要杀掉与会的鲁使叔孙穆子，本文所记即是当时对是否杀掉鲁使的争论。文中的鲁使是一位有责任感的忠臣，赵文子则是一个有正义感的人。文中以这两个人物的正面形象来突出令尹围和乐王鲋的负面形象，读后令人印象深刻。

赵文子为室

赵文子为室，斫其椽而砻之，张老夕焉而见之，不谒而归。文子闻之，驾而往，曰："吾不善，子亦告我，何其速也？"对曰："天子之室，斫其椽而砻之，加密石焉[①]；诸侯砻之；大夫斫之；士首之。备其物，义也；从其等，礼也。今子贵而忘义，富而忘礼，吾惧不免，何敢以告。"文子归，令之勿砻也。匠人请皆斫之，文子曰："止。为后世之见之也，其斫者，仁者之为也，其砻者，不仁者之为也。"

【注释】

① 密石：光滑细密的磨石。

【导读】

本文记载张老指出赵文子建房违礼的史实，从而表现了文子谦虚谨慎的处事态度。

赵文子称贤随武子

赵文子与叔向游于九京[1]，曰："死者若可作也，吾谁与归?"叔向曰："其阳子乎[2]!"文子曰："夫阳子行廉直于晋国，不免其身，其知不足称也。"叔向曰："其舅犯乎!"文子曰："舅犯见利不顾其君，其仁不足称也。其随武子乎[3]！纳谏不忘其师，言身不失其友，事君不援而进，不阿而退。"

【注 释】

① 九京：京当为"原"。晋墓地所在。② 阳子：即阳处父。③ 随武子：即范武子。武子有封邑在随，故称。

【导 读】

本文记载赵文子对范武子等的品评，言简意赅，反映了文子自己对为臣之道的看法和主张。

秦后子谓赵孟将死

秦后子来奔[1]，赵文子见之，问曰："秦君道乎[2]?"对曰："不识。"文子曰："公子辱于敝邑，必避不道也。"对曰："有焉。"文子曰："犹可以久乎?"对曰："鍼闻之，国无道而年谷和熟，鲜不五稔。"文子视日曰："朝夕不相及，谁能俟五!"文子出，后子谓其徒曰："赵孟将死矣[3]！夫君子宽惠以恤后，犹恐不济。今赵孟相晋国，以主诸侯之盟，思长世之德，历远年之数，犹惧不终其身；今忨日而激岁，怠偷甚矣，非死逮之，必有大咎。"冬，赵文子卒。

【注 释】

① 秦后子：名鍼，秦景公之弟，晋平公十七年(前 541)避害至晋。② 秦君：秦景公。③ 赵孟：即赵文子。

【导读】

本文记载秦后子根据赵孟懈怠苟且的工作态度，断定他死期将至的故事。

医和视疾

平公有疾[1]，秦景公使医和视之[2]，出曰："疾不可为也。是谓远男而近女，惑以生蛊；非鬼非食，惑以丧志。良臣不生，天命不佑。若君不死，必失诸侯。"赵文子闻之曰："武从二三子以佐君为诸侯盟主[3]，于今八年矣，内无苛慝，诸侯不二，子胡曰'良臣不生，天命不佑'？"对曰："自今之谓。和闻之曰：'直不辅曲，明不规暗，拱木不生危，松柏不生埤。'吾子不能谏惑，使至于生疾，又不自退而宠其政，八年之谓多矣，何以能久！"文子曰："医及国家乎？"对曰："上医医国，其次疾人，固医官也。"文子曰："子称蛊，何实生之？"对曰："蛊之慝，谷之飞实生之。物莫伏于蛊，莫嘉于谷，谷兴蛊伏而章明者也。故食谷者，昼选男德以象谷明，宵静女德以伏蛊慝，今君一之，是不飨谷而食蛊也，是不昭谷明而皿蛊也。夫文，'虫''皿'为'蛊'，吾是以云。"文子曰："君其几何？"对曰："若诸侯服不过三年，不服不过十年，过是，晋之殃也。"是岁也，赵文子卒，诸侯叛晋。十年，平公薨。

【注释】

① 平公：即晋平公。② 医和：秦医，名和。视：诊断。③ 武：赵文子。

【导读】

本文通过秦医为平公诊病的史事，暴露了平公荒淫糜烂的生活，揭露了统治阶级的腐朽。

叔向均秦楚二公子之禄

秦后子来仕，其车千乘。楚公子干来仕[1]，其车五乘。叔向为太傅，实赋禄，韩宣子问二公子之禄焉[②]，对曰："大国之卿，一旅之田[③]。上大夫，一卒之田[④]。夫二公子者，上大夫也，皆一卒可也。"宣子曰："秦公子富，若之何其钧之？"对曰："夫爵以建事，禄以食爵，德以赋之，功庸以称之，若何其以富赋禄也！夫绛之富商[⑤]，韦藩木楗以过于朝[⑥]，唯其功庸少也，而能金玉其车，文错其服，能行诸侯之贿，而无寻尺之禄，无大绩于民故也。且秦、楚匹也，若之何其回于富也。"乃均其禄。

【注 释】

① 公子干：名比，亦称公子比，楚恭王庶子。晋平公十七年（前541），楚公子围杀楚王郏敖，公子干逃奔至晋。② 韩宣子：韩起，接任范文子为晋正卿。③ 一旅之田：五百顷。④ 一卒之田：一百顷。⑤ 绛：晋都。⑥ 韦藩：皮革做的短衣。木楗：即木檐，扁担。

【导 读】

本文记载叔向为秦、楚二公子均俸禄的故事，表现了叔向为官奉法的精神。

郑子产来聘

郑简公使公孙成子来聘[①]，平公有疾，韩宣子赞授客馆。客问君疾，对曰："寡君之疾久矣，上下神祇不遍谕也，而无除。今梦黄熊入于寝门，不知人杀乎，抑厉鬼邪！"子产曰："以君之明，子为大政，其何厉之有？侨闻之，昔者鲧违帝命[②]，殛之于羽山[③]，化为黄熊，以入于羽渊[④]，实为夏郊[⑤]，三代举之[⑥]。夫鬼神之所及，非其族类，则绍其同位，是故天子祀上帝，公侯祀百辟，自卿以下不过其族。今周室少卑，晋实继之，其或者未举夏郊邪？"宣子以告，祀夏郊，董伯为尸[⑦]，五日，公见子产[⑧]，赐之莒鼎。

【注 释】

① 郑简公：郑国国君，名嘉，郑僖公之子。公元前565年至前530年在位。公孙成子：即子产，名侨。郑国卿士。② 鲧：禹父。③ 羽山：舜

诛鲧处。在今山东郯城东北。④ 羽渊：羽山下的深潭。⑤ 郊：郊祀。⑥ 三代：夏、商、周。⑦ 董伯：晋大夫。⑧ 公：晋平公。

【导读】

郑子产出使晋国，用解梦的方法医好了晋平公的病患。文中所记就是子产的解梦之言。以解梦医病固然荒诞，但子产所论，倒包含有比较丰富的历史信息，有裨于我们研究上古时期的史事。

叔向论忧贫

叔向见韩宣子，宣子忧贫，叔向贺之，宣子曰："吾有卿之名，而无其实，无以从二三子，吾是以忧，子贺我，何故？"对曰："昔栾武子无一卒之田①，其官不备其宗器②，宣其德行，顺其宪则，使越于诸侯，诸侯亲之，戎、狄怀之，以正晋国，行刑不疚，以免于难。及桓子骄泰奢侈③，贪欲无艺，略则行志，假贷居贿，宜及于难，而赖武之德④，以没其身。及怀子改桓之行⑤，而修武之德，可以免于难，而离桓之罪，以亡于楚。夫郤昭子⑥，其富半公室，其家半三军，恃其富宠，以泰于国，其身尸于朝，其宗灭于绛。不然，夫八郤，五大夫三卿，其宠大矣，一朝而灭，莫之哀也，唯无德也。今吾子有栾武子之贫，吾以为能其德矣，是以贺。若不忧德之不建，而患货之不足，将吊不暇，何贺之有？"宣子拜，稽首焉，曰："起也将亡⑦，赖子存之，非起也敢专承之，其自桓叔以下嘉吾子之赐⑧。"

【注释】

① 栾武子：即栾书。② 宗器：祭祀用礼器。③ 桓子：即栾桓子。④ 武：栾武子。⑤ 怀子：栾怀子。桓：栾桓子。⑥ 郤昭子：即郤至。⑦ 起：韩起。⑧ 桓叔：名成师，号桓叔，晋穆公之子。封地在曲沃，亦称曲沃桓叔。桓叔子名万，封地在韩，亦称韩万。所以韩宣子尊桓叔为韩氏之祖。

【导读】

本文通过叔向之口，论述了德行与贫富的关系。叔向认为，无德而有富，必致大患；有德而无富，则可以转祸为福。叔向的论述很有道理。本文的语言运用也很有特点，言辞凝练，叙事清楚，例证丰富，警示性强。全文层次分明，结构紧凑，所以受到后人的重视，《古文观止》即收录了此文。

卷十五　晋语　九

叔向论三奸同罪

士景伯如楚[1]，叔鱼为赞理。邢侯与雍子争田[2]，雍子纳其女于叔鱼以求直。及蔽狱之日，叔鱼抑邢侯，邢侯杀叔鱼与雍子于朝。韩宣子患之，叔向曰："三奸同罪，请杀其生者而戮其死者。"宣子曰："若何？"对曰："鲋也鬻狱[3]，雍子贾之以其子，邢侯非其官也而干之。夫以回鬻国之中，与绝亲以买直，与非司寇而擅杀，其罪一也。"邢侯闻之，逃。遂施邢侯氏，而尸叔鱼与雍子于市。

【注 释】

① 士景伯：又称士弥牟，晋主管刑法的官员。② 邢侯：晋大夫。雍子：晋大夫。③ 鲋：羊舌鲋。

【导 读】

本文记载了一个公案的判决，叔鱼、雍子、邢侯各以其行贿罪和受贿罪受到了惩处。古人把行贿者和受贿罪视为同罪，反映了古法的严明，很值得我们借鉴。

中行穆子围鼓

中行穆子帅师伐狄[1]，围鼓[2]。鼓人或请以城叛，穆子不受，军吏曰："可无劳师而得城，子何不为？"穆子曰："非事君之礼也。夫以城来者，必将求利于我。夫守而二心，奸之大者也；赏善罚奸，国之宪法也。许而弗予，失吾信也；若其予之，赏大奸也。奸而盈禄，善将若何？且夫狄之憾者以城来盈愿，晋岂其无？是我以鼓教吾边鄙贰也。夫事君者，量力而进，不能则退，不以安贾贰。”令军吏呼城，儆将攻之，未傅而鼓降。中行伯既克鼓，以鼓子苑支来[3]。令鼓人各复其所，非僚勿从。

鼓子之臣曰夙沙厘[4]，以其孥行，军吏执之，辞曰：“我君是事，非事土也。名曰君臣，岂曰土臣？今君实迁，臣何赖于鼓？”穆子召之，曰：“鼓有君矣[5]，尔止事君，吾定而禄爵。”对曰：“臣委质于狄之鼓，未委质于晋之鼓也。臣闻之，委质为臣，无有二心。委质而策死，古之法也。君有烈名，臣无叛质。敢即私利以烦司寇而乱旧法，其若不虞何！”穆子叹而谓其左右曰：“吾何德之务而有是臣也？”乃使行。既献，言于公[6]，与鼓子田于河阴[7]，使夙沙厘相之。

【注释】

① 中行穆子：名荀吴，又称中行伯，谥号为穆，故名。时任晋卿。狄：这里指由白狄族所建立的鲜虞国。② 鼓：白狄别种所建的小国。③ 苑支：鼓国国君。④ 夙沙厘：鼓国大臣。⑤ 君：鼓国新君涉佗。⑥ 公：晋顷公，名去疾。公元前 525 年至前 512 年在位。⑦ 河阴：指晋黄河以南地。

【导读】

本文记载了晋顷公六年（前 520）晋征狄的史实。以较细腻的笔触塑造了中行穆子忠于国事，作风正派，不肯拿国家的利益收买叛徒，以及他嫉恶如仇、深爱忠良的形象。

范献子戒人以学

范献子聘于鲁[1]，问具山、敖山[2]，鲁人以其乡对。献子曰：“不为具、敖乎？”对曰：“先君献、武之讳也[3]。”献子归，遍戒其所知曰：“人不可以不学。吾适鲁而名其二讳，为笑焉，唯不学也。人之有学也，犹木之有枝叶也。木有枝叶，犹庇荫人，而况君子之学乎？”

【注 释】

① 范献子:即范鞅。② 具山、敖山:均在鲁国。③ 献、武之讳:鲁献公名具,鲁武公名敖。

【导 读】

由犯讳而想到学习的重要性,范献子的自我反省精神值得学习。

董叔将娶于范氏

董叔将娶于范氏[①],叔向曰:"范氏富,盍已乎!"曰:"欲为系援焉。"他日,董祁愬于范献子曰[②]:"不吾敬也。"献子执而纺于庭之槐,叔向过之,曰:"子盍为我请乎?"叔向曰:"求系,既系矣;求援,既援矣。欲而得之,又何请焉?"

【注 释】

① 董叔:晋大夫。范氏:名祁,范宣子之女,范献子之妹。② 董祁:董叔之妻,范宣子之女祁。因嫁董叔,故称。

【导 读】

本文类似于小品,描写董叔攀附范氏女反受其苦的故事,讽刺了董叔动机不纯的婚姻观。

赵简子欲有斗臣

赵简子曰[①]:"鲁孟献子有斗臣五人[②]。我无一,何也?"叔向曰:"子不欲也。若欲之,肸也待交捽可也[③]。"

【注 释】

① 赵简子:即赵鞅。② 孟献子:即仲孙蔑。③ 肸:叔向之名。

【导 读】

这篇小文记载了赵简子对武士的渴望。

阎没叔宽谏魏献子

梗阳人有狱[①]，将不胜，请纳赂于魏献子[②]，献子将许之。阎没谓叔宽曰[③]："与子谏乎！吾主以不贿闻于诸侯，今以梗阳之贿殃之，不可。"二人朝，而不退。献子将食，问谁于庭，曰："阎明、叔褒在。"召之，使佐食。比已食，三叹。既饱，献子问焉，曰："人有言曰：'唯食可以忘忧。'吾子一食之间而三叹，何也？"同辞对曰："吾小人也，贪。馈之始至，惧其不足，故叹。中食而自咎也，曰：'岂主之食而有不足？'是以再叹。主之既已食，愿以小人之腹，为君子之心，属餍而已，是以三叹。"献子曰："善。"乃辞梗阳人。

【注 释】

① 梗阳：魏氏封邑。在今山西清源。② 魏献子：名舒，晋之正卿。③ 阎没：名明，晋大夫。叔宽：名褒，晋大夫。

【导 读】

本文记载了阎没、叔宽巧言劝谏的故事，褒扬了劝谏者的聪明和被劝谏者的从善如流。文中用浓妆淡抹的手法，寓严肃于幽默之中，文笔清新隽永，读来妙趣横生。

董安于辞赵简子赏

下邑之役[①]，董安于多[②]。赵简子赏之，辞。固赏之，对曰："方臣之少也，进秉笔，赞为名命，称于前世，义于诸侯，而主弗志。及臣之壮也，耆其股肱以从司马，苛慝不产[③]。及臣之长也，端委韠带以随宰人[④]，民无二心。今臣一旦为狂疾，而曰'必赏女'，是以狂疾赏也，不如亡！"趋而出，乃释之。

【注 释】

① 下邑：晋地。在今山西太原南晋源区。下邑之役：指晋定公十五年(前 497)赵简子杀赵午，午舅荀寅作乱，简子出奔至晋阳，董安于力战，解简子之围。② 董安于：赵简子家臣。③ 苛慝(tè)：暴虐邪恶。④ 端：玄端，黑赤色礼服。委：委貌，礼帽。韠(bì)：皮制蔽膝。宰人：掌管王室内外事物的官员。卿大夫总管家务的家臣，亦称宰人。

【导 读】

本文记载的是董安于辞谢赵简子奖赏的故事，他对比了自己现在与过去的功劳，认为现在的功劳比不上青壮年时期的功劳，故坚辞不受，简子只好作罢。董安于实际上是在委婉地批评简子对其过去功劳的熟视无睹。

赵简子以晋阳为保障

赵简子使尹铎为晋阳[①]。请曰："以为茧丝乎？抑为保障乎？"简子曰："保障哉！"尹铎损其户数。简子诫襄子曰[②]："晋国有难，而无以尹铎为少，无以晋阳为远，必以为归。"

【注 释】

① 尹铎：赵简子家臣。晋阳：赵简子封邑。② 襄子：名无恤，又称赵襄子，赵简子之子。

【导 读】

本文记载尹铎为政晋阳的目的，是为了使其地成为简子的根据地，说明尹铎是一位有政治眼光的家臣。

邮无正谏赵简子勿杀尹铎

赵简子使尹铎为晋阳，曰："必堕其垒培。吾将往焉，若见垒培，是见寅与吉射也[①]。"尹铎往而增之。简子如晋阳，见垒，怒曰："必杀铎也而后人。”大夫辞之，不可，曰：“是昭余仇也。”邮无正进[②]，曰：“昔先主文子少衅于难[③]，从姬氏于公宫[④]，有孝德以出在公族[⑤]，有恭德以升在位，有武德以羞为正卿，有温德以成其名誉。失赵氏之典刑，而去其师保[⑥]，基于其身，以克复其所。及景子长于公宫[⑦]，未及教训而嗣立矣，亦能纂修其身以受先业，无谤于国，顺德以学子，择言以教子，择师保以相子。今吾子嗣位，有文之典刑[⑧]，有景之教训[⑨]，重之以师保，加之以父兄，子皆疏之，以及此难。夫尹铎曰：‘思乐而喜，思难而惧，人之道也。委土可以为师保，吾何为不增？’是以修之，庶曰可以鉴而鸠赵宗乎！若罚之，是罚善也。罚善必赏恶。臣何望矣！”简子说，曰：“微子，吾几不为人矣！”以免难之赏赏尹铎。初，伯乐与尹铎有怨[⑩]，以其赏如伯乐氏，曰：“子免吾死，敢不归禄。”辞曰：“吾为主图，非为子也。怨若怨焉。”

【注释】

①寅：荀寅，赵午的舅舅。吉射：范吉射，荀寅的女婿。②邮无正：又称邮良伯乐，晋大夫。③文子：赵文子。④姬氏：即庄姬。赵文子的母亲，晋景公之女。⑤公族：公族大夫。⑥师保：古代教导贵族子弟的官员，有师，有保，统称师保。⑦景子：即赵成。赵文子之子，赵简子之父。⑧文：赵文子。⑨景：赵景子。⑩伯乐：邮无正的字。

【导读】

晋定公十五年(前497)，赵简子为了卫地五百家的事情杀了同族兄弟赵午。午舅荀寅与姻亲范吉射在晋阳举事，攻打简子。自此之后，简子不愿见到晋阳的军营围墙。尹铎主政晋阳后，却将晋阳的军营围墙加固增高，故简子欲杀掉尹铎。尹铎的仇人邮无正则挺身而出，劝谏简子勿杀尹铎，并主张将围墙作为简子一生的鉴戒。简子接受了邮无正的建议。文中所记就是这样一段史实。简子不愿见围墙是一种条件反射，反映了他杀死赵午后内心的些许不安。

赵简子等三人夸功

铁之战[①]，赵简子曰：“郑人击我，吾伏弢衉血[②]，鼓音不衰。今日之事，莫我若也。”卫庄公为右[3]，曰：“吾九上九下，击人尽殪。今日之事，莫我加也。”邮无正御，曰：“吾两鞁将绝[4]，吾能止之。今日之事，我上之次也。”驾而乘材，两鞁皆绝。

【注释】

① 铁：卫地。在今河南濮阳北。铁之役：晋定公十九年（前 493），齐国运粮给晋国范氏，范吉射前去迎接，赵简子率军拦阻，双方交战于铁地。② 弢：藏弓的袋子。③ 卫庄公：卫国国君，名蒯聩，卫灵公之子。因欲弑君未果，逃至晋，在铁之役中为简子的车右。④ 鞁（bèi）：驾马马具的总称。这里特指马肚带。

【导读】

战后将士各自夸功，意味着国家的衰败。实际上，晋国真的开始衰败了。

卫庄公祷

卫庄公祷，曰：“曾孙蒯聩，以谆赵鞅之故[1]，敢昭告于皇祖文王、烈祖康叔、文祖襄公、昭考灵公[2]，夷请无筋无骨，无面伤，无败用，无陨惧，死不敢请。”简子曰：“志父寄也[3]。”

【注释】

① 蒯聩：即卫庄公。② 文王：周文王。康叔：周文王之子，卫国始祖。襄公：卫襄公。灵公：卫灵公。③ 志父：即赵简子。

【导读】

本文以简练的文字记录了卫庄公祈祷的情节。

史黯谏赵简子田于蝼

赵简子田于蝼[1]，史黯闻之[2]，以犬待于门。简子见之，曰：“何为？”

曰："有所得犬，欲试之兹囿。"简子曰："何为不告？"对曰："君行臣不从，不顺。主将适蝼而麓不闻[3]，臣敢烦当日。"简子乃还。

【注 释】

① 蝼：晋君的苑囿。② 史黯：晋大夫。③ 麓：主管苑囿的官员。

【导 读】

本文记赵简子纳谏的故事一则。像史黯这样的劝谏，可谓别具一格，效果良好。

少室周知贤而让

少室周为赵简子之右[1]，闻牛谈有力[2]，请与之戏，弗胜，致右焉。简子许之，使少室周为宰[3]，曰："知贤而让，可以训矣。"

【注 释】

① 少室周：赵简子臣。右：车右。② 牛谈：赵简子臣。③ 宰：家宰、家臣。

【导 读】

少室周知贤而让的精神值得肯定，人贵有自知之明。少室周的举措确实可以为训。

史黯论良臣

赵简子曰："吾愿得范、中行之良臣[1]。"史黯侍，曰："将焉用之？"简子曰："良臣，人之所愿也，又何问焉？"对曰："臣以为不良故也。夫事君者，谏过而赏善，荐可而替否，献能而进贤，择材而荐之，朝夕诵善败而纳之。道之以文，行之以顺，勤之以力，致之以死。听则进，否则退。今范、中行氏之臣不能匡相其君，使至于难；君出在外，又不能定，而弃之，则何良之为？若弗弃，则主焉得之？夫二子之良，将勤营其君，复使立于外，死而后止，何日以来？若来，乃非良臣也。"简子曰："善。吾言实过矣。"

【注释】

① 范：范吉射。中行：中行寅。

【导读】

赵简子想要得到政敌范吉射、中行寅手下的良臣，史黯以"良臣不背主，背主不为良臣"的道理说服了简子。史黯的论述富有哲理，这其实也是中国古代普遍认可的良臣观。

赵简子问贤

赵简子问于壮驰兹曰[①]："东方之士孰为愈？"壮驰兹拜曰："敢贺！"简子曰："未应吾问，何贺？"对曰："臣闻之：'国家之将兴也，君子自以为不足；其亡也，若有余。'今主任晋国之政而问及小人，又求贤人，吾是以贺。"

【注释】

① 壮驰兹：晋大夫。

【导读】

本文记载赵简子访求贤才的故事。简子主政晋国，头脑能够清醒，这是十分难得的。

窦犨论君子

赵简子叹曰："雀入于海为蛤[①]，雉入于淮为蜃[②]。鼋鼍鱼鳖[③]，莫不能化，唯人不能。哀夫！"窦犨侍[④]，曰："臣闻之：'君子哀无人，不哀无贿；哀无德，不哀无宠；哀名之不令，不哀年之不登。'夫范、中行氏不恤庶难[⑤]，而欲擅晋国，今其子孙将耕于齐，宗庙之牺为畎亩之勤[⑥]，人之化也，何日之有！"

【注释】

① 蛤：蛤蜊。② 雉：野鸡。淮：淮水。蜃：大蛤蜊。③ 鼋（yuán）：鳖。鼍（tuó）：鼍龙，即扬子鳄。鳄鱼的一种。④ 窦犨（chōu）：晋大夫。⑤ 范：范吉射。中行氏：中行寅。⑥ 牺：宗庙祭祀用的纯色牲，此处暗喻祭主。畎（quǎn）亩：田间，田地。

【导读】

本文通过窦犨之口记述了范吉射、中行氏由富到贫的变化，从而强调人要修德，以应对时势的变化。

赵襄子使新稺穆子伐狄

赵襄子使新稺穆子伐狄[①]，胜左人、中人[②]，遽人来告[③]，襄子将食，寻饭有恐色[④]。侍者曰："狗之事大矣，而主之色不怡，何也？"襄子曰："吾闻之，德不纯而福禄并至，谓之幸。夫幸非福，非德不当雍，雍不为幸，吾是以惧。"

【注释】

① 赵襄子：即赵无恤，晋国正卿。新稺穆子：即新稺狗，晋大夫。谥号为穆，故称。② 左人、中人：狄国之地。均在今河北唐县。③ 遽人：即驿卒，驿站传命之人。④ 寻：当为"专"之误。"专"即"抟"的初文。抟饭，把饭抟成团儿。

【导读】

本文记赵襄子在部下战胜敌国后想到了自己的不足而感到恐惧，从而说明他是一个有自警能力的人。

知果论知瑶必灭宗

知宣子将以瑶为后[①]，知果曰[②]："不如宵也[③]。"宣子曰："宵也很。"对曰:“宵之很在面,瑶之很在心。心很败国,面很不害。瑶之贤于人者五,其不逮者一也。美鬓长大则贤,射御足力则贤,伎艺毕给则贤,巧文辩惠则贤,强毅果敢则贤。如是而甚不仁。以其五贤陵人,而以不仁行之,其谁能待之?若果立瑶也,知宗必灭。”弗听。知果别族于太史为辅氏④。及知氏之亡也,唯辅果在。

【注释】

① 知宣子:即知甲,晋卿。瑶:知瑶,即知伯,知宣子之子。② 知果:晋大夫。③ 宵:知宵。知宣子庶子。④ 别族:指与知氏宗族断绝关系,改立为别族。太史:即史官。

【导读】

评价一个人的好坏,关键看其内在的品德如何。如果德行缺失,那么越有才能,为害越大。本文通过知果对知瑶的评价,就说明了这个道理。

士茁论土木胜

知襄子为室美①,士茁夕焉②。知伯曰:“室美夫!”对曰:“美则美矣,抑臣亦有惧也。”知伯曰:“何惧?”对曰:“臣以秉笔事君。《志》有之曰:‘高山峻原,不生草木。松柏之地,其土不肥。’今土木胜,臣惧其不安人也。”室成三年而知氏亡。

【注释】

① 知襄子:即知伯。谥号为襄,故称。② 士茁:知伯家臣。

【导读】

本文记载知伯大兴土木而导致家族灭亡的史实。士茁已预见到了这一点,可惜当局者迷。奢侈是祸患的根源,为权为政者多遭其殃,偶然乎,必然乎?

知伯国谏知襄子

还自卫，三卿宴于蓝台[①]，知襄子戏韩康子而侮段规[②]。知伯国闻之[③]，谏曰："主不备，难必至矣。"曰："难将由我，我不为难，谁敢兴之！"对曰："异于是。夫郤氏有车辕之难[④]，赵有孟姬之谗[⑤]，栾有叔祁之诉[⑥]，范、中行有函冶之难[⑦]，皆主之所知也。《夏书》有之曰[⑧]：'一人三失，怨岂在明？不见是图。'《周书》有之曰[⑨]：'怨不在大，亦不在小。'夫君子能勤小物，故无大患。今主一宴而耻人之君相，又弗备，曰'不敢兴难'，无乃不可乎！夫谁不可喜，而谁不可惧？蚋蛾蜂虿[⑩]，皆能害人，况君相乎！"弗听。自是五年，乃有晋阳之难[⑪]。段规反，首难，而杀知伯于师，遂灭知氏。

【注 释】

① 三卿：知襄子、韩康子、魏桓子。蓝台：晋地。② 韩康子：即韩虎，韩庄子之子，韩宣子之孙。段规：魏桓子的相。③ 知伯国：晋大夫。④ 车辕之难：郤犨与长鱼蟜争田，郤氏执长鱼蟜，并其父母妻子捆于车辕之上。后长鱼蟜得宠于晋厉公，遂杀三郤。⑤ 赵：赵同、赵括。孟姬：即庄姬，赵文子之母。孟姬之谗：庄姬与赵婴私通，赵婴被其兄赵同、赵括放逐到齐。庄姬向景公进谗言谓赵同等欲作乱，致赵同、赵括被杀。⑥ 栾：栾盈。叔祁之诉：栾盈母叔祁与人私通，栾盈不满，叔祁便向她的父亲范宣子诉说栾盈欲作乱，成为栾氏被灭的原因之一。⑦ 范：范吉射。中行：中行寅。函冶之难：函冶为范皋夷封邑，皋夷不受范吉射的宠爱，欲在族中作乱。因中行寅和范吉射关系密切，皋夷设法驱逐二人，最后灭掉了范氏和中行氏。⑧《夏书》：指《尚书·夏书·五子之歌》。⑨《周书》：指《尚书·周书·康诰》。⑩ 蚋（ruì）：蚊子。虿（chài）：蝎子。⑪ 晋阳之难：周贞定王十六年（前 453），知伯联合韩、魏攻赵，赵襄子退守于晋阳，三家围之。后韩、魏又与赵联合共灭知伯，瓜分了他的土地，史称"三家分晋"。

【导 读】

知伯居官自大，在宴会上随便羞辱别人，知伯国好言相劝，知伯不以为然。仅过去了五年，被知伯羞辱过的段规率先发难，于军中杀死知伯。本文记述的这段史实，说明了尊重他人的必要性，同时也说明小怨亦能酿成大祸。文中采用夹叙夹议的方式，对当时发生的许多历史事件都有提及，为研究春秋史的重要文献之一。

晋阳之围

晋阳之围，张谈曰[①]："先主为重器也，为国家之难也，盍姑无爱宝于诸侯乎？"襄子曰："吾无使也。"张谈曰："地也可[②]。"襄子曰："吾不幸有疾，不夷于先子[③]，不德而贿。夫地也求饮吾欲，是养吾疾而干吾禄也。吾不与皆毙。"襄子出，曰："吾何走乎？"从者曰："长子近[④]，且城厚完。"襄子曰："民疲力以完之，又毙死以守之，其谁与我？"从者曰："邯郸之仓库实[⑤]。"襄子曰："浚民之膏泽以实之，又因而杀之，其谁与我？其晋阳乎！先主之所属也[⑥]，尹铎之所宽也，民必和矣。"乃走晋阳，晋师围而灌之，沈灶产蛙，民无叛意。

【注 释】

① 张谈：亦称张孟谈。赵襄子家臣。② 地：赵襄子家臣。③ 先子：指赵简子。④ 长子：晋地。在今山西长子西南。⑤ 邯郸：晋地，即今河北邯郸。⑥ 先主：赵简子。

【导 读】

晋阳之难发生后，赵襄子拒守封邑晋阳。此时的赵襄子才真正意识到自己的不足和下臣的阿谀，认识到对百姓的剥削和压榨实质上是在断自己的生路。而晋阳人民能与他一心一德，御敌于城外，是他的父亲赵简子宽厚爱民的结果。本文记述的这段史实，说明了两个问题：第一，赵襄子是一位头脑清醒，有自知之明并善于自我反省之人；第二，"得民者生，失民者亡"，统治者与被统治者的关系并不复杂，玄机并不深奥。

卷十六　郑　语

史伯论兴衰

桓公为司徒[①]，甚得周众与东土之人[②]，问于史伯曰[③]："王室多故，余惧及焉，其何所可以逃死？"史伯对曰："王室将卑，戎狄必昌，不可逼也。当成周者[④]，南有荆蛮、申、吕应、邓、陈、蔡、随、唐[⑤]；北有卫、燕、狄、鲜虞、潞、洛、泉、徐、蒲[⑥]；西有虞、虢、晋、隗、霍、杨、魏、芮[⑦]；东有齐、鲁、曹、宋、滕、薛、邹、莒[⑧]。是非王之支子母弟甥舅也，则皆蛮、荆、戎、狄之人也。非亲则顽，不可入也。其济、洛、河、颍之间乎[⑨]！是其子男之国，虢、郐为大[⑩]，虢叔恃势[⑪]，郐仲恃险[⑫]，是皆有骄侈怠慢之心，而加之以贪冒。君若以周难之故，寄孥与贿焉，不敢不许。周乱而弊，是骄而贪，必将背君，君若以成周之众，奉辞伐罪，无不克矣。若克二邑，鄢、蔽、补、丹、依、畴、历、莘[⑬]，君之土也。若前莘后河，右洛左济，主芣、騩而食溱、洧[⑭]，修典刑以守之，是可以少固。"

【注释】

① 桓公：即郑桓公，郑国国君，名友。周厉王之子，周宣王之弟。初封于郑，周幽王时在周为司徒。公元前 806 年至前 771 年在位。② 东土：指陕西以东之地。③ 史伯：即伯阳，周太史。④ 成周：西周东都洛邑。即今河南洛阳。⑤ 申：姜姓诸侯国。吕：姜姓诸侯国。应：姬姓诸侯国。邓：曼姓诸侯国。陈：妫姓诸侯国。蔡：姬姓诸侯国。随：姬姓诸侯国。唐：姬姓诸侯国。⑥ 狄：北狄。北方少数民族的统称。鲜虞：国族名，白狄的一支。潞：潞氏，赤狄的一支。洛、泉、徐、蒲：均为赤狄的

分支。⑦ 虞、虢、隗、霍、杨、魏、芮：均为姬姓诸侯国。⑧ 滕：姬姓诸侯国。薛：任姓诸侯国。邹：曹姓诸侯国。莒：己姓诸侯国。⑨ 济：济水。洛：洛水。河：黄河。颍：颍水。⑩ 郐：妘姓诸侯国。⑪ 虢叔：虢国国君。⑫ 郐仲：郐国国君。⑬ 鄢、蔽、补、丹、依、畴、历、莘：邻近虢、郐的八个城邑。⑭ 芣(fú)：山名。騩(guī)：山名。溱、洧：两水名。

公曰："南方不可乎？"对曰："夫荆子熊严生子四人[①]：伯霜、仲雪、叔熊、季紃[②]。叔熊逃难于濮而蛮[③]，季紃是立，薳氏将起之[④]，祸又不克。是天启之心也。又甚聪明和协，盖其先王。臣闻之，天之所启，十世不替。夫其子孙必光启土，不可逼也。且重、黎之后也[⑤]，夫黎为高辛氏火正[⑥]，以淳耀敦大，天明地德，光照四海，故命之曰'祝融'[⑦]，其功大矣。

【注 释】

① 熊严：楚国国君。公元前 837 年至前 828 年在位。② 伯霜：即熊霜，楚国国君，熊严长子。公元前 827 年至前 822 年在位。仲雪：即熊雪，熊严次子。叔熊：即熊堪，熊严第三子。季紃(xún)：即熊紃，楚国国君。熊严的小儿子。公元前 821 年至前 800 年在位。③ 濮：南方少数民族之一。④ 薳(wěi)氏：楚大夫。⑤ 重、黎：颛顼时的两位大臣。重为南正之官，黎为火正之官。二人为楚祖。⑥ 高辛氏：即帝喾。火正：掌火之官。⑦ 祝融：帝喾时火官黎的别称。

"夫成天地之大功者，其子孙未尝不章，虞、夏、商、周是也[①]。虞幕能听协风[②]，以成乐物生者也。夏禹能单平水土，以品处庶类者也。商契能和合五教[③]，以保于百姓者也。周弃能播殖百谷蔬[④]，以衣食民人者也。其后皆为王公侯伯。祝融亦能昭显天地之光明，以生柔嘉材者也，其后八姓于周未有侯伯。佐制物于前代者，昆吾为夏伯矣[⑤]，大彭、豕韦为商伯矣[⑥]。当周未有。己姓昆吾、苏、顾、温、董[⑦]，董姓鬷夷、豢龙[⑧]，则夏灭之矣。彭姓彭祖、豕韦、诸稽[⑨]，则商灭之矣。秃姓舟人[⑩]，则周灭之矣。妘姓邬、郐、路、偪阳[⑪]，曹姓邹、莒，皆为采卫[⑫]，或在王室，或在夷狄，莫之数也。而又无令闻，必不兴矣。斟姓无后。融之兴者[⑬]，其在芈姓乎？芈姓夔越不足命也[14]。蛮芈蛮矣[15]，唯荆实有昭德，若周衰，其必兴矣。姜、嬴、荆、芈[16]，实与诸姬代相干也。姜，伯夷之后也[17]，嬴，伯翳之后也[18]。伯夷能礼于神以佐尧者也，伯翳能议百物以佐舜者也。其后皆不失祀而未有兴者，周衰，其将至矣。”

【注 释】

① 虞：即虞舜。② 虞幕：舜祖。③ 商契：商族始祖。五教：父义、母慈、兄友、弟恭、子孝。④ 周弃：即后稷。周族始祖。⑤ 昆吾：祝融之孙。己姓，名樊，封在昆吾。⑥ 大彭、豕韦：祝融之后，以封地称名。⑦ 昆吾、苏、顾、温、董：均为己姓诸侯国。⑧ 鬷(zōng)夷、豢龙：董姓诸侯国。⑨ 彭祖、豕韦、诸稽：均为彭姓诸侯国。⑩ 舟人：秃姓诸侯国。⑪ 邬、郐、路、偪阳：均为妘姓诸侯国。⑫ 采：采服，离王都两千五百里的地区。卫：卫服，离王都三千里的地区。⑬ 融：祝融。⑭ 夔越：芈姓诸侯国。⑮ 芈(mǐ)：楚国之姓。⑯ 姜：齐姓。嬴：秦姓。⑰ 伯夷：炎帝之后。商孤竹国国君之子。⑱ 伯翳：即伯益。嬴姓祖先。

公曰：“谢西之九州[1]，何如？”对曰：“其民沓贪而忍，不可因也。唯谢、郏之间[2]，其冢君侈骄，其民怠沓其君，而未及周德；若更君而周训之，是易取也，且可长用也。”

公曰：“周其弊乎？”对曰：“殆于必弊者也。《泰誓》曰[3]：‘民之所欲，天必从之。’今王弃高明昭显[4]，而好谗慝暗昧；恶角犀丰盈，而近顽童穷固。去和而取同。夫和实生物，同则不继。以它平它谓之和，故能丰长而物归之；若以同裨同，尽乃弃矣。故先王以土与金木水火杂，以成百物，是以和五味以调口，刚四支以卫体，和六律以聪耳[5]，正七体以役心[6]，平八索以成人[7]，建九纪以立纯德[8]，合十数以训百体[9]。出千品，具万方，计亿事，材兆物，收经入，行姟极。故王者居九畡之田[10]，收经入以食兆民，周训而能用之，和乐如一。夫如是，和之至也。于是乎先王聘后于异姓，求财于有方，择臣取谏工而讲以多物，务和同也。声一无听，物一无文，味一无果，物一不讲。王将弃是类而与剸同。天夺之明，欲无弊，得乎？

【注 释】

① 谢：周宣王之舅申伯的封国。州：二千五百家为一州。② 郏：古邑，即今河南郏县。③《泰誓》：指《尚书·周书·泰誓》。④ 王：指周幽王。⑤ 六律：黄钟、大簇、姑洗、蕤宾、夷则、无射六种音律。⑥ 七体：指人的耳、目、口、鼻七窍。⑦ 八索：指人的首、腹、足、股、目、口、耳、手八个部分。古人以人体八个部位应对八卦。⑧ 九纪：指人的内脏心、肺、肝、脾、肾、胃、肠、胆、膀胱。⑨ 十数：指王、公、大夫、士、皂、舆、隶、僚、仆、台十等人。⑩ 九畡(gāi)：九州之地。

"夫虢石父谗谄巧从之人也[1]，而立以为卿士，与刬同也；弃聘后而立内妾[2]，好穷固也；侏儒戚施，实御在侧，近顽童也；周法不昭，而妇言是行，用谗慝也；不建立卿士，而妖试幸措，行暗昧也。是物也，不可以久。且宣王之时有童谣[3]，曰：'檿弧箕服[4]，实亡周国。'于是宣王闻之，有夫妇鬻是器者，王使执而戮之。府之小妾生女而非王子也，惧而弃之。此人也，收以奔褒[5]。褒人有狱，而以为入。天之命此久矣，其又可为乎？《训语》有之曰[6]：'夏之衰也，褒人之神化为二龙，以同于王庭，而言曰：'余，褒之二君也。'夏后卜杀之与去之与止之[7]，莫吉。卜请其漦而藏之，吉。乃布币焉而策告之，龙亡而漦在，椟而藏之，传郊之。'及殷、周，莫之发也。及厉王之末[8]，发而观之，漦流于庭，不可除也。王使妇人不帏而嗓之，化为玄鼋[9]，以入于王府。府之童妾未既龀而遭之，既笄而孕[10]，当宣王而生。不夫而育，故惧而弃之。为弧服者方戮在路，夫妇哀其夜号也，而取之以逸，逃于褒。褒人褒姁有狱[11]，而以为大于王，王遂置之，而嬖是女也，使至于为后而生伯服[12]。天之生此久矣，其为毒也大矣，将俟淫德而加之焉。毒之酋腊者，其杀也滋速。申、缯、西戎方强[13]，王室方骚，将以纵欲，不亦难乎？王欲杀太子以成伯服，必求之申，申人弗畀，必伐之。若伐申，而缯与西戎会以伐周，周不守矣！缯于西戎方将德申，申、吕方强，其隩爱太子亦必可知也，王师若在，其救之亦必然矣。王心怒矣，虢公从矣，凡周存亡，不三稔矣！君若欲避其难，其速规所矣，时至而求用，恐无及也！"

【注释】

① 虢石父：虢君名。② 后：指申后。内妾：指褒姒。③ 宣王：即周宣王。④ 檿(yǎn)弧：桑木弓。箕服：箕草做的箭囊。⑤ 褒：姒姓诸侯国。⑥《训语》：指《周书·训语》。⑦ 夏后：夏桀。⑧ 厉王：即周厉王。⑨ 鼋(yuán)：鳖。⑩ 笄(jī)：古代女子十五岁举行笄礼，盘发插簪，表示成年。⑪ 褒姁(qú)：褒国国君。⑫ 伯服：周幽王与褒姒所生子。⑬ 缯：姒姓诸侯国。西戎：古代西部地区少数民族的统称。

公曰："若周衰，诸姬其孰兴？"对曰："臣闻之，武实昭文之功①，文之胙尽，武其嗣乎！武王之子，应、韩不在②，其在晋乎！距险而邻于小，若加之以德，可以大启。"公曰："姜、嬴其孰兴？"对曰："夫国大而有德者近兴，秦仲、齐侯③，姜、嬴之隽也，且大，其将兴乎？"公说，乃东寄帑与贿，虢、郐受之，十邑皆有寄地④。

【注释】

① 武：周武王。文：周文王。② 应：应侯。韩：韩侯。均为周武王后代。③ 秦仲：秦君。周宣王时任大夫。公元前 844 年至前 822 年在位。齐侯：齐庄公，名豹。公元前 794 年至前 731 年在位。④ 十邑：虢、郐、鄢、蔽、补、丹、依、畴、历、莘。

【导读】

周幽王是西周的末代昏君。所谓"至于幽王，天不吊周，王昏不若，周愆厥位"，是说西周灭亡的原因有二："天不吊周"是指地震与川竭山崩；"王昏不若"是指幽王昏庸，施行暴政。二者之中，后一条是西周灭亡的主要原因。本文写周幽王的太史史伯为桓公评述周朝之所以灭亡，秦、晋、齐、楚之所以兴盛的局势。史伯以其深邃的史家洞察力，对形势和前景的评述，精辟而详尽，还间或带有迷信传奇的色彩。他虽然也强调了天意，但同其他记载了这一史实的文献一样，主要还是强调人事作用。此文可算是当时对西周灭亡原因所作的最为全面的总结和分析，文中涉及诸多史实，为研究中国上古史的重要参考材料，历来受到人们的重视。

平王之末秦晋齐楚代兴

幽王八年而桓公为司徒[1]，九年而王室始骚，十一年而毙。及平王末[2]，而秦、晋、齐、楚代兴，秦景、襄于是乎取周土[3]，晋文侯于是乎定天子，齐庄、僖于是乎小伯[4]，楚蚡冒于是乎始启濮[5]。

【注 释】

① 幽王八年：公元前 774 年。桓公：即郑桓公。② 平王：即周平王。③ 景：当为"庄"，秦庄公为秦仲之子。襄：秦襄公。④ 庄：齐庄公。僖：齐僖公。⑤ 蚡(fén)冒：楚国国君。公元前 757 年至前 741 年在位。

【导 读】

此文与前文相互呼应，简明地记述了秦、晋、齐、楚交替兴盛的历史。

卷十七　楚语　上

申叔时论傅太子之道

庄王使士亹傅太子葴[①]，辞曰："臣不才，无能益焉。"王曰："赖子之善善之也。"对曰："夫善在太子，太子欲善，善人将至；若不欲善，善则不用。故尧有丹朱[②]，舜有商均[③]，启有五观[④]，汤有太甲，文王有管、蔡[⑤]。是五王者，皆有元德也，而有奸子。夫岂不欲其善，不能故也。若民烦，可教训。蛮、夷、戎、狄，其不宾也久矣，中国所不能用也。"王卒使傅之。

问于申叔时[⑥]，叔时曰："教之春秋，而为之耸善而抑恶焉，以戒劝其心；教之世，而为之昭明德而废幽昏焉，以休惧其动；教之诗，而为之道广显德，以耀明其志；教之礼，使知上下之则；教之乐，以疏其秽而镇其浮；教之令，使访物官；教之语，使明其德，而知先王之务用明德于民也；教之故志，使知废兴者而戒惧焉；教之训典，使知族类，行比义焉。

"若是而不从，动而不悛，则文咏物以行之，求贤良以翼之。悛而不摄，则身勤之，多训典刑以纳之，务慎惇笃以固之。摄而不彻，则明施舍以导之忠，明久长以导之信，明度量以导之义，明等级以导之礼，明恭俭以导之孝，明敬戒以导之事，明慈爱以导之仁，明昭利以导之文，明除害以导之武，明精意以导之罚，明正德以导之赏，明齐肃以耀之临。若是而不济，不可为也。

"且夫诵诗以辅相之，威仪以先后之，体貌以左右之，明行以宣翼之，制节义以动行之，恭敬以临监之，勤勉以劝之，孝顺以纳之，忠信以发之，德音以扬之，教备而不从者，非人也。其可兴乎！夫子践位则退[⑦]，自退则敬，否则赧。"

【注释】

① 庄王：即楚庄王，名旅。公元前613年至前591年在位。士亹（wěi）：楚大夫。太子葴：名葴，楚庄王之子。继位为楚恭王。② 丹朱：尧的儿子。为人傲慢荒淫，所以尧禅位于舜。③ 商均：舜的儿子。为人昏庸无能，所以舜禅位于禹。④ 启：禹的儿子。五观：启的儿子，无德。⑤ 管、蔡：管叔鲜和蔡叔度。二人为周文王之子，周武王之弟。武王死，周公摄政，二人与商纣王之子武庚发动叛乱，被周公平定。⑥ 申叔时：楚国大夫。⑦ 夫子：指太子。

【导读】

这是一篇有关古代教育的文献。文章通过申叔时之口，阐述了教育原则、教育目的、教育内容、教育方法等诸多方面的问题。申叔时还谈到了教育要以身作则的问题，强调了要根据不同阶段而采取不同教育措施的问题。所有这些问题，对我国古代教育理论的发展都有着重要的意义。它反映了我国古代教育的情况，特别是前人对教育功能的认识及重视程度。所以，本文的价值不容忽视。

子囊议恭王之谥

恭王有疾[①]，召大夫曰："不穀不德，失先君之业，覆楚国之师，不穀之罪也。若得保其首领以殁，唯是春秋所以从先君者，请为'灵'若'厉'。"大夫许诺。

王卒，及葬，子囊议谥[②]。大夫曰："王有命矣。"子囊曰："不可。夫事君者，先其善不从其过。赫赫楚国，而君临之，抚征南海[③]，训及诸夏，其宠大矣。有是宠也，而知其过，可不谓'恭'乎？若先君善，则请为'恭'。"大夫从之。

【注释】

① 恭王：即楚恭王，名葴。楚庄王之子。公元前590年至前560年在位。② 子囊：公子贞，恭王之弟，官至令尹。③ 南海：泛指南方。

【导读】

本文记载了以子囊为首的楚国官员为恭王定谥号的故事，反映了古人对谥号的重视和定谥号时的谨慎态度。

屈建祭父不荐芰

屈到嗜芰[①]，有疾，召其宗老而属之[②]，曰："祭我必以芰。"及祥[③]，宗老将荐芰，屈建命去之[④]。宗老曰："夫子属之。"子木曰："不然。夫子承楚国之政，其法刑在民心而藏在王府，上之可以比先王，下之可以训后世，虽微楚国，诸侯莫不誉。其祭典有之曰：'国君有牛享，大夫有羊馈，士有豚犬之奠，庶人有鱼炙之荐，笾豆、脯醢则上下共之[⑤]，不羞珍异，不陈庶侈。'夫子不以其私欲干国之典。"遂不用。

【注释】

① 屈到：名子夕，楚国大臣。芰(jì)：菱角。② 宗老：即宗人，主管祭祀。③ 祥：除丧服的祭礼。父母死十三个月而祭称"小祥"，二十五个月而祭称"大祥"。④ 屈建：名子木，楚大夫。屈到之子。⑤ 笾(biān)豆：祭祀时装果品的竹器和盛肉的木器。脯：肉干。醢(hǎi)：肉酱。

【导读】

屈到喜吃菱角，要求死后祭祀用菱角。屈到死后，其子屈建以不合礼仪为由，拒绝以菱角祭父。本文记载的这则小故事，反映了屈建忠于礼法的认真态度。

蔡声子论楚材晋用

椒举娶于申公子牟[①]，子牟有罪而亡，康王以椒举为遣之[②]，椒举奔郑，将遂奔晋。蔡声子将如晋[③]，遇之于郑，飨之以璧侑，曰："子尚良食，二先子其皆相子，尚能事晋君以为诸侯主。"辞曰："非所愿也。若得归骨于楚，死且不朽。"声子曰："子尚良食，吾归子。"椒举降三拜，纳其乘马，声子受之。

【注释】

① 椒举：即伍举，楚大夫。申公子牟：即王子牟。楚贵族。② 康王：即楚康王，名昭。公元前559年至前545年在位。③ 蔡声子：即公孙归生，名子家。蔡大夫。

还见令尹子木[①]，子木与之语，曰："子虽兄弟于晋，然蔡吾甥也，二国孰贤?"对曰："晋卿不若楚，其大夫则贤，其大夫皆卿材也。若杞梓、皮革焉[②]，楚实遗之，虽楚有材，不能用也。"子木曰："彼有公族甥、舅，若之何其遗之材也?"对曰："昔令尹子元之难[③]，或谮王孙启于成王[④]，王弗是，王孙启奔晋，晋人用之。及城濮之役，晋将遁矣，王孙启与于军事，谓先轸曰：'是师也，唯子玉欲之[⑤]，与王心违，故唯东宫与西广实来[⑥]。诸侯之从者，叛者半矣，若敖氏离矣[⑦]，楚师必败，何故去之!'先轸从之，大败楚师，则王孙启之为也。

【注释】

① 子木：屈建。② 杞梓：杞木与梓木。③ 子元：即王子善，又称公子元，楚文王弟。子元之难：子元想引诱楚文王的夫人息妫，在息妫宫旁造房，后被申公斗班杀死。④ 王孙启：子元之子。成王：即楚成王。⑤ 子玉：即成得臣，楚令尹。⑥ 东宫：楚太子卫队。西广：楚军名。楚军兵车十五辆为一广。⑦ 若敖氏：子玉的同族。

"昔庄王方弱[①]，申公子仪父为师[②]，王子燮为傅[③]，使师崇、子孔帅师以伐舒[④]。燮及仪父施二帅而分其室。师还至，则以王如庐[⑤]，庐戢黎杀二子而复王[⑥]。或谮析公臣于王[⑦]，王弗是，析公奔晋，晋人用之。实谗败楚，使不规东夏[⑧]，则析公之为也。

【注释】

① 庄王：即楚庄王。② 子仪父：即斗克，申公斗班之子。楚大司

马。③ 王子燮：楚公子。傅：太傅。④ 师崇：即潘崇，楚太师。子孔：即成嘉，楚令尹。舒：偃姓诸侯国。⑤ 庐：楚地，又称中庐。在今湖北宜昌。⑥ 戢黎：庐大夫。⑦ 析公臣：楚大夫。⑧ 东夏：楚东之蔡、沈两国。

"昔雍子之父兄谮雍子于恭王[①]，王弗是，雍子奔晋，晋人用之。及鄢之役[②]，晋将遁矣，雍子与于军事，谓栾书曰：'楚师可料也，在中军王族而已。若易中下，楚必歆之。若合而陷吾中，吾上下必败其左右，则三萃以攻其王族，必大败之。'栾书从之，大败楚师，王亲面伤，则雍子之为也。

"昔陈公子夏为御叔娶于郑穆公[③]，生子南[④]。子南之母乱陈而亡之[⑤]，使子南戮于诸侯。庄王既以夏氏之室赐申公巫臣[⑥]，则又畀之子反[⑦]，卒于襄老[⑧]。襄老获于邲[⑨]，二子争之，未有成。恭王使巫臣聘于齐，以夏姬行，遂奔晋。晋人用之，实通吴、晋。使其子狐庸为行人于吴[⑩]，而教之射御，导之伐楚。至于今为患，则申公巫臣之为也。

"今椒举娶于王子牟，子牟得罪而亡，执政弗是，谓椒举曰：'女实遣之。'彼惧而奔郑，缅然引领南望，曰：'庶几赦吾罪。'又弗图也，乃遂奔晋，晋人又用之矣。彼若谋楚，其亦必有丰败也哉。"

子木愀然曰："夫子何如，召之其来乎？"对曰："亡人得生，又何不来为？"子木曰："不来，则若之何？"对曰："夫子不居矣，春秋相事，以还轸于诸侯。若资东阳之盗使杀之[⑪]，其可乎？不然，不来矣。"子木曰："不可。我为楚卿，而赂盗以贼一夫于晋，非义也。子为我召之，吾倍其室。"乃使椒鸣召其父而复之[⑫]。

【注释】

① 雍子：楚大夫。恭王：即楚恭王。② 鄢之战：即鄢陵之战。③ 公子夏：陈宣公之子，御叔之父。郑穆公：郑国国君，名兰。④ 子南：即夏征舒。御叔之子。⑤ 子南之母：即郑穆公女夏姬。夏姬嫁御叔，御叔死，她与陈灵公等私通，子南杀死灵公，后楚庄王率师征讨子南而灭陈。⑥ 申公巫臣：即屈巫，字子灵。楚大臣。⑦ 子反：即公子侧，楚司马。⑧ 襄老：楚国大臣。⑨ 邲：指邲之战。⑩ 狐庸：巫臣之子。⑪ 东阳：

楚国北部一座小城邑。⑫ 椒鸣：椒举之子。

【导 读】

楚国椒举避难于外国，蔡声子欲助其返国，遂向令尹子木讲述了四件事，用以说明楚国人才外流到晋国，得其重用，反过来危害楚国的事实。子木幡然醒悟，立刻召回了椒举。本文记载的这件史实说明了发现人才、任用人才、留住人才的重要性。楚糟蹋人才、排挤人才、浪费人才，故屡屡失败。晋反其道而行，发掘人才、举荐人才、挽留人才、重用人才，故能节节胜利，称霸于诸侯。成语"楚材晋用"的典故即出自本文及《左传·襄公二十六年》。

伍举论台美而楚殆

灵王为章华之台[①]，与伍举升焉[②]，曰："台美夫?"对曰："臣闻国君服宠以为美，安民以为乐，听德以为聪，致远以为明。不闻其以土木之崇高、彤镂为美，而以金石匏竹之昌大、嚣庶为乐[③]；不闻其以观大、视侈、淫色以为明，而以察清浊为聪。

【注 释】

① 灵王：即楚灵王，名熊虔。公元前540年至前529年在位。章华：楚地，在今湖北监利。② 伍举：椒举。③ 金：钟。石：磬。匏：笙。竹：箫。

"先君庄王为匏居之台[①]，高不过望国氛，大不过容宴豆[②]，木不妨守备，用不烦官府，民不废时务，官不易朝常。问谁宴焉，则宋公、郑伯[③]；问谁相礼，则华元、驷骈[④]；问谁赞事，则陈侯、蔡侯、许男、顿子[⑤]，其大夫侍之。先君以是除乱克敌，而无恶于诸侯。今君为此台也，国民疲焉，财用尽焉，年谷败焉，百官烦焉，举国留之，数年乃成。愿得诸侯与始升焉，诸侯皆距无有至者。而后使太宰启疆请于鲁侯[⑥]，惧之以蜀之役[⑦]，而仅得以来。使富都那竖赞焉，而使长鬣之士相焉，臣不知其美也。

【注 释】

① 庄王：即楚庄王。匏居：台名。② 豆：装食品的高脚器皿。③ 宋公：宋文公。郑伯：郑襄公。④ 华元：宋卿。驷騑：名騑，又称公子騑。郑穆公之子。⑤ 陈侯：陈成公。蔡侯：蔡文公。许男：许昭公。顿子：顿国国君。⑥ 启疆：楚卿。鲁侯：鲁昭公。⑦ 蜀：鲁地。蜀之役：楚王不满鲁、晋结盟，遂攻鲁，进击至蜀，鲁惧，请求与楚结盟。事在鲁成公二年(前589)。

“夫美也者，上下、外内、小大、远近皆无害焉，故曰美。若于目观则美，缩于财用则匮，是聚民利以自封而瘠民也，胡美之为？夫君国者，将民之与处；民实瘠矣，君安得肥？且夫私欲弘侈，则德义鲜少；德义不行，则迩者骚离而远者距违。天子之贵也，唯其以公侯为官正，而以伯子男为师旅。其有美名也，唯其施令德于远近，而小大安之也。若敛民利以成其私欲，使民蒿焉望其安乐，而有远心，其为恶也甚矣，安用目观？

“故先王之为台榭也，榭不过讲军实，台不过望氛祥。故榭度于大卒之居，台度于临观之高。其所不夺穑地，其为不匮财用，其事不烦官业，其日不废时务。瘠硗之地，于是乎为之；城守之木，于是乎用之；官僚之暇，于是乎临之；四时之隙，于是乎成之。故《周诗》曰[①]：‘经始灵台[②]，经之营之。庶民攻之，不日成之。经始勿亟，庶民子来。王在灵囿[③]，麀鹿攸伏[④]。’夫为台榭，将以教民利也，不知其以匮之也。若君谓此台美而为之正，楚其殆矣！”

【注 释】

①《周诗》：指《诗经·大雅·灵台》。② 灵台：周天子之台。③ 灵囿：天子畜养鸟兽的园林。④ 麀(yōu)鹿：母鹿。

【导 读】

本文记述了伍举对楚王修建章华台的不满。伍举认为，台美不如国美。他引证实例，论述了民为邦本的主张。本文揭露了楚王穷奢极欲的生活，批评了他无视民众疾苦的恶行。另外，伍举还阐述了自己对美的认识，提出了一个美学观点："目观"之美不算美，而对一切都无害的事物才算美。这一观点有进步性，值得研究者重视。后世的文人墨客经常以"章华台"来指称统治者的穷奢极欲。

范无宇论国为大城未有利者

灵王城陈、蔡、不羹①，使仆夫子皙问于范无宇②，曰："吾不服诸夏而独事晋何也，唯晋近我远也。今吾城三国，赋皆千乘，亦当晋矣。又加之以楚，诸侯其来乎？"对曰："其在志也，国为大城，未有利者。昔郑有京、栎③，卫有蒲、戚④，宋有萧、蒙⑤，鲁有弁、费⑥，齐有渠丘⑦，晋有曲沃，秦有徵、衙⑧。叔段以京患庄公⑨，郑几不封，栎人实使郑子不得其位⑩。卫蒲、戚实出献公⑪，宋萧、蒙实杀昭公⑫，鲁弁、费实弱襄公⑬，齐渠丘实杀无知⑭，晋曲沃实纳齐师，秦徵、衙实难桓、景⑮，皆志于诸侯，此其不利者也。

【注释】

① 灵王：楚灵王。陈：楚地，原为陈国，鲁昭公八年（前534）被楚国灭后并入楚地。蔡：楚地，原为蔡国，鲁昭公十一年（前531）被楚国灭后并入楚地。不羹：楚地，原为不羹国，后被楚国灭后并入楚地。② 仆夫子皙：即仆皙父，楚大夫。范无宇：即申无宇，楚大夫。③ 京：郑邑，郑庄公的弟弟共叔段的封邑。栎：郑邑，郑庄公的儿子子元的封邑。④ 蒲：卫邑，卫国大夫宁殖的封邑。戚：卫邑，卫国大夫孙林父的封邑。⑤ 萧、蒙：宋邑，公子鲍的封邑。⑥ 弁、费：鲁邑。鲁大夫季氏的封邑。⑦ 渠丘：齐邑。即葵丘，齐国大夫雍廪的封邑。⑧ 徵、衙：秦邑。秦公子鍼的封邑。⑨ 叔段：郑庄公的弟弟，名段，也称共叔段。庄公：郑庄公。⑩ 栎人：指郑大夫傅瑕。郑子：郑庄公之子，名子仪。鲁庄公十四年（前680），郑厉公自栎地入侵郑国，俘虏了郑大夫傅瑕，与他结盟而赦免了他，后傅瑕杀了郑子，接纳郑厉公复位。⑪ 献公：卫献公。指鲁襄公十四年（前559）蒲地的宁殖和戚地的孙林父驱逐了卫献公，献公逃亡到晋国。⑫ 昭公：宋昭公。指鲁文公十六年（前611）宋昭公的哥哥公子鲍杀了昭公，自立为君。⑬ 襄公：鲁襄公。指鲁襄公十一年（前562）鲁卿季武子

自作三军，削弱了鲁襄公的力量。⑭ 无知：公孙无知，宋襄公弟。指鲁庄公九年（前685）齐大夫雍廪杀了公孙无知。⑮ 桓、景：秦桓公和秦景公。指秦桓公之子公子鍼受到桓公的宠爱，景公即位后，和景公如同二君并列。鲁昭公元年（前541）公子鍼逃亡到了晋国。

"且夫制城邑若体性焉，有首领股肱，至于手拇毛脉，大能掉小，故变而不勤。地有高下，天有晦明，民有君臣，国有都鄙，古之制也。先王惧其不帅，故制之以义，旌之以服，行之以礼，辨之以名，书之以文，道之以言。既其失也，易物之由。夫边境者，国之尾也，譬之如牛马，处暑之既至[①]，虻蜚之既多[②]，而不能掉其尾，臣亦惧之。不然，是三城也，岂不使诸侯之心惕惕焉。"

子皙复命，王曰："是知天咫，安知民则？是言诞也。"右尹子革侍[③]，曰："民，天之生也。知天，心知民矣，是其言可以惧哉！"三年，陈、蔡及不羹人纳弃疾而杀灵王[④]。

【注 释】

① 处暑：二十四节气之一。② 虻蜚（méng wèi）：牛虻，大的称虻，小的称蜚。③ 子革：楚大夫。④ 弃疾：公子弃疾。楚恭王之子，楚灵王弟。

【导 读】

楚灵王好大喜功，想要和晋国一争高下。对此，范无宇引述当时的制度，论述了每个诸侯国都不能建大城，而一般的城更不能超过都城的三分之一。盲目地修筑大城是有危害的，从而说明古制神圣不可违背。灵王不听，终于招来了杀身之祸。本文意在批评灵王的贪大心理。范无宇引述的许多史实均有参考价值。范无宇多用比喻论事，使文章的内容形象而又生动。

左史倚相儆申公子亹

左史倚相廷见申公子亹[①]，子亹不出，左史谤之，举伯以告[②]。子亹怒而出，曰："女无亦谓我老耄而舍我，而又谤我！"

左史曰："唯子老耄，故欲见以交儆子。若子方壮，能经营百事，倚相将奔走承序，于是不给，而何暇得见？昔卫武公年数九十有五矣[3]，犹箴儆于国，曰：'自卿以下至于师长士[4]，苟在朝者，无谓我老耄而舍我，必恭恪于朝，朝夕以交戒我；闻一二之言，必诵志而纳之，以训导我。'在舆有旅贲之规，位宁有官师之典，倚几有诵训之谏，居寝有亵御之箴，临事有瞽史之导，宴居有师工之诵。史不失书，矇不失诵，以训御之，于是乎作《懿》戒以自儆也[5]。及其没也，谓之睿圣武公。子实不睿圣，于倚相何害。《周书》曰[6]：'文王至于日中昃[7]，不皇暇食。惠于小民，唯政之恭。'文王犹不敢惰。今子老楚国而欲自安也，以御数者，王将何为？若常如此，楚其难哉！"子亹惧，曰："老之过也。"乃骤见左史。

【注 释】

① 左史：史官之一，主要负责记国君之言。倚相：楚之左史。申公子亹(wěi)：又称申公史老，楚之长老。② 举伯：楚大夫。③ 卫武公：卫国国君，名和。公元前812年至前757年在位。④ 师长士：大夫和众士。⑤《懿》：指《诗经·大雅·抑》。⑥《周书》：指《尚书·周书·无逸》。⑦ 文王：即周文王。

【导 读】

子亹年老，欲求安逸，倚相以卫武公和周文王为例，劝说子亹不要以老自居，而要老有所为。本文的思想很有积极意义。

白公子张讽灵王宜纳谏

灵王虐，白公子张骤谏[1]。王患之，谓史老曰[2]："吾欲已子张之谏，若何？"对曰："用之实难，已之易矣。若谏，君则曰：'余左执鬼中，右执殇宫，凡百箴谏，吾尽闻之矣，宁闻他言？'"

白公又谏，王如史老之言。对曰："昔殷武丁能耸其德[3]，至于神明，以入于河[4]，自河徂亳[5]，于是乎三年，默以思道。卿士患之，曰：'王言以出令也，若不言，是无所禀令也。'武丁于是作书，曰：'以余正四方，余恐德之不类，兹故不言。'如是而又使以象梦求四方之贤圣，得傅说以来[6]，升以为公，而使朝夕规谏，曰：'若金，用女作砺。若津水，用女作舟。若天旱，用女作霖雨。启乃心，沃朕心。若药不瞑眩，厥疾不瘳。若跣不视地，厥足用伤。'若武丁之神明也，其圣之睿广也，其智之不疚也，犹自谓未乂，故三年默以思道。既得道，犹不敢专制，使以象旁求圣人。既得以为辅，又恐其荒失遗忘，故使朝夕规诲箴谏，曰：'必交修余，无余弃也。'今君或者未及武丁，而恶规谏者，不亦难乎！

【注 释】

①白公子张：楚大夫。②史老：即申公子亹。③武丁：商王，即殷高宗。④河：黄河。此处指河内，即黄河以北地区。⑤亳：商都。在今河南偃师。⑥傅说(yuè)：殷高宗武丁时的大臣。

"齐桓、晋文，皆非嗣也，还轸诸侯，不敢淫逸，心类德音，以得有国。近臣谏，远臣谤，舆人诵，以自诰也。是以其入也，四封不备一同，而至于有畿田，以属诸侯，至于今为令君。桓、文皆然，君不度忧于二令君，而欲自逸也，无乃不可乎？《周诗》有之曰[1]：'弗躬弗亲，庶民弗信。'臣惧民之不信君也，故不敢不言。不然，何急其以言取罪也？"

王病之，曰："子复语。不穀虽不能用，吾慭置之于耳。"对曰："赖君用之也，故言。不然，巴浦之犀、犛、兕、象[2]，其可尽乎，其又以规为瑱也[3]？"遂趋而退，归，杜门不出。七月，乃有乾溪之乱[4]，灵王死之。

【注 释】

①《周诗》：指《诗经·小雅·节南山》。②巴浦：楚地。犛(lí)：牦牛。兕(sì)：雌犀牛。③瑱(zhèn)：古时戴在耳垂上的玉。④乾溪：楚地。在今安徽亳州。乾溪之乱：指公元前529年楚灵王东征，屯兵于乾溪，其弟弃疾乘机率兵回国，发动叛乱，灵王自杀，弃疾即位为楚平王。

【导读】

本文记载楚灵王不听劝谏的史实。灵王刚愎自用，排斥谏言，白公子张就用古代圣王虚心纳谏的故事劝告他，可惜灵王仍然不听，终于导致了乾溪之乱的发生。文中把谏臣比作磨剑石，比作过河船，比作及时雨。这些比喻的连用，使行文如流水，既生动活泼，又富有说服力。

左史倚相儆司马子期唯道是从

司马子期欲以妾为内子[①]，访之左史倚相，曰："吾有妾而愿，欲笄之，其可乎？"对曰："昔先大夫子囊违王之命谥；子夕嗜芰[②]，子木有羊馈而无芰荐[③]。君子曰：'违而道。'谷阳竖爱子反之劳也[④]，而献饮焉，以毙于鄢；芋尹申亥从灵王之欲[⑤]，以陨于乾溪。君子曰：'从而逆。'君子之行，欲其道也，故进退周旋，唯道是从。夫子木能违若敖之欲[⑥]，以之道而去芰荐。吾子经楚国，而欲荐芰以干之，其可乎？"子期乃止。

【注释】

① 子期：即公子结，楚平王之子。内子：卿大夫正妻。② 子夕：即屈到，楚卿。③ 子木：屈到之子。④ 谷阳竖：子反内臣。子反：即公子侧，楚国大将。鲁成公十六年（前575）晋、楚鄢陵之战，楚恭王被射伤眼睛的次日，恭王召子反，欲再战。但因谷阳竖献酒于子反，子反醉而不能战，楚军连夜逃跑，子反自杀。⑤ 芋尹申亥：申无宇之子。⑥ 若敖：即屈到。

【导读】

本文记载倚相劝谏子期不能立妾为妻的故事。阐明了君子行事要符合道义，君子进退周旋只服从道义的思想。

卷十八 楚语 下

观射父论绝地天通

昭王问于观射父[①]，曰："《周书》所谓重、黎实使天地不通者[②]，何也？若无然，民将能登天乎？"

对曰："非此之谓也。古者民神不杂。民之精爽不懦贰者，而又能齐肃衷正，其智能上下比义，其圣能光远宣朗，其明能光照之，其聪能听彻之，如是则明神降之，在男曰觋，在女曰巫。是使制神之处位次主[③]，而为之牲器时服，而后使先圣之后之有光烈，而能知山川之号、高祖之主、宗庙之事、昭穆之世、齐敬之勤、礼节之宜、威仪之则、容貌之崇、忠信之质、禋洁之服[④]，而敬恭明神者，以为之祝[⑤]。使名姓之后，能知四时之生、牺牲之物、玉帛之类、采服之仪、彝器之量、次主之度、屏摄之位、坛场之所、上下之神、氏姓之出[⑥]，而心率旧典者为之宗。于是乎有天地神民类物之官，谓之五官，各司其序，不相乱也。民是以能有忠信，神是以能有明德。民神异业，敬而不渎，故神降之嘉生，民以物享，祸灾不至，求用不匮。

【注 释】

① 昭王：楚昭王，名熊轸，公元前515至前489年在位。观射父：楚大夫。②《周书》：指《尚书·吕刑》。③ 位：指祭位。④ 禋：洁净的祭祀。⑤ 祝：太祝，祭祀时司告鬼神的官员。⑥ 彝器：青铜礼器。屏摄之位：表明上下尊卑祭祀的位置。坛场：祭祀用的高台。

“及少皞之衰也[1]，九黎乱德[2]，民神杂糅，不可方物。夫人作享，家为巫史[3]，无有要质。民匮于祀，而不知其福。烝享无度，民神同位。民渎齐盟，无有严威。神狎民则，不蠲其为。嘉生不降，无物以享。祸灾荐臻，莫尽其气。颛顼受之[4]，乃命南正重司天以属神，命火正黎司地以属民，使复旧常，无相侵渎，是谓绝地天通。

“其后，三苗复九黎之德[5]，尧复育重、黎之后，不忘旧者，使复典之。以至于夏、商，故重、黎氏世叙天地，而别其分主者也。其在周，程伯休父其后也[6]，当宣王时[7]，失其官守，而为司马氏。宠神其祖，以取威于民，曰：‘重实上天，黎实下地。’遭世之乱，而莫之能御也。不然，夫天地成而不变，何比之有？”

【注 释】

① 少皞：黄帝的儿子，传说中古代东夷族的首领，号金天氏。② 九黎：古代南方的少数民族部落，相传蚩尤为九黎族的首领。③ 巫史：即巫祝，掌管祭祀祈祷的人。④ 颛顼：黄帝的孙子，传说中古代部落首领，号高阳氏。⑤ 三苗：古代少数民族，九黎的后裔。⑥ 程伯休父：黎氏的后代休父，封为程国伯，周宣王时为大司马。⑦ 宣王：周宣王。

【导 读】

本文借助观射父之口，论述了我国上古时期复杂的人神关系及其发展演变情况，反映了史前时期先民们对神的认识和态度，为研究我国上古史、民族史、宗教史的重要参考文献。

观射父论祀牲

子期祀平王[1]，祭以牛俎于王，王问于观射父[2]，曰：“祀牲何及？”对曰：“祀加于举[3]。天子举以大牢[4]，祀以会；诸侯举以特牛，祀以太牢；卿举以少牢[5]，祀以特牛；大夫举以特牲，祀以少牢；士食鱼炙，祀以特牲；庶人食菜，祀以鱼。上下有序，则民不慢。”

【注 释】

① 平王：楚平王。② 王：指楚昭王。③ 举：指平时杀牲畜作为丰盛的食品。④ 大牢：即太牢，祭祀时牛、羊、猪三牲全备称为大牢。⑤ 少牢：祭祀时仅用猪、羊称少牢。

王曰："其小大何如？"对曰："郊禘不过茧栗[1]，烝尝不过把握[2]。"王曰："何其小也？"对曰："夫神以精明临民者也，故求备物，不求丰大。是以先王之祀也，以一纯、二精、三牲、四时、五色、六律、七事、八种、九祭、十日、十二辰以致之[3]，百姓、千品、万官、亿丑、兆民经入畡数以奉之[4]，明德以昭之，和声以听之，以告遍至，则无不受休。毛以示物，血以告杀，接诚拔取以献具，为齐敬也。敬不可久，民力不堪，故齐肃以承之。"

【注 释】

① 郊禘：宗庙四时祭之一，指每年夏天举行的夏祭。茧栗：蚕茧和栗子。此形容牲畜的角初生时的形状。② 烝尝：冬祭称烝，秋祭称尝。③ 二精：指玉和帛。七事：指天、地、民和四季。八种：指金、石、丝、竹、匏、土、革、木八音。九祭：九州助祭。十日：指天干从甲至癸十个日数。十二辰：指地支从子至亥十二个时辰。④ 百姓：指受姓氏的百官。

王曰："刍豢几何[1]？"对曰："远不过三月，近不过浃日[2]。"王曰："祀不可以已乎？"对曰："祀所以昭孝息民、抚国家、定百姓也，不可以已。夫民气纵则底，底则滞，滞久不振，生乃不殖。是用不从，其生不殖，不可以封。是以古者先王日祭、月享、时类、岁祀[3]。诸侯舍日，卿、大夫舍月，士、庶人舍时。天子遍祀群神品物，诸侯祀天地、三辰及其土之山川[4]，卿、大夫祀其礼，士、庶人不过其祖。日月会于龙�[5]，土气含收，天明昌作，百嘉备舍，群神频行。国于是乎烝尝，家于是乎尝祀，百姓夫妇择其令辰，奉其牺牲[6]，敬其粢盛[7]，洁其粪除，慎其采服，禋其酒醴，帅其子姓，从其时享[8]，虔其宗祝[9]，道其顺辞，以昭祀其先祖，肃肃济济，如或临之。于是乎合其州乡朋友婚姻，比尔兄弟亲戚。于是乎弭其百苛，殄其谗慝，合其嘉好，结其亲昵，亿其上下，以申固其姓。上所以教民虔也，下所以昭事上也。天子禘郊之事，必自射其牲，王后必自舂其粢；诸侯宗庙之事，必自射其牛、刲羊、击豕，夫人必自舂其盛。况其下之人，其谁敢不战战兢兢，以事百神！天子亲舂禘郊之盛，王后亲缲其服，自公以下至于庶人，其谁敢不齐肃恭敬致力于神！民所以摄固者也，若之何其舍之也！”

【注 释】

① 刍豢：吃草的牲畜称刍，吃谷的牲畜称豢。② 浃日：古代以干支纪日，称从甲至癸一周十天为浃日。③ 月享：每月的祭祀。时类：四季的祭祀。④ 三辰：指日、月、星。⑤ 𪊲(dòu)：指龙尾星宿。⑥ 牺牲：古代祭祀用牲的通称，色纯的称为牺，体全的称为牲。⑦ 粢盛：盛在祭器里的黍稷。⑧ 时享：四季的祭祀。⑨ 宗祝：掌祭祀之礼和司告鬼神的人。

王曰：“所谓一纯、二精、七事者，何也？”对曰：“圣王正端冕[①]，以其不违心，帅其群臣精物以临监享祀，无有苛慝于神者，谓之一纯。玉、帛为二精。天、地、民及四时之务为七事。”王曰：“三事者，何也？”对曰：“天事武，地事文，民事忠信。”王曰：“所谓百姓、千品、万官、亿丑、兆民经入畡数者，何也？”对曰：“民之彻官百。王公之子弟之质能言能听彻其官者，而物赐之姓，以监其官，是为百姓。姓有彻品，十于王谓之千品。五物之官[②]，陪属万为万官。官有十丑，为亿丑。天子之田九畡[③]，以食兆民，王取经入焉，以食万官。”

【注 释】

① 端冕：朝服和大冠。② 五物：指天、地、民、神、物。③ 九畡：九州土地。

【导 读】

在古代，祭祀是国家的大事，“国之大事，在祀与戎”，说的就是此事。本文运用问答的形式，详细地记载了祭祀用牲的种类和大小，祭祀用品的多少，祭祀的时间和对象，祭祀的规模和作用等，是一篇十分详细的有关祭祀问题的文献，对于我们研究古代民俗和祭祀礼仪，十分重要。文中的语言凝练，语义流畅，语气跌宕，可读性颇强。

子常问蓄货聚马

斗且廷见令尹子常[①]，子常与之语，问蓄货聚马。归以语其弟，曰："楚其亡乎！不然，令尹其不免乎。吾见令尹，令尹问蓄聚积实，如饿豺狼焉，殆必亡者也。

"夫古者聚货不妨民衣食之利，聚马不害民之财用，国马足以行军，公马足以称赋，不是过也。公货足以宾献，家货足以共用，不是过也。夫货、马邮则阙于民，民多阙则有离叛之心，将何以封矣。

"昔斗子文三舍令尹[②]，无一日之积，恤民之故也。成王闻子文之朝不及夕也[③]，于是乎每朝设脯一束、糗一筐[④]，以羞子文。至于今令尹秩之。成王每出子文之禄，必逃，王止而后复。人谓子文曰：'人生求富，而子逃之，何也？'对曰：'夫从政者，以庇民也。民多旷者，而我取富焉，是勤民以自封也，死无日矣。我逃死，非逃富也。'故庄王之世[⑤]，灭若敖氏[⑥]，唯子文之后在，至于今，处郧[⑦]，为楚良臣。是不先恤民而后己之富乎？

【注 释】

① 斗且：楚大夫。子常：子囊之孙，名囊瓦。② 斗子文：即斗穀於菟，字子文，斗伯比之子，楚大夫。③ 成王：楚成王，名熊頵，公元前671至前626年在位。④ 脯：肉干。糗：干粮。⑤ 庄王：楚庄王。⑥ 若敖氏：斗子文的家族。鲁宣公四年(前605)子文之侄斗椒作乱，楚庄王灭掉若敖氏。子文之孙克黄奉命出使齐国回楚，自拘请罪，楚庄王念子文治楚有功，因此赦免了克黄。⑦ 郧：楚地，在今湖北安陆。子文的后代在楚昭王时封为郧公。

"今子常，先大夫之后也，而相楚君，无令名于四方。民之羸馁，日已甚。四境盈垒，道殣相望，盗贼司目，民无所放。是之不恤，而蓄聚不厌，其速怨于民多矣。积货滋多，蓄怨滋厚，不亡何待！

"夫民心之愠也，若防大川焉，溃而所犯必大矣。子常其能贤于成、灵乎[①]？成不礼于穆[②]，愿食熊蹯[③]，不获而死。灵王不顾于民，一国弃之，如遗迹焉。子常为政而无礼，不顾甚于成、灵，其独何力以待之！"期年，乃有柏举之战[④]，子常奔郑，昭王奔随[⑤]。

【注 释】

① 成、灵：楚成王和楚灵王。② 穆：楚穆王，楚成王子，名商臣。公元前625年至前614年在位。③ 熊蹯：熊掌。指楚成王想废世子商臣，商臣率兵围攻成王，成王要求吃了熊掌以后再死，商臣不允，成王自杀。④ 柏举之战：蔡昭侯朝见楚昭王，子常想要他的佩玉；唐成公也来朝见，子常想要他骑的骕骦马。二人不给，被拘禁在楚国三年，交出后才被放回国。后蔡侯、唐公联合吴国攻楚，鲁定公四年（前506）在柏举打败楚军。柏举，楚地，在今湖北麻城东北。⑤ 随：随国。

【导 读】

本文通过具体而生动的史实，以楚国为缩影，反映了春秋时期尖锐的阶级矛盾。文中在语言的运用上使用了比喻和夸张的手法，使其增加了感染力。

蓝尹亹避昭王而不载

吴人入楚，昭王出奔[①]，济于成臼[②]，见蓝尹亹载其孥[③]。王曰："载予。"对曰："自先王莫坠其国，当君而亡之，君之过也。"遂去王。王归，又求见，王欲执之，子西曰[④]："请听其辞，夫其有故。"王使谓之曰："成臼之役，而弃不穀，今而敢来，何也？"对曰："昔瓦唯长旧怨[⑤]，以败于柏举，故君及此。今又效之，无乃不可乎？臣避于成臼，以儆君也，庶悛而更乎？今之敢见，观君之德也，曰：'庶惧而鉴前恶乎？'君若不鉴而长之，君实有国而不爱，臣何有于死，死在司败矣[⑥]！惟君图之！"子西曰："使复其位，以无忘前败。"王乃见之。

【注 释】

①昭王：楚昭王。②成臼：即臼水，亦名臼成河。③蓝尹亹(wěi)：楚大夫。④子西：即令尹子申，也称公子申。平王之子，昭王庶兄。⑤瓦：囊瓦。⑥司败：即司寇。楚国特有的官称。

【导 读】

本文记载了蓝尹亹力谏昭王的故事，称赞了他坚韧不拔的精神。国君身边多有这样的大臣，是国家之幸，也是国君之幸。

郧公兄弟或礼于君或礼于父

吴人入楚，楚昭王奔郧，郧公之弟怀将杀王[①]，郧公辛止之。怀曰："平王杀吾父[②]，在国则君，在外则仇也。见仇弗杀，非人也。"郧公曰："夫事君者，不为外内行，不为丰约举，苟君之，尊卑一也。且夫自敌以下则有仇，非是不仇。下虐上为杀，上虐下为讨，而况君乎！君而讨臣，何仇之为？若皆仇君，则何上下之有乎？吾先人以善事君，成名于诸侯，自斗伯比以来[③]，未之失也。今尔以是殃之，不可。"怀弗听，曰："吾思吾父，不能顾矣。"郧公以王奔随。

王归而赏及郧、怀，子西谏曰："君有二臣，或可赏也，或可戮也。君王均之，群臣惧矣。"王曰："夫子期之二子邪[④]？吾知之矣。或礼于君，或礼于父，均之，不亦可乎！"

【注 释】

①郧公：即斗辛，令尹子文之后。怀：斗怀，斗辛之弟。②平王：即楚平王。吾父：斗辛之父蔓成然。③斗伯比：子文之父。④子期：蔓成然的字。

【导 读】

吴军攻进楚国，昭王外逃。有鉴于此，郧公辛和其弟怀对待昭王的态度便出现了分歧，一个欲杀之，一个欲护之。后来昭王返国，对兄弟二人都进行了奖赏。本文记载的这件史实，说明了昭王忠于礼法，不计私仇，为人大度的施政风格。

蓝尹亹论吴将毙

子西叹于朝，蓝尹亹曰："吾闻君子唯独居思念前世之崇替，与哀殡丧，于是有叹，其余则否。君子临政思义，饮食思礼，同宴思乐，在乐思善，无有叹焉。今吾子临政而叹，何也？"子西曰："阖庐能败吾师[①]。阖庐即世，吾闻其嗣又甚焉。吾是以叹。"

对曰："子患政德之不修，无患吴矣。夫阖庐口不贪嘉味，耳不乐逸声，目不淫于色，身不怀于安，朝夕勤志，恤民之羸，闻一善若惊，得一士若赏，有过必悛，有不善必惧，是故得民以济其志。今吾闻夫差好疲民力以成私好，纵过而翳谏。一夕之宿，台榭陂池必成，六畜玩好必从。夫差先自败也已[②]，焉能败人？子修德以待吴，吴将毙矣。"

【注释】

① 阖庐：即阖闾，吴国国王，名光。公元前 514 年至前 496 年在位。
② 夫差：吴国国君，阖闾之子。公元前 495 年至前 473 年在位。

【导读】

本文记载了一位楚国官员对吴王父子治国成败得失所做的评论。说明了修德与治国的关系，阐明了德政思想。

王孙圉论国之宝

王孙圉聘于晋[①]，定公飨之[②]，赵简子鸣玉以相，问于王孙圉曰："楚之白珩犹在乎[③]？"对曰："然。"简子曰："其为宝也，几何矣？"

曰："未尝为宝。楚之所宝者，曰观射父，能作训辞，以行事于诸侯，使无以寡君为口实。又有左史倚相，能道训典，以叙百物，以朝夕献善败于寡君，使寡君无忘先王之业；又能上下说于鬼神，顺道其欲恶，使神无有怨痛于楚国。又有薮曰云连徒洲[4]，金木竹箭之所生也[5]。龟、珠、齿、角、皮、革、羽、毛[6]，所以备赋用，以戒不虞者也。所以共币帛，以宾享于诸侯者也。若诸侯之好币具，而导之以训辞，有不虞之备，而皇神相之，寡君其可以免罪于诸侯，而国民保焉。此楚国之宝也。若夫白珩，先王之玩也，何宝焉？

“圉闻国之宝六而已。明王圣人能制议百物，以辅相国家，则宝之；玉足以庇荫嘉谷，使无水旱之灾，则宝之；龟足以宪臧否，则宝之；珠足以御火灾，则宝之；金足以御兵乱，则宝之；山林薮泽足以备财用，则宝之。若夫哗嚣之美，楚虽蛮夷，不能宝也。”

【注 释】

① 王孙圉：楚大夫。② 定公：即晋定公，晋国国君，名午。③ 珩：系在玉佩上部的横玉。④ 云连徒洲：即云梦泽。也称云土、云社。在今湖北监利。⑤ 箭：指箭竹。⑥ 齿：象牙。角：兽角。革：犀牛皮。毛：牦牛尾。

【导 读】

本文记载王孙圉出使晋国不辱使命的故事。面对赵简子的刁难，王孙圉机智应对，维护了本国的尊严。王孙圉是一位值得钦佩的人。

鲁阳文子辞惠王所与梁

惠王以梁与鲁阳文子[1]，文子辞，曰：“梁险而在北境，惧子孙之有贰者也。夫事君无憾，憾则惧逼，逼则惧贰。夫盈而不逼，憾而不贰者，臣能自寿也，不知其他。纵臣而得以其首领以没，惧子孙之以梁之险，而乏臣之祀也。”王曰：“子之仁，不忘子孙，施及楚国，敢不从子。”与之鲁阳[2]。

【注 释】

① 惠王：即楚惠王，名章。公元前 488 年至前 432 年在位。梁：楚地，在楚国北部一带。鲁阳文子：鲁阳公，平王之孙。② 鲁阳：楚地，在今河南鲁山。

【导 读】

本文记载了鲁阳文子拒绝接受险要之地封邑的故事，反映了鲁阳文子对国家的忠诚。

叶公子高论白公胜必乱楚国

子西使人召王孙胜[①]，沈诸梁闻之[②]，见子西曰："闻子召王孙胜，信乎？"曰："然。"子高曰："将焉用之？"曰："吾闻之，胜直而刚，欲置之境。"

子高曰："不可。其为人也，展而不信，爱而不仁，诈而不智，毅而不勇，直而不衷，周而不淑。复言而不谋身，展也；爱而不谋长，不仁也；以谋盖人，诈也；强忍犯义，毅也；直而不顾，不衷也；周言弃德，不淑也。是六德者，皆有其华而不实者也，将焉用之？

"彼其父为戮于楚，其心又狷而不洁。若其狷也，不忘旧怨，而不以洁悛德，思报怨而已。则其爱也足以得人，其展也足以复之，其诈也足以谋之，其直也足以帅之，其周也足以盖之，其不洁也足以行之，而加之以不仁，奉之以不义，蔑不克矣。

"夫造胜之怨者[③]，皆不在矣。若来而无宠，速其怒也。若其宠之，毅贪而无厌，既而得人，而耀之以大利，不仁以长之，思旧怨以修其心，苟国有衅，必不居矣。非子职之，其谁乎？彼将思旧怨而欲大宠，动而得人，怨而有术，若果用之，害可待也。余爱子与司马[④]，故不敢不言。

【注 释】

① 王孙胜：即白公胜，平王之孙。② 沈诸梁：即叶公子高。左司马沈尹戌之子。③ 造胜之怨：指诬陷白公胜之父太子建之事。费无忌任太子少师，太子建娶秦国美女，费无忌劝平王纳娶之，并进谗言诬太子建谋反，于是太子建逃奔至郑。后与晋密谋袭郑，事发被杀。其子白公胜逃至吴。④ 司马：指司马子期。

子西曰："德其忘怨乎！余善之，夫乃其宁。"子高曰："不然。吾闻之，唯仁者可好也，可恶也，可高也，可下也。好之不逼，恶之不怨，高之不骄，下之不惧。不仁者则不然。人好之则逼，恶之则怨，高之则骄，下之则惧。骄有欲焉，惧有恶焉，欲恶怨逼，所以生诈谋也。子将若何？若召而下之，将戚而惧；为之上者，将怒而怨。诈谋之心，无所靖矣。有一不义，犹败国家，今壹五六，而必欲用之，不亦难乎？吾闻国家将败，必用奸人，而嗜其疾味，其子之谓乎？

“夫谁无疾眚！能者早除之。旧怨灭宗，国之疾眚也，为之关籥蕃篱而远备闲之[1]，犹恐其至也，是之为日惕。若召而近之，死无日矣。人有言曰：‘狼子野心，怨贼之人。’其又可善乎？若子不我信，盍求若敖氏与子干、子皙之族而近之[2]？安用胜也，其能几何？

“昔齐驺马繻以胡公入于贝水[3]，邴歜、阎职戕懿公于囿竹[4]，晋长鱼蟜杀三郤于榭，鲁圉人荦杀子般于次[5]，夫是谁之故也，非唯旧怨乎？是皆子所闻也。人之求多闻善败，以监戒也。今子闻而弃之，犹蒙耳也。吾语子何益，吾知逃而已。”

【注释】

① 关籥（yuè）：门闩和锁钥。② 若敖氏：即斗椒。子干：即公子比。子皙：即公子黑肱。③ 驺马繻：齐大夫。胡公：胡公靖，姜太公之后。贝水：即巨洋水。此指胡公虐待驺马繻，驺马繻便杀死胡公，投其尸于贝水。④ 邴歜、阎职：二人并为齐大臣。懿公：即齐懿公，名商人，桓公之子。齐懿公为太子时，与邴歜之父争田。即位后，掘邴歜父的墓。见阎职之妻美，强纳之。鲁文公十八年（前609），齐懿公至申池游玩，邴歜与阎职杀懿公，投其尸于竹林。⑤ 圉人：养马的官吏。子般：鲁庄公之子。子般为太子时，鞭挞过圉人荦。子般即位后，公子庆父派圉人荦杀子般。

子西笑曰：“子之尚胜也。”不从，遂使为白公。子高以疾闲居于蔡[1]。及白公之乱[2]，子西、子期死。叶公闻之，曰：“吾怨其弃吾言，而德其治楚国，楚国之能平均以复先王之业者，夫子也。以小怨置大德，吾不义也，将入杀之。”帅方城之外以入，杀白公而定王室，葬二子之族。

【注 释】

① 蔡:楚地。在今安徽凤台。原为小诸侯国,后为楚所并。② 白公之乱:鲁哀公十六年(前 479),白公胜请求伐郑,子西应允,未及发兵,晋又攻郑,楚遂出兵救郑,并与郑订立盟约。白公胜怒,发动叛乱,杀害子西和子期。

【导 读】

本文记载叶公子高劝谏令尹子西不要召回王孙胜的故事。叶公子高认为,王孙胜是一个有六种不良品行的人,任用这样的人,必遭祸殃。子西不听,终被杀害,但叶公子高仍以大局为重,为子西报了仇,安定了楚国。透过此文,可以管窥楚国统治阶层内部尖锐的矛盾斗争。全文说理透彻,逻辑严密,语言洗练,细节清晰,层次分明,字里行间都洋溢着对叶公子高的颂赞和褒扬。

卷十九　吴　语

越王勾践命诸稽郢行成于吴

吴王夫差起师伐越[①]，越王勾践起师逆之江[②]。大夫种乃献谋曰[③]：“夫吴之与越，唯天所授，王其无庸战。夫申胥、华登简服吴国之士于甲兵[④]，而未尝有所挫也。夫一人善射，百夫决拾，胜未可成。夫谋必素见成事焉，而后履之，不可以授命。王不如设戎，约辞行成，以喜其民，以广侈吴王之心。吾以卜之于天，天若弃吴，必许吾成而不吾足也，将必宽然有伯诸侯之心焉。既疲弊其民，而天夺之食，安受其烬，乃无有命矣。”

越王许诺，乃命诸稽郢行成于吴[⑤]，曰：“寡君勾践使下臣郢不敢显然布币行礼，敢私告于下执事曰：昔者越国见祸，得罪于天王。天王亲趋玉趾，以心孤勾践，而又宥赦之。君王之于越也，繄起死人而肉白骨也。孤不敢忘天灾，其敢忘君王之大赐乎！今勾践申祸无良，草鄙之人，敢忘天王之大德，而思边垂之小怨，以重得罪于下执事？勾践用帅二三之老，亲委重罪，顿颡于边。

“今君王不察，盛怒属兵，将残伐越国。越国固贡献之邑也，君王不以鞭箠使之，而辱军士使寇令焉。勾践请盟：一介嫡女，执箕帚以晐姓于王宫；一介嫡男，奉槃匜以随诸御；春秋贡献，不解于王府。大王岂辱裁之？亦征诸侯之礼也。

“夫谚曰：‘狐埋之而狐搰之，是以无成功。’今天王既封植越国，以明闻于天下，而又刈亡之，是天王之无成劳也。虽四方之诸侯，则何实以事吴？敢使下臣尽辞，唯天王秉利度义焉！”

【注 释】

① 吴：诸侯国。公元前 473 年为越国所灭。夫差：吴国国君。② 越：诸侯国。约在公元前 306 年为楚所灭。勾践：越国国君，越王允常子。公元前 497 年至前 465 年在位。③ 大夫种：即文种，字少禽。越大夫。④ 申胥：即伍子胥，名员，吴大夫。楚大夫伍奢之子。父兄被楚王杀害后，他避祸于吴。吴王将申邑封给他，故称申胥。华登：吴大夫。⑤ 诸稽郢：越大夫。

【导 读】

吴与越为春秋后期在南方兴起的两个大国。两国互相攻伐，吴王阖闾十九年(前 496)，吴伐越失败，吴王阖闾伤重死去，其子夫差即位后，立誓必报父仇。本文就是写夫差兴兵伐越，越王勾践采纳文种的建议，派诸稽郢向吴国求和的史实。事实证明，在敌强我弱的形势下，勾践采取的措施是合理的，也是英明的。文章中对文种的战略家形象，诸稽郢的机智形象，塑造得都很成功。

吴王夫差与越荒成不盟

吴王夫差乃告诸大夫曰："孤将有大志于齐，吾将许越成，而无拂吾虑。若越既改，吾又何求？若其不改，反行，吾振旅焉。"

申胥谏曰："不可许也。夫越非实忠心好吴也，又非慑畏吾兵甲之强也。大夫种勇而善谋，将还玩吴国于股掌之上，以得其志。夫固知君王之盖威以好胜也，故婉约其辞，以从逸王志，使淫乐于诸夏之国，以自伤也。使吾甲兵钝弊，民人离落，而日以憔悴，然后安受吾烬。夫越王好信以爱民，四方归之，年谷时熟，日长炎炎。及吾犹可以战也，为虺弗摧，为蛇将若何？"

吴王曰："大夫奚隆于越，越曾足以为大虞乎？若无越，则吾何以春秋曜吾军士？"[1] 乃许之成。

将盟，越王又使诸稽郢辞曰："以盟为有益乎？前盟口血未干，足以结信矣。以盟为无益乎？君王舍甲兵之威以临使之，而胡重于鬼神而自轻也?”吴王乃许之荒成不盟。

【注释】

① 春秋:指吴国春秋两季的阅兵。

【导读】

此文接续前文而写。记载申胥识破了越的用意,建议夫差趁势发兵,一举可灭越。可惜夫差犯了骄傲轻敌的错误,对申胥的劝谏不以为然,终于上了勾践的当。全文语言流利晓畅,可读性极强。

夫差不听申胥之谏

吴王夫差既许越成,乃大戒师徒,将以伐齐。申胥进谏曰:“昔天以越赐吴,而王弗受。夫天命有反,今越王勾践恐惧而改其谋,舍其愆令,轻其征赋,施民所善,去民所恶,身自约也,裕其众庶,其民殷众,以多甲兵。譬越之在吴也,犹人之有腹心之疾也。夫越王之不忘败吴,于其心也戚然,服士以伺吾间。今王非越是图,而齐、鲁以为忧。夫齐、鲁譬诸疾,疥癣也,岂能涉江、淮而与我争此地哉?将必越实有吴土。

“王盍亦鉴于人,无鉴于水?昔楚灵王不君[1],其臣箴谏以不入。乃筑台于章华之上[2],阙为石郭,陂汉,以象帝舜。疲弊楚国,以间陈、蔡。不修方城之内,逾诸夏而图东国[3],三岁于沮、汾以服吴、越[4]。其民不忍饥劳之殃,三军叛王于乾谿[5]。王亲独行,屏营彷徨于山林之中,三日乃见其涓人畴[6]。王呼之曰:‘余不食三日矣。’畴趋而进,王枕其股以寝于地。王寐,畴枕王以墣而去之。王觉而无见也,乃匍匐将入于棘闱[7],棘闱不纳,乃入芋尹申亥氏焉[8]。王缢,申亥负王以归,而土埋之其室。此志也,岂遽忘于诸侯之耳乎?

“今王既变鲧、禹之功,而高高下下,以疲民于姑苏。天夺吾食,都鄙荐饥。今王将很天而伐齐[9]。夫吴民离矣,体有所倾,譬如群兽然,一个负矢,将百群皆奔,王其无方收也。越人必来袭我,王虽悔之,其犹有及乎?”

王弗听。十二年,遂伐齐。齐人与战于艾陵[10],齐师败绩,吴人有功。

【注释】

① 楚灵王：楚国国君。② 章华：楚地。在今湖北监利。③ 东国：指吴、越两国。④ 沮：沮水。汾：汾水。⑤ 乾溪：楚地。在今安徽亳州。⑥ 涓人：宫中侍从。⑦ 棘：楚地。在今河南永城。⑧ 芋尹申亥：楚大夫。⑨ 很：违背。⑩ 艾陵：齐地。在今山东莱芜。

【导读】

本文内容与前两文相联系。夫差忘掉誓言，不伐越反而伐齐。对此，申胥再一次力谏，他分析了吴与齐、越的利害关系，然后举楚灵王惨死的教训，为夫差立了一面历史明镜，供其借鉴。但夫差仍是一意孤行。

夫差使奚斯释言于齐

吴王夫差既胜齐人于艾陵，乃使行人奚斯释言于齐[①]，曰："寡人帅不腆吴国之役，遵汶之上[②]，不敢左右，唯好之故。今大夫国子兴其众庶，以犯猎吴国之师徒，天若不知有罪，则何以使下国胜！"

【注释】

① 行人：掌管朝觐聘问的官员。奚斯：吴大夫。② 汶：汶水。

【导读】

本文记载夫差伐齐胜利后对齐人的训话。

申胥自杀

吴王还自伐齐，乃讯申胥曰："昔吾先王体德圣明，达于上帝，譬如农夫作耦，以刈杀四方之蓬蒿，以立名于荆[①]，此则大夫之力也。今大夫老，而又不自安恬逸，而处以念恶，出则罪吾众，挠乱百度，以妖孽吴国。今天降衷于吴，齐师受服。孤岂敢自多，先王之钟鼓，实式灵之。敢告于大夫。"

申胥释剑而对曰："昔吾先王世有辅弼之臣[②]，以能遂疑计恶，以不陷于大难。今王播弃黎老，而孩童焉比谋，曰：'余令而不违。'夫不违，乃违也。夫不违，亡之阶也。夫天之所弃，必骤近其小喜，而远其大忧。王若不得志于齐，而以觉寤王心，而吴国犹世。吾先君之得之也，必有以取之；其亡之也，亦有以弃之。用能援持盈以没，而骤救倾以时。今王无以取之，而天禄亟至，是吴命之短也。员不忍称疾辟易[③]，以见王之亲为越之擒也。员请先死。"将死，曰："而悬吾目于东门，以见越之入，吴国之亡也。"遂自杀。王愠曰："孤不使大夫得有见也。"乃使取申胥之尸，盛以鸱夷[④]，而投之于江[⑤]。

【注释】

① 荆：楚的别称。② 先王：指阖闾。③ 员：即伍员。④ 鸱(chī)夷：皮口袋。⑤ 江：长江。

【导读】

申胥为我国历史上著名的忠臣，他看到夫差在错误的道路上越走越远，预见吴国必将灭亡，毅然自刎而死，以死谏吴王。本文记载了这一史实。文中将申胥的人格又升华到一个新的高度，成功地塑造了一位伟大爱国者的光辉形象。同时，文中进一步地揭露了夫差的专横残暴。

吴晋争长未成勾践袭吴

吴王夫差既杀申胥，不稔于岁，乃起师北征。阙为深沟于商[①]、鲁之间，北属之沂[②]，西属之济[③]，以会晋公午于黄池[④]。

于是越王勾践乃命范蠡、舌庸[⑤]，率师沿海溯淮以绝吴路。败王子友于姑熊夷[⑥]。越王勾践乃率中军溯江以袭吴，入其郛，焚其姑苏，徙其大舟。

吴、晋争长未成，边遽乃至，以越乱告。吴王惧，乃合大夫而谋曰："越为不道，背其齐盟。今吾道路悠远，无会而归，与会而先晋，孰利？"王孙雄曰[⑦]："夫危事不齿，雄敢先对。二者莫利。无会而归，越闻章矣，民惧而走，远无正就。齐、宋、徐、夷曰：‘吴既败矣！’将夹沟而𢊁我，我无生命矣。会而先晋，晋既执诸侯之柄以临我，将成其志以见天子。吾须之不能，去之不忍。若越闻愈章，吾民恐叛。必会而先之。”

王乃步就王孙雄曰：“先之，图之将若何？”王孙雄曰：“王其无疑，吾道路悠远，必无有二命，焉可以济事？”王孙雄进，顾揖诸大夫曰：“危事不可以为安，死事不可以为生，则无为贵智矣。民之恶死而欲贵富以长没也，与我同。虽然，彼近其国，有迁；我绝虑，无迁。彼岂能与我行此危事也哉？事君勇谋，于此用之。今夕必挑战，以广民心。请王励士，以奋其朋势。劝之以高位重畜，备刑戮以辱其不励者，令各轻其死。彼将不战而先我，我既执诸侯之柄，以岁之不获也，无有诛焉，而先罢之，诸侯必说。既而皆入其地，王安挺志，一日惕，一日留，以安步王志。必设以此民也，封于江、淮之间，乃能至于吴。”吴王许诺。

【注释】

① 商：宋地。在今河南商丘。② 沂：沂水。③ 济：济水。④ 晋公午：晋定公。黄池：亦称黄亭。在今河南封丘。鲁哀公十三年（前 482），吴王与晋、鲁等诸侯盟于此。⑤ 范蠡、舌庸：二人为越大夫。⑥ 王子友：夫差太子。姑熊夷：吴地，在吴国国都郊外。⑦ 王孙雄：吴大夫。

【导读】

夫差伐齐胜利以后，错误地估计了形势。鲁哀公十三年，他与晋、鲁等国盟会于黄池，越国乘虚而入，攻占了吴的姑苏城。夫差乃急召大臣，开会研究对策。王孙雄提出了要主动进攻，以气势压倒晋国的方略。吴国君臣的注意力在晋而不在越，危险离他们越来越近了。

吴欲与晋战得为盟主

吴王昏乃戒[①]，令秣马食士。夜中，乃令服兵擐甲，系马舌，出火灶，陈士卒百人，以为彻行百行。行头皆官帅[②]，拥铎拱稽，建肥胡，奉文犀之渠。十行一嬖大夫[③]，建旌提鼓，挟经秉枹。十旌一将军，载常建鼓，挟经秉桴。为万人以为方阵，皆白裳、白旂、素甲、白羽之矰，望之如荼。王亲秉钺，载白旗以中陈而立。左军亦如之，皆赤裳、赤旟、丹甲、朱羽之矰，望之如火。右军亦如之，皆玄裳、玄旗、黑甲、乌羽之矰，望之如墨。为带甲三万，以势攻，鸡鸣乃定。既陈，去晋军一里。昧明，王乃秉桴，亲就鸣钟鼓、丁宁、錞于、振铎，勇怯尽应，三军皆哗釦以振旅，其声动天地。

晋师大骇不出，周军饬垒，乃令董褐请事[④]，曰："两君偃兵接好，日中为期。今大国越录，而造于敝邑之军垒，敢请乱故。"

吴王亲对之曰："天子有命，周室卑约，贡献莫入，上帝鬼神而不可以告。无姬姓之振也，徒遽来告。孤日夜相继，匍匐就君。君今非王室不安平是忧，亿负晋众庶，不式诸戎、狄、楚、秦；将不长弟，以力征一二兄弟之国。孤欲守吾先君之班爵，进则不敢，退则不可。今会日薄矣，恐事之不集，以为诸侯笑。孤之事君在今日，不得事君亦在今日。为使者之无远也，孤用亲听命于藩篱之外。"

董褐将还，王称左畸曰："摄少司马兹与王士五人[⑤]，坐于王前。"乃皆进，自到于客前以酬客。

董褐既致命，乃告诸赵鞅曰[⑥]："臣观吴王之色，类有大忧，小则嬖妾、嫡子死，否则国有大难；大则越入吴。将毒，不可与战。主其许之先，无以待危，然而不可徒许也。"赵鞅许诺。

晋乃令董褐复命曰："寡君未敢观兵身见，使褐复命曰：'曩君之言，周室既卑，诸侯失礼于天子，请贞于阳卜[⑦]，收文、武之诸侯。孤以下密迩于天子，无所逃罪，讯让日至，曰：昔吴伯父不失[⑧]，春秋必率诸侯以顾在余一人。今伯父有蛮、荆之虞，礼世不续，用命孤礼佐周公[⑨]，以见我一二兄弟之国，以休君忧。今君掩王东海，以淫名闻于天子，君有短垣，而自逾之，况蛮、荆则何有于周室？夫命圭有命[⑩]，固曰吴伯，不曰吴王。诸侯是以敢辞。夫诸侯无二君，而周无二王，君若无卑天子，以干其不祥，而曰吴公，孤敢不顺从君命长弟许诺！'"

吴王许诺，乃退就幕而会。吴公先歃，晋侯亚之。吴王既会，越闻愈章，恐齐、宋之为己害也，乃命王孙雄先与勇获帅徒师[⑪]，以为过宾于宋，以焚其北郛焉而过之。

【注 释】

① 吴王：夫差。② 官帅：士一级官员。③ 嬖大夫：下大夫。④ 董褐：晋大夫。⑤ 少司马：官名。兹：人名。⑥ 赵鞅：赵简子。⑦ 阳卜：火烧龟甲以预卜吉凶。⑧ 吴伯父：晋对同姓诸侯尊称伯父。此指吴国先君。⑨ 周公：周王室太宰。⑩ 命圭：天子授给诸侯大臣的玉圭。⑪ 勇获：吴大夫。

【导 读】

本文接续前篇而写。夫差借用齐桓公挟天子以令诸侯的伎俩来胁迫晋国，又采用王孙雄的主意，以大兵压境之势震慑晋国。晋国已经看出夫差的忧虑，但为了保全自己，最终还是让夫差先歃血，让吴国当了盟主。本文对一些细节的描述很到位，特别是对吴国军阵的叙述，写得十分壮观精彩，使人读后有亲临其境的感觉。

王孙苟告劳于周

吴王夫差既退于黄池[①]，乃使王孙苟告劳于周[②]，曰："昔者楚人为不道，不承共王事，以远我一二兄弟之国。吾先君阖闾不贳不忍[③]，被甲带剑，挺铍搢铎[④]，以与楚昭王毒逐于中原柏举[⑤]。天舍其衷，楚师败绩，王去其国，遂至于郢[⑥]。王总其百执事[⑦]，以奉其社稷之祭。其父子、昆弟不相能，夫概王作乱[⑧]，是以复归于吴。今齐侯任不鉴于楚[⑨]，又不承共王命，以远我一二兄弟之国。夫差不贳不忍，被甲带剑，挺铍搢铎，遵汶伐博[⑩]，簦笠相望于艾陵。天舍其衷，齐师还。夫差岂敢自多，文、武实舍其衷。归不稔于岁，余沿江溯淮，阙沟深水，出于商、鲁之间，以彻于兄弟之国。夫差克有成事，敢使苟告于下执事。"

周王答曰："苟，伯父命女来，明绍享余一人，若余嘉之。昔周室逢天之降祸，遭民之不祥[⑪]，余心岂忘忧恤，不唯下土之不康靖。今伯父曰：'戮力同德。'伯父若能然，余一人兼受而介福。伯父多历年以没元身，伯父秉德已侈大哉！"

【注 释】

① 黄池：参见《吴晋争长未成勾践袭吴》注④。② 王孙苟：吴大夫。③ 阖闾：吴王阖闾，夫差之父。贳(shì)：赦。④ 铍(pī)：剑一类的兵器。⑤ 楚昭王：楚国国君。柏举：楚地。在今湖北麻城。⑥ 郢：楚都。即今湖北江陵。⑦ 百执事：犹言百官。⑧ 夫概王：阖闾之弟。⑨ 任：齐简公的字。⑩ 汶：汶水。博：齐地。在今山东泰安。⑪ 不祥：指周景王庶子王子朝率民作乱，敬王出奔的史事。

【导 读】

本文记夫差做了诸侯霸主后，派王孙苟向周天子报功的史实。夫差的目的很明确，就是想要得到天子的承认，来巩固自己的霸主地位。

勾践灭吴夫差自杀

吴王夫差还自黄池，息民不戒。越大夫种乃倡谋曰："吾谓吴王将遂涉吾地，今罢师而不戒以忘我，我不可以怠也。日，臣尝卜于天，今吴民既疲，而大荒荐饥，市无赤米，而囷鹿空虚，其民必移就蒲蠃于东海之滨。天占既兆，人事又见，我蔑卜筮矣。王若今起师以会，夺之利，无使失悛。夫吴之边鄙远者，罢而未至，吴王将耻不战，必不须至之会也，而以中国之师与我战。若事幸而从我，我遂践其地，其至者亦将不能之会也已，吾用御儿临之[1]。吴王若愠而又战，幸遂可出。若不战而结成，王安厚取名而去之。"越王曰："善哉！"乃大戒师，将伐吴。

楚申包胥使于越[2]，越王勾践问焉，曰："吴国为不道，求残我社稷宗庙，以为平原，弗使血食。吾欲与之徼天之衷，唯是车马、兵甲、卒伍既具，无以行之。请问战奚以而可？"包胥辞曰："不知。"王固问焉，乃对曰："夫吴，良国也，能博取于诸侯。敢问君王之所以与之战者。"王曰："在孤之侧者，觞酒、豆肉、箪食，未尝敢不分也。饮食不致味，听乐不尽声，求以报吴。愿以此战。"包胥曰："善则善矣，未可以战也。"王曰："越国之中，疾者吾问之，死者吾葬之，老其老，慈其幼，长其孤，问其病，求以报吴，愿以此战。"包胥曰："善则善矣，未可以战也。"王曰："越国之中，吾宽民以子之，忠惠以善之。吾修令宽刑，施民所欲，去民所恶，称其善，掩其恶，求以报吴。愿以此战。”包胥曰：“善则善矣，未可以战也。”王曰：“越国之中，富者吾安之，贫者吾予之，救其不足，裁其有余，使贫富皆利之，求以报吴。愿以此战。”包胥曰：“善则善矣，未可以战也。”王曰：“越国南则楚，西则晋，北则齐，春秋皮币、玉帛、子女以宾服焉，未尝敢绝，求以报吴。愿以此战。”包胥曰：“善哉，蔑以加焉，然犹未可以战也。夫战，智为始，仁次之，勇次之。不智，则不知民之极，无以铨度天下之众寡；不仁，则不能与三军共饥劳之殃；不勇，则不能断疑以发大计。”越王曰：“诺。”

越王勾践乃召五大夫③，曰：“吴为不道，求残吾社稷宗庙以为平原，不使血食。吾欲与之徼天之衷，唯是车马、兵甲、卒伍既具，无以行之。吾问于王孙包胥，既命孤矣；敢访诸大夫，问战奚以而可。勾践愿诸大夫言之，皆以情告，无阿孤，孤将以举大事。”大夫舌庸乃进对曰：“审赏则可以战乎？”王曰：“圣。”大夫苦成进对曰：“审罚则可以战乎？”王曰：“猛。”大夫种进对曰：“审物则可以战乎？”王曰：“辩。”大夫蠡进对曰：“审备则可以战乎？”王曰：“巧。”大夫皋如进对曰：“审声则可以战乎？”王曰：“可矣。”王乃命有司大令于国曰：“苟任戎者，皆造于国门之外。”王乃令于国曰：“国人欲告者来告，告孤不审，将为戮不利，及五日必审之，过五日，道将不行。”

王乃入命夫人。王背屏而立，夫人向屏。王曰：“自今日以后，内政无出，外政无入。内有辱，是子也；外有辱，是我也。吾见子于此止矣。”王遂出，夫人送王，不出屏，乃阖左阖，填之以土。去笄侧席而坐，不扫。王背檐而立，大夫向檐。王命大夫曰：“食土不均，地之不修，内有辱于国，是子也；军士不死，外有辱，是我也。自今日以后，内政无出，外政无入，吾见子于此止矣。”王遂出，大夫送王不出檐，乃阖左阖，填之以土，侧席而坐，不扫。

王乃之坛列，鼓而行之，至于军，斩有罪者以徇，曰：“莫如此以环瑱通相问也。”明日徙舍，斩有罪者以徇，曰：“莫如此不从其伍之令。”明日徙舍，斩有罪者以徇，曰：“莫如此不用王命。”明日徙舍，至于御儿，斩有罪者以徇，曰：“莫如此淫逸不可禁也。”

王乃命有司大徇于军，曰：“有父母耆老而无昆弟者，以告。”王亲命之曰：“我有大事，子有父母耆老，而子为我死，子之父母将转于沟壑，子为我礼已重矣。子归没而父母之世。后若有事，吾与子图之。”明日徇于军，曰：“有兄弟四五人皆在此者，以告。”王亲命之曰：“我有大事，子有昆弟四五人皆在此，事若不捷，则是尽也。择子之所欲归者一人。”明日徇于军，曰：“有眩瞀之疾者，以告。”王亲命之曰：“我有大事，子有眩瞀之疾，其归若已。后若有事，吾与子图之。”明日徇于军，曰：“筋力不足以胜甲兵，志行不足以听命者归，莫告。”明日，迁军接和，斩有罪者以徇，曰：“莫如此志行不果。”于是人有致死之心。王乃命有司大徇于军，曰：“谓二三子归而不归，处而不处，进而不进，退而不退，左而不左，右而不右，身斩，妻子鬻。”

于是吴王起师，军于江北，越王军于江南。越王乃中分其师以为左右军，以其私卒君子六千人为中军。明日将舟战于江，及昏，乃令左军衔枚溯江五里以须，亦令右军衔枚逾江五里以须。夜中，乃命左军、右军涉江鸣鼓中水以须。吴师闻之，大骇，曰：“越人分为二师，将以夹攻我师。”乃不待旦，亦中分其师，将以御越。越王乃令其中军衔枚潜涉，不鼓不噪以袭攻之，吴师大北。越之左军、右军乃遂涉而从之，又大败之于没，又郊败之，三战三北，乃至于吴。越师遂入吴国，围王宫④。

吴王惧，使人行成，曰：“昔不榖先委制于越君，君告孤请成，男女服从。孤无奈越之先君何，畏天之不祥，不敢绝祀，许君成，以至于今。今孤不道，得罪于君王，君王以亲辱于敝邑。孤敢请成，男女服为臣御。”越王曰：“昔天以越赐吴，而吴不受；今天以吴赐越，孤敢不听天之命，而听君之令乎？”乃不许成。因使人告于吴王曰：“天以吴赐越，孤不敢不受。以民生之不长，王其无死！民生于地上，寓也，其与几何？寡人其达王于甬句东⑤，夫妇三百，唯王所安，以没王年。”夫差辞曰：“天既降祸于吴国，不在前后，当孤之身，实失宗庙社稷。凡吴土地人民，越既有之矣，孤何以视于天下！”夫差将死，使人说于子胥曰：“使死者无知，则已矣；若其有知，吾何面目以见员也！”遂自杀。

越灭吴，上征上国，宋、郑、鲁、卫、陈、蔡执玉之君皆入朝。夫唯能下其群臣，以集其谋故也。

【注释】

①御儿：越地，在今浙江嘉兴。②申包胥：即王孙包胥，楚大夫。

③ 五大夫：越国的五位重臣：舌庸、苦成、文种、范蠡、皋如。④ 王宫：夫差所修建的姑苏台。⑤ 甬句东：即甬东。指今浙江舟山群岛一带。

【导 读】

吴、越之争是春秋时期我国南方地区发生的重大历史事件。公元前482年，吴王夫差虽然在黄池会盟上当上了诸侯霸主，但却未能阻止勾践灭吴的步伐。越军先是袭击吴国，接着水军又从海路进入淮河，对吴国形成包围夹击之势。夫差设法自中原返国后，又错失机会，不加戒备，吴国的失败已成不可挽回之势。数年精心准备后，公元前473年，越军主动出击，经过三次大的战役，吴军惨败，夫差请和而遭拒，遂自杀身亡，吴国被灭。本文详细载述了三次大战役之前吴国的松弛和越国的备战，特别是对战前勾践君臣的战略谋划和军力部署及出征动员，交待得十分清楚。接着便是三大战役的经过及最后的结局。越国之所以取胜，在于精心准备，军纪严明，勾践能广开言路，体察下情，卧薪尝胆，因而能上下一心，同心合力，誓灭强敌。吴国则与其相反，夫差刚愎自用，好大喜功，拒劝斥谏，恃强逞勇，终致上下离叛，最终人与国俱走上了一条不归路。吴、越的教训与经验千百年来被人们广为流传，给人启迪，供人借鉴，使人感叹。

卷二十 越语 上

勾践灭吴

越王勾践栖于会稽之上[①]，乃号令于三军曰："凡我父兄昆弟及国子姓[②]，有能助寡人谋而退吴者，吾与之共知越国之政。"大夫种进对曰："臣闻之贾人，夏则资皮，冬则资絺，旱则资舟，水则资车，以待乏也。夫虽无四方之忧，然谋臣与爪牙之士，不可不养而择也。譬如蓑笠，时雨既至必求之。今君王既栖于会稽之上，然后乃求谋臣，无乃后乎？"勾践曰："苟得闻子大夫之言，何后之有？"执其手而与之谋。

遂使之行成于吴，曰："寡君勾践乏无所使，使其下臣种，不敢彻声闻于天王，私于下执事曰：'寡君之师徒不足以辱君矣，愿以金玉、子女赂君之辱，请勾践女女于王，大夫女女于大夫，士女女于士。越国之宝器毕从，寡君帅越国之众，以从君之师徒，唯君左右之。若以越国之罪为不可赦也，将焚宗庙，系妻孥，沉金玉于江，有带甲五千人将以致死，乃必有偶。是以带甲万人事君也，无乃即伤君王之所爱乎？与其杀是人也，宁其得此国也，其孰利乎？'"

夫差将欲听与之成，子胥谏曰："不可。夫吴之与越也，仇雠敌战之国也。三江环之[③]，民无所移，有吴则无越，有越则无吴，将不可改于是矣。员闻之，陆人居陆，水人居水。夫上党之国[④]，我攻而胜之，吾不能居其地，不能乘其车。夫越国，吾攻而胜之，吾能居其地，吾能乘其舟。此其利也，不可失也已，君必灭之。失此利也，虽悔之，亦无及已。"

越人饰美女八人纳之太宰嚭[⑤]，曰："子苟赦越国之罪，又有美于此者将进之。"太宰嚭谏曰："嚭闻古之伐国者，服之而已。今已服矣，又何求焉?”夫差与之成，而去之。

勾践说于国人曰:“寡人不知其力之不足也，而又与大国执雠，以暴露百姓之骨于中原，此则寡人之罪也。寡人请更。”于是葬死者，问伤者，养生者，吊有忧，贺有喜，送往者，迎来者，去民之所恶，补民之不足。然后卑事夫差，宦士三百人于吴，其身亲为夫差前马。

勾践之地，南至于句无[6]，北至于御儿，东至于鄞，西至于姑蔑[7]，广运百里。乃致其父母昆弟而誓之曰:“寡人闻，古之贤君，四方之民归之，若水之归下也。今寡人不能，将帅二三子夫妇以蕃。”令壮者无取老妇，令老者无取壮妻。女子十七不嫁，其父母有罪;丈夫二十不娶，其父母有罪。将免者以告，公令医守之。生丈夫，二壶酒，一犬;生女子，二壶酒，一豚。生三人，公与之母;生二人，公与之饩。当室者死，三年释其政;支子死，三月释其政。必哭泣葬埋之，如其子。令孤子、寡妇、疾疹、贫病者，纳宦其子。其达士，洁其居，美其服，饱其食，而摩厉之于义。四方之士来者，必庙礼之。勾践载稻与脂于舟以行，国之孺子之游者，无不铺也，无不歠也，必问其名。非其身之所种则不食，非其夫人之所织则不衣，十年不收于国，民居有三年之食。

国之父兄请曰:“昔者夫差耻吾君于诸侯之国，今越国亦节矣，请报之。”勾践辞曰:“昔者之战也，非二三子之罪也，寡人之罪也。如寡人者，安与知耻?请姑无庸战。”父兄又请曰:“越四封之内，亲吾君也，犹父母也。子而思报父母之仇，臣而思报君之仇，其有敢不尽力者乎?请复战。”勾践既许之，乃致其众而誓之曰:“寡人闻古之贤君，不患其众之不足也，而患其志行之少耻也。今夫差衣水犀之甲者亿有三千，不患其志行之少耻也，而患其众之不足也。今寡人将助天灭之。吾不欲匹夫之勇也，欲其旅进旅退也。进则思赏，退则思刑，如此则有常赏。进不用命，退则无耻，如此则有常刑。”果行，国人皆劝，父勉其子，兄勉其弟，妇勉其夫，曰:“孰是君也，而可无死乎?”是故败吴于囿[8]，又败之于没[9]，又郊败之。

夫差行成，曰:“寡人之师徒，不足以辱君矣。请以金玉、子女赂君之辱。”勾践对曰:“昔天以越与吴，而吴不受命;今天以吴予越，越可以无听天之命，而听君之令乎!吾请达王甬句东，吾与君为二君乎。”夫差对曰:“寡人礼先壹饭矣，君若不忘周室，而为敝邑宸宇，亦寡人之愿也。君若曰:‘吾将残汝社稷,灭汝宗庙。’寡人请死,余何面目以视于天下乎! 越君其次也。”遂灭吴。

【注释】

① 会稽:在今浙江绍兴南。② 国子姓:指与勾践同姓的宗族。③ 三江:浙江、松江、浦阳江。④ 上党之国:泛指中原地区各诸侯国。⑤ 太宰嚭(pǐ):姓伯名嚭,官至太宰。本为楚人,避祸奔吴。⑥ 句吴:在今浙江诸暨。⑦ 姑蔑:在今浙江衢州。⑧ 囿:即笠泽,为吴江市或吴淞江的别称。⑨ 没:地名。

【导读】

本文虽为《越语》内容,却与前篇紧密相关。公元前494年,吴军在夫椒山大败越军,勾践败退至会稽山,本文即从此处开笔。勾践欲报仇复国,首先要保全力量,故忍受了奇耻大辱,向夫差求和。他又买通了太宰嚭为内应,夫差不识忠奸,听信太宰嚭的谗言,而拒纳伍子胥的力谏,允许越作为吴的属国而存在。于是勾践卧薪尝胆,发愤图强,艰苦奋斗,十年生息,十年努力,采取了富国强兵的种种措施,完成了报仇复国的准备工作。然后发动水陆大军,攻打吴国,三战三胜,一直打到吴都姑苏,逼迫夫差自杀,终于灭亡了吴国。勾践和越国民众终于扬眉吐气,报了大仇,消灭了自己最强劲的对手。吴、越相争越胜吴的史事,向来受到人们的关注,将其引为教训,给人以巨大的警示作用和教育力量。

卷二十一　越语　下

范蠡谏勾践持盈定倾节事

越王勾践即位三年而欲伐吴，范蠡进谏曰[①]："夫国家之事，有持盈，有定倾，有节事。"王曰："为三者，奈何？"对曰："持盈者与天，定倾者与人，节事者与地。王不问，蠡不敢言。天道盈而不溢，盛而不骄，劳而不矜其功。夫圣人随时以行，是谓守时。天时不作，弗为人客；人事不起，弗为之始。今君王未盈而溢，未盛而骄，不劳而矜其功，天时不作而先为人客，人事不起而创为之始，此逆于天而不和于人。王若行之，将妨于国家，靡王躬身。"王弗听。

范蠡进谏曰："夫勇者，逆德也；兵者，凶器也；争者，事之末也。阴谋逆德，好用凶器，始于人者，人之所卒也；淫佚之事，上帝之禁也，先行此者，不利。"王曰："无是贰言也，吾已断之矣！"果兴师而伐吴，战于五湖[②]，不胜，栖于会稽。

王召范蠡而问焉，曰："吾不用子之言，以至于此，为之奈何？"范蠡对曰："君王其忘之乎？持盈者与天，定倾者与人，节事者与地。"王曰："与人奈何？"对曰："卑辞尊礼，玩好女乐，尊之以名。如此不已，又身与之市。"王曰："诺。"乃令大夫种行成于吴，曰："请士女女于士，大夫女女于大夫，随之以国家之重器。"吴人不许。大夫种来而复往，曰："请委管籥[③]，属国家，以身随之，君王制之。"吴人许诺。王曰："蠡为我守于国。"对曰："四封之内，百姓之事，蠡不如种也。四封之外，敌国之制，立断之事，种亦不如蠡也。"王曰："诺。"令大夫种守于国，与范蠡入宦于吴。

三年，而吴人遣之。归反至于国，王问于范蠡曰："节事奈何？"对曰：

"节事者与地。唯地能包万物以为一,其事不失。生万物,容畜禽兽,然后受其名而兼其利。美恶皆成,以养生。时不至,不可强生;事不究,不可强成。自若以处,以度天下。待其来者而正之,因时之所宜而定之。同男女之功,除民之害,以避天殃。田野开辟,府仓实,民众殷。无旷其众,以为乱梯。时将有反,事将有间,必有以知天地之恒制,乃可以有天下之成利。事无间,时无反,则抚民保教以须之。"

王曰:"不穀之国家,蠡之国家也,蠡其图之!"对曰:"四封之内,百姓之事,时节三乐,不乱民功,不逆天时,五谷稑熟,民乃蕃滋,君臣上下交得其志,蠡不如种也。四封之外,敌国之制,立断之事,因阴阳之恒,顺天地之常,柔而不屈,强而不刚,德虐之行,因以为常;死生因天地之刑,天因人,圣人因天;人自生之,天地形之,圣人因而成之。是故战胜而不报,取地而不反,兵胜于外,福生于内,用力甚少而名声章明,种亦不如蠡也。"王曰:"诺。"令大夫种为之。

【注释】

① 范蠡:字少伯,越大夫。② 五湖:即今太湖。③ 管籥(yuè):国库钥匙。

【导读】

《越语下》主要记载范蠡的谋略言行。范蠡为我国著名历史人物,作为勾践的重要谋臣,为越国发展做出了关键性的贡献。他与夫差、勾践一样,也早已成为我国家喻户晓的古代名人。本文主要记载范蠡治国的三个方略:持盈、定倾、节事。勾践很好地实践了这三个方略,终于复仇成功。

范蠡劝勾践无蚤图吴

四年[①],王召范蠡而问焉,曰:"先人就世[②],不穀即位。吾年既少,未有恒常,出则禽荒,入则酒荒。吾百姓之不图,唯舟与车。上天降祸于越,委制于吴。吴人之那不穀[③],亦又甚焉。吾欲与子谋之,其可乎?"范蠡对曰："未可也。蠡闻之，上帝不考，时反是守，强索者不祥。得时不成，反受其殃。失德灭名，流走死亡。有夺，有予，有不予，王无蚤图。夫吴，君王之吴也，王若蚤图之，其事又将未可知也。"王曰："诺。"

【注 释】

① 四年：勾践自吴返回越国后的第四年，即公元前 486 年。② 先人：勾践之父允常。③ 那：于。

【导 读】

本文写勾践返国后急于复仇，范蠡劝其不可操之过急的故事。反映了范蠡作为政治家的成熟和老练。

范蠡谓人事至而天应未至

又一年[1]，王召范蠡而问曰："吾与子谋吴，子曰'未可也'。今吴王淫于乐而忘其百姓，乱民功，逆天时；信谗喜优，憎辅远弼[2]，圣人不出，忠臣解骨；皆曲相御，莫适相非，上下相偷。其可乎？"对曰："人事至矣，天应未也，王姑待之。"王曰："诺。"

【注 释】

① 又一年：勾践返国的第五年，即公元前 485 年。② 辅弼：辅佐君王的重臣。

【导 读】

本文记载范蠡以"天应未至"为理由，劝谏勾践暂缓攻吴。范氏是一位天命论者，天命思想贯穿其行动的始终，这是时代的局限使然。

范蠡谓先为之征其事不成

又一年[1]，王召范蠡而问焉，曰："吾与子谋吴，子曰'未可也'。今申胥骤谏其王，王怒而杀之，其可乎?”对曰：“逆节萌生。天地未形，而先为之征，其事是以不成，杂受其刑。王姑待之。”王曰：“诺。”

【注 释】

① 又一年：勾践返国的第六年，即公元前484年。

【导 读】

本文内容与前篇相似。从中可见勾践复仇心切，有度日如年的感觉。

范蠡谓人事与天地相参乃可以成功

又一年[1]，王召范蠡而问焉，曰：“吾与子谋吴，子曰‘未可也’。今其稻蟹不遗种，其可乎?”范蠡对曰：“天应至矣，人事未尽也，王姑待之。”王怒曰：“道固然乎，妄其欺不穀邪？吾与子言人事，子应我以天时；今天应至矣，子应我以人事。何也?”范蠡对曰：“王姑勿怪。夫人事必将与天地相参[2]，然后乃可以成功。今其祸新民恐，其君臣上下，皆知其资财之不足以支长久也，彼将同其力，致其死，犹尚殆。王其且驰骋弋猎，无至禽荒；宫中之乐，无至酒荒；肆与大夫觞饮，无忘国常。彼其上将薄其德，民将尽其力，又使之望而不得食，乃可以致天地之殛，王姑待之。”

【注 释】

① 又一年：勾践返国后的第七年，即公元前483年。② 参：即三。古人认为天时、地利、人和三者配合，举事才能成功。

【导 读】

本文记载范蠡建议越王用欲擒先纵的策略对付吴王，引诱吴王荒淫乱国，之后乘势而行，以期一举灭吴。

越兴师伐吴而弗与战

至于玄月[1]，王召范蠡而问焉，曰：“谚有之曰：‘觥饭不及壶飧。’今岁晚矣，子将奈何?”对曰:“微君王之言，臣故将谒之。臣闻从时者，犹救火、追亡人也，蹶而趋之，唯恐弗及。”王曰:“诺。”遂兴师伐吴，至于五湖。

吴人闻之，出而挑战，一日五反。王弗忍，欲许之，范蠡进谏曰:“谋之廊庙，失之中原，其可乎？王姑勿许也。臣闻之，得时无怠，时不再来，天予不取，反为之灾。赢缩转化②，后将悔之。天节固然，唯谋不迁。”王曰:“诺。”弗许。

范蠡曰:“臣闻古之善用兵者，赢缩以为常，四时以为纪，无过天极，究数而止。天道皇皇，日月以为常，明者以为法，微者则是行。阳至而阴，阴至而阳；日困而还，月盈而匡。古之善用兵者，因天地之常，与之俱行。后则用阴，先则用阳；近则用柔，远则用刚。后无阴蔽，先无阳察，用人无艺，往从其所。刚强以御，阳节不尽，不死其野。彼来从我，固守勿与。若将与之，必因天地之灾，又观其民之饥饱劳逸以参之。尽其阳节、盈吾阴节而夺之。宜为人客，刚强而力疾；阳节不尽，轻而不可取。宜为人主，安徐而重固；阴节不尽，柔而不可迫。凡陈之道，设右以为牝，益左以为牡，蚤晏无失，必顺天道，周旋无究。今其来也，刚强而力疾，王姑待之。”王曰:“诺。”弗与战。

【注 释】

① 玄月：指阴历九月。② 赢缩：岁星趋舍而前为赢，退舍为缩。借指进退。

【导读】

本文记载经过十年的休养生息，勾践兴兵伐吴的史实。文中主要记范蠡的论战思想，他提出了敌盛我守的主张，展现了他卓越的军事才能。

范蠡谏勾践勿许吴成

居军三年，吴师自溃。吴王帅其贤良①，与其重禄②，以上姑苏。使王孙雄行成于越③，曰:“昔者上天降祸于吴，得罪于会稽。今君王其图不穀，不穀请复会稽之和。”王弗忍，欲许之。范蠡进谏曰:“臣闻之，圣人之功，时为之庸。得时弗成，天有还形。天节不远，五年复反，小凶则近，大凶则远。先人有言曰：‘伐柯者其则不远。’今君王不断，其忘会稽之事乎？”王曰：“诺。”不许。

使者往而复来，辞愈卑，礼愈尊，王又欲许之。范蠡谏曰：“孰使我蚤朝而晏罢者，非吴乎？与我争三江、五湖之利者，非吴邪？夫十年谋之，一朝而弃之，其可乎？王姑勿许，其事将易冀已。”王曰：“吾欲勿许，而难对其使者，子其对之。”范蠡乃左提鼓，右援桴，以应使者，曰：“昔者上天降祸于越，委制于吴，而吴不受。今将反此义以报此祸，吾王敢无听天之命，而听君王之命乎？”王孙雄曰：“子范子，先人有言曰：‘无助天为虐，助天为虐者不祥。’今吾稻蟹不遗种，子将助天为虐，不忌其不祥乎？”范蠡曰：“王孙子，昔吾先君固周室之不成子也[4]，故滨于东海之陂，鼋鼍鱼鳖之与处，而蛙黾之与同渚。余虽靦然而人面哉，吾犹禽兽也，又安知是谖谖者乎？”王孙雄曰：“子范子将助天为虐，助天为虐不祥。雄请反辞于王。”范蠡曰：“君王已委制于执事之人矣。子往矣，无使执事之人得罪于子。”

使者辞反。范蠡不报于王，击鼓兴师以随使者，至于姑苏之宫，不伤越民，遂灭吴。

【注 释】

① 贤良：指谋臣。② 重禄：指贵族。③ 王孙雄：吴大夫。④ 子：古代五等爵位的第四等。

【导 读】

本文描写勾践灭吴的最后一段史实。夫差请和，勾践想要答应，但范蠡坚决反对，并率兵追到姑苏王宫，灭掉了吴国。表现了范蠡坚决果断、勇追穷寇的精神。

范蠡乘轻舟以浮于五湖

反至五湖，范蠡辞于王曰：“君王勉之，臣不复入越国矣。”王曰：“不穀疑子之所谓者何也？”对曰：“臣闻之，为人臣者，君忧臣劳，君辱臣死。昔者君王辱于会稽，臣所以不死者，为此事也。今事已济矣，蠡请从会稽之罚。”王曰：“所不掩子之恶，扬子之美者，使其身无终没于越国。子听吾言，与子分国。不听吾言，身死，妻子为戮。”范蠡对曰：“臣闻命矣。君行制，臣行意。”遂乘轻舟以浮于五湖，莫知其所终极。

王命工以良金写范蠡之状而朝礼之，浃日而令大夫朝之[1]，环会稽三百里者以为范蠡地，曰：“后世子孙，有敢侵蠡之地者，使无终没于越国，皇天后土、四乡地主正之[2]。”

【注 释】

① 浃(jiā)日：十天。按古代的干支纪日法，从甲至癸为一轮，正好十日。② 地主：地方官员。

【导 读】

范蠡在功成名就后，离开越国，泛舟于五湖，表现了他不贪恋功名的洒脱处世态度，这也正是他的高明之处。其中的玄机，并不费解。